和歌浦浪起唐风

中国文学
在日本和歌中的
接受研究

黄一丁 著

南京大学出版社

图书在版编目(CIP)数据

和歌浦浪起唐风：中国文学在日本和歌中的接受研究 / 黄一丁著. — 南京：南京大学出版社，2025.3
ISBN 978-7-305-27327-8

Ⅰ.①和… Ⅱ.①黄… Ⅲ.①中国文学－古典文学－文化传播－研究－日本 Ⅳ.①I206.2

中国国家版本馆CIP数据核字(2023)第201354号

出版发行	南京大学出版社		
社　　址	南京市汉口路22号	邮　编	210093

书　　名　和歌浦浪起唐风：中国文学在日本和歌中的接受研究
　　　　　HEGE PULANG QI TANGFENG:
　　　　　ZHONGGUO WENXUE ZAI RIBEN HEGE ZHONG DE JIESHOU YANJIU
著　　者　黄一丁
责任编辑　张　静
照　　排　南京南琳图文制作有限公司
印　　刷　苏州市古得堡数码印刷有限公司
开　　本　787 mm×1092 mm　1/16　印张 16.25　字数 204千
版　　次　2025年3月第1版　　印次　2025年3月第1次印刷
ISBN 978-7-305-27327-8
定　　价　75.00元

网址：http://www.njupco.com
官方微博：http://weibo.com/njupco
官方微信号：njupress
销售咨询热线：(025) 83594756

＊ 版权所有，侵权必究
＊ 凡购买南大版图书，如有印装质量问题，请与所购
　 图书销售部门联系调换

前　言

　　本书是一本探讨和歌与中国文学关系的学术专著。和歌是日本大和民族的民族文学，大抵肇始于大和部落统一日本以前，具有一千多年的历史。在和歌文学诞生以前，中华文明已经孕育出了灿烂的文学遗产，因此中国文学对和歌文学的影响，犹如水之就下，是自然而然的文化现象。

　　以《昭明文选》为代表的六朝文学以及唐代诗人白居易、元稹对和歌文学的影响最为世人所知，唐代类书与蒙学书在日域的传播丰富了日本歌人运用的中国文学典故。而在和歌文学批评方面，中国文学批评对和歌文学批评的影响亦十分显著。早在奈良时代，藤原浜成就在《歌经标式》中借鉴"四声八病"说构建了最早的和歌批评理论，而后成书于平安时代的《古今和歌集》真名假名两序亦借鉴《诗大序》与《诗品》等中国诗学文献阐发了早期的歌学思想。

　　《新古今和歌集》的诞生标志着和歌文学黄金时代的到来，这一时期的歌人群星璀璨，西行、清辅、俊成、定家等歌人的歌学思想为后世的日本文艺发展奠定了坚实的基础。当时歌人中，有一种以白居易诗为句题创作定数歌的文艺复古潮流，这些和歌作品一般称为"文集百首"。"文集"是指白居易的《白氏文集》，"百首"则是《后撰和歌集》时代歌人源重之与曾祢好忠等率先使用的一种体裁。天台歌僧慈圆在自咏的"文集百首"后，以一首和歌为跋，有趣地诠释了和歌与中国文学的关系：

　　唐国や言の葉風に吹き来れば寄せてぞ返す和歌の浦浪

　　"言の葉風"与"和歌の浦浪"分别是两处"挂词"（双关）。"言の葉"意为语言,"葉風"是指吹拂过草木的风,有时汉字亦作"羽风"。"言の葉風"又谐音"異の葉風",暗指中国文学是与和歌在语言与文学风格上不同的"异国之风"。"和歌の浦"是一处"歌枕"(即带有固定意象的日本地名),在今和歌山市南。而"和歌"一语本身指和歌文学。在这首歌中,"言の葉風""吹""浦浪"又有机地构成了一套"缘语"(三个具有连续关系的词汇,且其中至少一个必须具有"挂词"[双关]的机能)。以该歌为白居易诗为句题的"文集百首"的跋,其意境之深远,妙不可言。

笔者初读此歌,震撼之余,不禁想起王羲之所言"后之视今,亦如今之视昔","感慨系之"后,欲将之翻译过来,作为本书的标题。原本按照近体诗格律,拟作"唐风起浪和歌浦",但思忖之后,发觉有误导读者中国文学是和歌诞生源头之嫌。故改为"和歌浦浪起唐风"。"起"字一来解为"起于"之意,二来交代和歌文学在诞生后,由于中日文学的交流,刮起一阵中国文学之风。

相较于这首和歌,本书的内容在意境与层次上或许还相差甚远,但希望借此机会抛砖引玉,吸引更多的有志青年投身到具有中国视角的和歌文学研究中去。

黄一丁

2024 年 6 月 1 日于江海

目 录

序 论 001
　第一节　中华文明对日本文学的影响 001
　第二节　日本古典文学与中日比较文学的三段论 004
　第三节　中国古代文学影响的日本化 010
　第四节　"国风文化"时代的历史背景 012

第一章　"国风文化"时代文学思辨 020
　第一节　"唐风文化"的特征与历史背景 020
　第二节　"国风文化"的历史背景与对"唐风文化"的继承 024
　第三节　"国风文化"时代的文学与中国古代文学 028

第二章　中国古代文学对"国风文化"时代前和歌的影响 035
　第一节　《万叶集》与中国古代文学关系综述 035
　第二节　《万叶集》文学史断代与中国古代文学的日本化 038
　第三节　《万叶集》的文学遗产与其后的和歌断层 049

第三章　和歌与中国古代文学体裁的日本化　051

第一节　中国古代文学体裁的日本化与句题和歌　052

第二节　句题和歌史断代与历史背景　054

第三节　句题和歌与中国古代文学表达的接受　060

第四节　句题和歌与典故的接受　065

第五节　句题和歌与文化观念的接受　069

第六节　中国古代文学对《千里集》中四季部结构的影响　073

第七节　《千里集》之后半部分与中国古代文学　092

本章结语　099

第四章　中国古代文学意象对"国风文化"时代和歌的影响机制　101

第一节　中国古代文学与和歌意象的产生　101

第二节　和歌中菊花意象的产生与中国古代文学意象的影响　104

第三节　菊花的长生不老意象与中国古代文学的影响　108

第四节　菊花意象在恋爱和歌中的流变现象　117

第五节　元稹诗对菊花意象的再影响　124

本章结语　126

第五章　中国典故的日本化对和歌文学的影响　128

第一节　典故运用于"国风文化"和歌中的普遍性　128

第二节	中国文献影响与和歌中的祥瑞之龟	131
第三节	中国祥瑞意识的影响与长寿之龟	135
第四节	中国祥瑞意识在典故中的流变	140
第五节	中国典故的日本化与和歌中的蓬莱山传说	142
第六节	中国典故的流变与积土成山典故	146
第七节	《法华经》"盲龟浮木"典故在和歌中的影响	149
第八节	"盲龟浮木"典故在和歌中的流变	154
第九节	曳尾涂中典故对日本文学的影响	158
本章结语		160

第六章 中国古代文学思想的日本化　161

第一节	《千五百番歌合》判词与和歌判诗	162
第二节	和歌物候观的中日文学依据	166
第三节	物候观的日本化现象	172
第四节	和歌判诗中所见中日物候观的融合	182
本章结语		193

第七章 歌合活动与中国文学日本化　197

第一节	《阳成院歌合》的背景	198
第二节	白居易诗对《阳成院歌合》的影响	203
第三节	汉语"虚度""空度"对《阳成院歌合》的影响	206
第四节	惜春诗表达的流变	210
本章结语		216

第八章 "逆国风化"刍议 219
　　第一节　日本惜秋文学之源流与传统 221
　　第二节　惜秋文学的"逆国风化"与中国典故 224
　　第三节　惜秋文学的"逆国风化"与中国文学物候观 230
　　第四节　惜秋文学的"逆国风化"与中国惜春文学 238
　　本章结语 242

本书结语 244

后　记 247

序　论

日本是中国的邻邦，中日两国的文明交流史源远流长。在历史长河中，日本对中华文明的态度时而表现为学习与吸收，时而又表现为侵略与丑化，这样看似矛盾的交替过程事实上也反映出日本民族性的流变过程。研究中华文明影响日本文学的机制，将有助于我们理解日本民族在对华态度上反复变化的内在逻辑与根本原因，为我们知己知彼，思想上巍然屹立于世界民族之林创造重要条件，这也是本书写作的最根本目的。

第一节
中华文明对日本文学的影响

日本列岛由原始社会进入文明社会的过程中，中华文明起到了至关重要的作用。自绳文时代末期至平安时代，日本列岛不断从大陆汲取先进的生产方式以及物质与精神文明。跨海而来的弥生人带去了农耕、冶铁以及纺织技术，其后不计其数的"渡来人"（大陆移民）不仅在日本列岛世代居住，甚至还建立了自己的方国，《隋书·倭国传》就曾记载："经都斯麻（对马）国，迥在大海中，又东至一支(壹岐)国,又至竹斯(筑紫)国,又东至秦王国,其人同于华夏,以为夷洲,疑不能明也。"陆续到来的大陆移民为日本列岛带去了纺织、建筑等方面的各种先进技术。相较于生产技术,更至关重要的是,他们为日本列岛带去了文明的载体——文字。由汉倭奴国王金印等实物可知日本列岛居民早在中国的东汉时代就接触过汉字,但真正将汉字作为文字使用的最早实例是江田船山古坟与稻荷山古坟出土的两把错金银铁剑上的铭文,这两件文物的制造年代大约为公元5世纪末到6世纪。此后,以文字为载体,中华文明随着各种文献一道传入日本。相传,第一个将中华典籍带入日本的是来自百济国的华裔王仁,他将《论语》与《千字文》带到了日本列岛。王仁或许并非实际存在的人物,可能是当时诸多"渡来人"的形象集合,但无论如何,至少自古坟时代开始,中国文献就开始传入日本列岛,并对当时的日本社会产生了巨大的影响,最终为公元6世纪中叶佛教公传与公元7世纪中叶大化改新创造了必要的历史条件。自此,日本列岛上的大和政权融入了东亚文明体系。随着隋唐两大中原大一统王朝的建立,中华文明进入了新的繁荣时代,而受其影响,飞鸟时代、奈良时代以及平安时代早期的日本朝廷通过派遣遣隋使与遣唐使,不断吸收先进的中国政治制度与文化思想。在这样的历史背景下,日本文学的发展也与中国古代文学息息相关。日本现存最早的文学作品是由汉文书写的《日本书纪》,而《古事记》《万叶集》《日本风土记》等其他早期文学作品虽然文体与用语习惯各不相同,但也均以汉字记录成书。同时,这些文学作品的内容在各个方面都受到了中国古代文学的巨大影响。可以说,中国古代文学在大和民族的本民族文学由口述文学向笔述文学的发展过程中,发挥了无可替代的重要作用。日本文学自诞生起,就天然地受到中国古代文学的各种影响。因此,比较中日两国的文学对日本文学研究有着极大的必要性。

最早的日本文学研究,可以追溯到奈良时代末期藤原浜成编写的歌学书《歌经标式》。歌学,顾名思义,是研究大和民族的传统诗歌文学形式和歌的学问。然而,《歌经标式》不但通篇以汉文写成,其中的文学思想还处处显示出中国六朝文学的特征。特别是藤原浜成借鉴了沈约提倡的"声病说",以中国诗学的音律理论来对日本和歌文学进行解释。然而,由于和歌并不是讲究押韵的文学,藤原浜成的理论事实上脱离了当时和歌文学的实际,并没有为和歌文学研究提供较大的实际意义。但不可否认的是,藤原浜成意识到了当时的中国古代文学中业已繁盛的各种文学理论,并试图借鉴中国古代文学的方法论来构建日本诗歌文学的研究方法。此后,公元10世纪初编纂的《古今集》收录了一篇以假名书写的序文,通称"古今集假名序"。"假名序"系统地阐述了当时的歌人对和歌本质以及历史发展的认识。而其中阐释和歌本质的部分大胆借鉴了《诗经》六义的文学思想,通篇可以寻见《毛诗大序》与钟嵘所著《诗品》等中国文献的影响。由此可见,日本文学研究自滥觞起就如同日本文学本身,受到了中国古代文学思想的巨大影响。因此,梳理日本文学思想史与研究史的过程中,与中国古代文学思想的比较也是不可或缺的。

由是可知,日本列岛从野蛮的原始社会向古代文明社会转型的过程中,文学的教化熏陶作用是不可或缺的一部分,而日本文学资料与日本文学研究的起源也与中国古代文学息息相关,密不可分,剥离中华文明影响、单独讨论日本文学的诞生与流变终究是不可能的。

第二节
日本古典文学与中日比较文学的三段论

现阶段的日本古典文学研究中存在着丰富的中日比较文学的研究成果,其成果根据结论类型的不同,大致可以划分为"源流学""变异论"以及"应用论"三个相互递进的发展阶段。

"源流学"是中日比较文学发展的最基础阶段,即从中国古典文献中寻找日本文学的"源流"。现代中日古典比较文学的理论奠基人小岛宪之在研究日本上代文学时,率先将比较文学法国学派梵第根的学说引入日本文学研究,并以"源流论"为重点,开辟了现代中日古典比较文学的新领域。事实上,小岛宪之从法国学派的实证主义中寻求比较文学依据并非偶然。真正意义上的日本古典文学研究自江户时代诞生伊始就脱胎于中国明清之际的考据学传统,因此,与其说是梵第根的思想影响了中日比较古典文学研究方法,不如说是日本古典文学研究生来便具有的实证主义精神天然地选择了法国学派的实证主义方法论。

事实上,在小岛宪之以前,日本文学研究中就已经出现了很多类似于"源流论"的内容。例如,日本中世时期产生了一些关于《古今集》与《源氏物语》的古注释书,这些注释书中已经呈现出非常明显的"源流学"特征:它们在注解《古今集》与《源氏物语》中的特定语句与表达时,常常会引出其在中国古典文献中的源流。此后的江户时代里,以契冲以及本居宣长等人为代表的"国学"学派在研究日本古典文学时,依然继承了日本中世文献考据日本古典文学所见中国文献源流之习惯。进入近代,继承考据学衣钵的代表性学者应首推金子彦二郎。他在《平安时代文学与白氏文集》『平安時代文学と白氏文集』丛书中强调，平安时代文学以白居易诗歌为重要源流。然而由于战前军国主义意识形态的桎梏，金子彦二郎不得不使用"平安文学对中国古代文学的'净化'（醇化）"这一概念对日本古典文学中的中国元素进行性质上的曲解，力图证明日本文学之于中国古代文学拥有一定的"优越性"，而这种"优越性"建立在去除了所谓"中国古代文学中不纯的杂质糟粕"的基础上[1]。金子彦二郎的观点虽具有很强的意识形态导向、民族偏见以及时代局限性，是应该为我们所严厉批判的，但值得扬弃的是，他在"源流学"上做出的贡献依旧不可忽视。这些成果直接成为战后现代中日古典比较文学诞生的土壤。

小岛宪之以《上代日本文学与中国文学：以源流论为中心的比较文学考察》（『上代日本文學と中國文學：出典論を中心とする比較文学の考察』）[2]一书为契机，开创了现代中日古典比较文学的先河。以至于直到如今，"源流论"依旧是中日古典比较文学中极为重要的研究方向。可以说，中日古典比较文学研究，是一门以承认中国古典文献对日本古典文学产生影响的客观存在为基础的学科。值得注意的是，这与现今西方主流——美国学派对比较文学的认知大相径庭。

"源流学"研究可以看作中日古典比较文学的基础研究，将之归纳为中日古典比较文学的第一阶段。而以"源流学"的研究成果为基础，中日古典比较文学依照自身学科特点，以两个问题为核

---

[1] 金子彦二郎. 平安時代文学と白氏文集.［第1卷］（句題和歌・千載佳句研究篇）増補版[M]. 東京：培風館，1955.
[2] 小島憲之. 上代日本文學と中國文學：出典論を中心とする比較文學の考察（上中下補篇）[M]. 東京：塙書房，1962—2019.

心,发展出了两条不同的道路。第一个问题是,中国古代文学要素在进入日本古典文学之后发生了怎样的变化,呈现出不同于中国古代文学原典的怎样的特征。第二个问题是,中国古代文学要素在进入日本古典文学后,在其流变与发展过程中起到了怎样的作用,扮演了怎样的角色。笔者将这两个问题视为中日古典比较文学发展的第二阶段。

关于第一个问题,即中国古代文学要素在进入日本古典文学之后发生了怎样的变化,产生了怎样的特征的问题,日本学者大谷雅夫与三木雅博的研究成果十分引人注目。大谷雅夫指出,在日本古典文学中,中国古代文学要素在被接受的过程中一定伴随着某种变异,也就是说,日本古典文学中的中国古代文学要素绝不会保持中国古代文学本来的面貌,而是一定会产生很多日本文学独有的特征[1]。三木雅博则强调需要用"动态的视角"来把握中国古代文学要素在日本古典文学中的变化规律[2],即:日本古典文学对中国古代文学的吸收,并不是一蹴而就的,而是经历了漫长的历史过程。其中,早期吸收进入日本古典文学的中国古代文学要素会产生诸多流变,其后又有新的中国古代文学要素再次进入日本古典文学,并产生新的流变,这样的过程迭代进行,最后形成了中国古代文学要素在日本古典文学中十分复杂的面貌,这些经过变异的中国古代文学要素,已经与中国古代文学原典最初的样子相去甚远了。大谷雅夫的观点抓住了日本古典文学的矛盾特殊性,三木雅博的模型则坚持了发展的观点。综合二者的观点,我们不难得出一个结论:日本古典文学对中国古代文学要素的摄取,是历史

1　大谷雅夫.歌と詩のあいだ:和漢比較文学論攷[M].東京:岩波書店,2008:6—16.
2　三木雅博.平安詩歌の展開と中国古代文学[M].大阪:和泉書院,1999:1—5.

长河中动态发展的过程,而进入日本古典文学的中国古代文学要素往往发生明显的变异,呈现出丰富的特征。笔者认为,中国古代文学影响于形态上具有类似考古学中"文化层"式的叠压、打破以及共存结构。先前时代进入和歌的中国古代文学影响在变异后成为传统范式,此后又吸纳新的中国古代文学要素形成叠压结构,而有时新的中国古代文学影响又替代了部分旧的影响形成打破关系,更多的情况则是不同时期产生的中国古代文学影响各自流变发展,形成了共存的局面。笔者尝试将中日古典比较文学中诸如此类的观点归纳为"变异论",而本书中大篇幅论述的"中国古代文学影响的日本化"这一概念也属于"变异论"的范畴。

关于第二个问题,中国古代文学要素在日本文学发展中起到何种作用,亦有许多学者在日本古典文学的不同时代就不同文学形式展开过深入的研究讨论。这一问题可以以"机能论"概论。如果仅限于本书所涉及的和歌文学来说,现有的研究主要关注和歌"歌风三大高峰"之《古今集》歌风与《新古今集》歌风形成过程中,中国古代文学所起到的作用。

关于《古今集》时代的和歌文学,前文所提及的金子彦二郎指出,白居易的诗歌文学为《古今集》时代和歌风格的形成提供了诸多新鲜的文学题材与表达技巧,此外,小岛宪之[1]与太田郁子[2]则指出中国古代文献中的月令意识对《古今集》四季部中所见的所谓"循环构造"结构[3]的产生,起到了重要的刺激作用。在这一问题上颇有见地的学者当数渡边秀夫。他从三个不同的维度对《古今

---

1 小島憲之.国風暗黑時代の文学・補篇[M].東京:塙書房,2002:3—44.
2 太田郁子.『和漢朗詠集』の「三月尽」・「九月尽」[J].言語と文芸,1981(91):25—49.
3 松田武夫.古今集の構造に関する研究[M].東京:風間書房,1965.

集》时代和歌文学风格形成过程中,中国古代文学要素的机能做了详细的阐述[1]。首先,渡边秀夫在金子彦二郎研究的基础上,将对《古今集》时代和歌文学作品中的文学题材与表达技巧产生过影响的中国古代文学作品之内涵加以扩展,从白居易的诗歌文学,扩展到《古今集》形成以前的诸多中国诗歌文学。其次,他指出《古今集》时代和歌文学中比喻、双关等修辞手法也来源于中国古代文学。最后,在文学思想方面,他指出《古今集》作为醍醐天皇下令编纂的敕撰和歌集,其敕撰意识本身就来源于中国传统文化中的礼乐观念与文章经国的文学思想。尤海燕在该问题上与渡边秀夫的结论不谋而合,她系统探究了中国古代的礼乐思想对《古今集》时代和歌作品产生的影响[2]。以上研究,都为我们系统理解中国古代文学要素在《古今集》时代和歌文学风格的形成中发挥的作用提供了坚实的依据。

关于《新古今集》时代的和歌文学风格形成与中国古代文学要素关系的研究亦颇为瞩目。其中,长谷完治[3]、谷山茂[4]以及小山顺子[5]等学者的研究最具代表性,而大野顺子[6]与藤平春男[7]的研究也涉及了该问题。长谷完治以《新古今集》时代最重要的歌人藤原定家的和歌作品为研究对象,深入探讨了其中受到中国古代文学影响的部分,为后续的研究开辟了新的领域。谷山茂则着重研

---

1 渡辺秀夫.和歌の詩学:平安朝文学と漢文世界[M].東京:勉誠出版,2014:5—273.
2 尤海燕.古今和歌集と礼楽思想:勅撰和歌集の編纂原理[M].東京:勉誠出版,2013.
3 長谷完治.漢詩文と定家の和歌[J].語文,1966(26):27-37.
4 谷山茂.谷山茂著作集一:幽玄[M].東京:角川書店,1982.
5 小山順子.新古今的表現の研究[D].京都:京都大学,2005.
6 大野順子.新古今前夜の和歌表現研究[M].東京:青簡舎,2016.
7 藤平春男.藤平春男著作集(第一巻)新古今歌風の形成[M].東京:笠間書院,1997:43—60.

究《新古今集》前夜的和歌文学理论——幽玄论与中国古代文学之间的关系,并指出该时代的和歌表达中出现了许多新的中国古代文学要素。小山顺子则着重研究《新古今集》时代的和歌修辞技法——"本文取"(即和歌以某些中国古代文学名句为典的修辞手法),探讨"本文取"与《新古今集》时代和歌文学风格形成之间的内在联系。此外,大野顺子与藤平春男等学者的研究亦涉及了部分中国古代文学要素与《新古今集》时代和歌文学之间关系的内容。

前文所述"源流学""变异论"以及"机能论",从哲学的角度来看,皆属于"世界观"范畴的内容。而在研究日本古典文学时,我们在建立了科学的中日古典比较文学的世界观后,应当以之为基础建立一套行之有效的方法论,来为研究服务,这是中日古典比较文学不可回避的重要课题。笔者将这一课题理解为中日比较文学的第三阶段,也是未来的发展方向。

日本古典文学中,一部分文学作品的文本传承状况不甚理想,其中存在着许多谬误之处,令人不解。而对这些部分的再解读,就成为非常重要的课题。我们已经知道,日本古典文学作品中存在着大量的中国古代文学典故,而日本古典文学作品的本文中,容易产生文本谬误的部分,往往恰巧就是与中国古代文学相关的部分。后世的传抄者缺乏中国古代文学知识,因而无法理解文本的正确意义,最终导致传抄中产生谬误,这种情况屡见不鲜。因此,利用中国古代文学来对日本古典文学作品的本文进行新的文本批判研究,十分必要。例如,大谷雅夫利用李白的诗歌,对《蜻蛉日记》中历来为学界不解的部分进行再校订,还原出目前比较理想的文本形态,为后续研究工作打下了坚实的基础[1]。此外,日本古典文学

---

[1] 大谷雅夫.『蜻蛉日記』と漢文学[J].文学,2007(8):205—222.

中,还存在着一部分文本的释义存疑的问题。而日本古典文学在中国古代文学中的"源流",则可以为这些文本的释义提供有效参考。例如,大谷雅夫认为《源氏物语》与《枕草子》运用白居易诗歌中的表达,因而通过参考白居易诗歌,重新对这些部分进行释义,得出了与此前的解读截然不同的结论[1],具有很强的创新性。文学作品的解释往往会随着时代的推移而产生巨大的变化,而利用这样的方法论,有助于我们接近文学作品在成书时代背景下最原始的正确含义,具有极大的意义。此外,以中日古典比较文学的世界观去审视过去没有被足够重视的文学作品,有时可以发现其新的历史与文化价值,这也是十分重要的。总而言之,笔者认为上述研究内容可以归纳为"应用论",成为中日古典比较文学的第三阶段,是未来的研究方向。

综上所述,中日古典比较文学的存在有其内部的必要性,其发展的各个阶段都具有各自对应的重要意义。而本书中所探讨的问题,绝大部分还属于中日古典比较文学的第二阶段中的"变异论"与"机能论",一小部分则涉及了第三阶段的"应用论"。

第三节
中国古代文学影响的日本化

本书涉及"中国古代文学影响的日本化"这一概念,本节针对其定义以及相关概念进行讨论。中国古代文学影响,并非原本就存在于大和民族文学中,是源于中国古代文学而后进入日本文学

---

1 大谷雅夫.椎本卷「山の端近きここちするに」考[J].文学,2015(16):32—46.

的内容的总称,它包括中国古代文学题材、体裁、修辞、典故等。值得注意的是,日本列岛对佛教思想的吸收,绝大多数也是通过汉译佛经完成的,因此,从广义上来说,这些汉译佛经虽然内容上源于古印度,但形式上却完全汉化,因此本书依然将与汉译佛经相关的文学要素视为中国古代文学要素广义上的一部分。

而关于"日本化"的概念,如前文所述,中国古代文学要素在进入日本古典文学后,往往会产生各种各样的变异,其中有些变异或因偶然,但很大一部分则有着其内在的必然原因,这些原因往往就与日本列岛的自然环境、大和民族的语言习俗、当时社会的价值观念等有着密切关联。本书定义的"中国古代文学要素的日本化"指的是,日本文学中的中国古代文学要素,因日本列岛的语言、自然、社会等特征,或日本人的价值观、日本文学的特点而产生的变异。值得注意的是,中国古代文学要素的日本化,既可能是当时文人有意而为,亦可能是不经意之举。从这段定义中,我们也不难区分"中国古代文学要素的日本化"与"中国古代文学要素的变异"这两个概念。即:中国古代文学要素的变异中,存在着一部分与日本列岛的矛盾特殊性不具有内在因果联系的偶然变异,而这样的变异则不属于"中国古代文学要素的日本化"的范畴。

例如,唐代诗人元稹的名句"此花开尽更无花"为平安时代的贵族文人口耳相传时,往往是以"此花开后更无花"这样的形式。10世纪中叶由大江维时编纂的唐诗佳句选《千载佳句》以及11世纪初由藤原公任编纂的汉诗文与和歌选集《和汉朗咏集》中,此句中的"尽"字都作"后",这充分反映了平安时代的贵族文人对元稹这句诗的理解。以至于到了12世纪初,由大江匡房编著的《江谈抄》中竟然出现了元稹托梦将"后"字修改为"尽"字的传说。可见此谬误在平安时代的影响之大。而由"尽"到"后"字的变异,既与日本列岛的自然、社会、语言特征关系不大，也很难认为与大和民族的价值观相关，亦不是为了适应日本文学的特殊体裁形式，因此应视为文献传承过程中偶然发生的变异。诸如此类的现象，虽然属于中国古代文学要素在日本文学中的变异，却不能认为是中国古代文学要素的日本化。

中国古代文学要素的日本化这一概念，以前文所引大谷雅夫的"变异理论"以及三木雅博所提倡的"动态视角"为基础发展而来。大谷雅夫所强调的变异中，有很大一部分正是中国古代文学要素的日本化，其发生的内在原因也正是日本列岛的矛盾特殊性。而运用中国古代文学要素的日本化这一视角，也可以系统地对一部分变异发生的根本原因进行合理解释。另一方面，中国古代文学要素的日本化这一概念，也进一步对三木雅博提出的"动态视角"进行了内容上的细化与补充，即日本化的过程是中国古代文学要素在日本文学内部动态变化的重要组成部分，通过研究其日本化现象，可以揭示其动态变化的本质与成因。

最后，中国古代文学要素的日本化这一概念的最大意义在于，指出了中国古代文学要素在日本文学中发生的一部分变化的原因，这为我们更加深刻全面地理解日本文学的本质以及中华文明的巨大影响力提供了宝贵材料。

第四节
"国风文化"时代的历史背景

最后，我们来关注本书涉及的时代。"国风文化"时代是日本文化史语境下对公元 900 年以后日本文化类型的称呼，对应到和歌史的断代则大约是《古今集》时代以后，而日本文化史将自11世纪后半叶院政期开始的文化类型称为院政期文化。然而，自《古今集》一直到镰仓时代后期连歌文学兴起，和歌文学的发展并未发生中断，而是一脉相承的。因此，笔者在本书中将自《古今集》前夕和歌的复兴至镰仓时代后期连歌代替和歌成为诗歌文学主流中的和歌文学均视为日本"国风文化"的产物，皆纳入研究对象。因此，本书的研究时代事实上从平安时代中期一直延续到镰仓时代。

平安时代从794年桓武天皇迁都开始，直至1185年平氏覆灭或1192年源赖朝成为"征夷大将军"为止，约400年的时间。镰仓时代指的是1193年开始至1333年为止由镰仓幕府控制统治的140年。这样的时代划分，是以日本列岛的政权所在地的变迁为线索梳理出的一种政治史划分。若以经济、文化以及其他角度为线索，则可以得出完全不同的划分标准。

从政治与经济制度角度来看，平安时代前期依旧实行了模仿中国封建王朝的律令制度，律令制既有属于政治中上层建筑的部分，也有属于经济生活中生产关系的内容。而从10世纪开始，律令制在日本列岛逐渐解体，至10世纪中叶基本瓦解。取而代之的，政治上是以"摄关制"为核心的权门体制，经济上是以受领阶级为核心的"庄园制"。具体来说，经济基础方面，日本朝廷迁都至平安京（今京都市）后，政局相对平稳，除了上层贵族的政治斗争（阳成天皇的皇统更迭、阿衡纷争、昌泰之变、安和之变等）与零星发生的地方叛乱（承平天庆之乱等），整个日本列岛没有发生较大规模的政权更迭与对外战争。得益于相对平稳的政局，当时的社会生产力得到极大的发展，地方上，更多的农田被开垦。以京都为中心，涵盖大阪、奈良等地的近畿地区经济中心的地位尽管没有改变，但随着地方豪强不断开垦出新的私田，地方经济实力不断增强。因此，上层建筑方面，7世纪末期模仿中国人口与经济制度建立起来的、朝廷直接管辖人口与土地的编户制与班田制越来越不能适应当时生产力的发展需要，而以编户制与班田制为基础的顶层政治设计"律令制"在10世纪时便名存实亡，在朝廷对地方经济与人口的控制力日益减弱下，一套符合日本当时生产力发展水平的土地制度"名体制"随之诞生。不同于之前"律令制"体系下朝廷直接管理支配地方的人口与土地，"名体制"更类似于一种以方国为单位的"承包制"，将原本由朝廷支配的公田编为"名田"分配给地方豪强，而中央在各方国任命地方官，地方官在当地以赋予地方豪强一定的政治地位为交换条件，换取地方势力协助朝廷征收赋税，支配人口。

如此一来，地方官在任国上任时充当朝廷势力的地方代理人，在归京述职时也成为地方势力在政治中心平安京的利益代理人，地方豪族通过朝廷任命的地方官为中央政治势力提供财源，而朝廷贵族则以地方官为代理人，以政治权力为地方豪族提供庇护与统治的正当性。于是，平安京中的贵族自然产生了分化，诞生出直接染指朝廷最高权力的"公卿"，与直接掌握地方经济实权、世代充任地方官的"受领"。值得注意的是，公卿家贵族年轻时，往往也会担任地方官的职务，但与普通的"受领"阶层相对固化的身份地位相比，公卿家的子嗣享有着官职从地方官升级为中央高级官吏的跃升通道。在这种阶层的分化逐渐固化的同时，在中央朝廷，一套以藤原氏北家为核心的家族政治制度"摄关制"则代替了自平安初期以来一直维持的天皇亲政，随着掌握朝廷最高实权的摄政与关白以及象征着百官中权力巅峰的太政大臣开始为藤原氏北家垄断，政治实权便由天皇家转移到了长期拥有外戚身份的藤原氏北家之中，成为"公卿"的上升通道也被藤原氏北家牢牢地把持住。

于是，在地方任官的受领贵族与地方豪强不得不愈发依附于藤原氏北家的政治势力，为其提供强大的财力支持。由此，公卿、受领、豪强、农民这样四层结构的封建制度便日益稳固了。

进入平安时代后期，地方的豪强武士阶层势力日益强大，不再能够为中央派遣的受领所节制。与200年前发生在中国唐王朝末期的地方分裂类似，地方豪强武士们犹如唐末节度使一般掌握了地方的军政财权，最终的结果是，源氏与平氏两大武士集团之间产生了直接冲突，消灭了平氏势力的源氏如日中天，染指畿内，权倾朝野，建立实权机构镰仓幕府而化天皇为傀儡，以至于最后出现了东亚历史上罕见的闹剧：承久之乱中谋划反抗幕府而失败的后鸟羽天皇以及顺德、土御门天皇两兄弟，共计三代天皇被流放出京，顺德天皇之子仲恭天皇被废，后鸟羽天皇的两位皇子亦遭流放。承久之乱标志着天皇彻底沦为镰仓幕府的傀儡。由此可见，平安时代早期在政治与经济制度上与日本上代一脉相承，是律令制社会的晚期。而中期与后期则是权门体制的诞生与发展期，并为中世武家政权的产生埋下伏笔。

可以窥见，日本从中国封建王朝学习的律令制，在平安时代中期开始已经不能适应日本社会的矛盾特殊性，这使得日本统治者不得不走上了一条更符合本国实际的道路。其发展演变的最终结果是，地方豪强武士中的佼佼者成为统治日本全国的权力中心。可以说，自平安中期到镰仓时期，日本的政治与经济结构在吸收了中国封建政治制度要素的基础上，逐渐形成了自身独有的特点。我们不难发现，日本政治与经济制度的变化固然有其内在原因，但10世纪初唐王朝的灭亡，此后五代十国的分裂，以及宋辽、宋金对立的局面也是其重要的外因。由于整个东亚长期未能形成大一统王朝，中华文明对日本列岛的辐射也就只能通过商业贸易等民间的经济形式进行，而缺乏中央集权主导的更为有力的文化输出。这是平安中期至镰仓时代日本政治与经济制度呈现出脱离中华文明倾向，产生自身特点的客观历史背景。

而在文化方面，传统的文化史研究习惯将平安时代（不含院政期）的文化划分为两个时代，即以10世纪初为分水岭，将整个平安时代的文化史划分为前期的"唐风文化（弘仁贞观文化）"与中后期的"国风文化（摄关文化）"时代。此学说即"唐风文化—国风文化"论。该论以战前"国风文化"论为基础，结合战后小岛宪之的"国风暗黑"时代学说形成（前文所引的学者小岛宪之从日本文学的角度出发，将"唐风文化"时代称为"国风暗黑"时代），不仅在文学研究领域占据主导地位，在日本文化史、工艺美术史等领域亦为通行理论。近年来，日本史以及美术史开始反思"国风文化"时代概念[1]，其中最具代表性的当数榎本淳一的研究[2]。他指出，"国风文化"时代在注重日本本土文化的同时，实际上并未抛弃对中华文化的青睐，而是将中华文化要素有机改造为更利于日本普通民众接受的样式，事实上促进了中华文化在日本的广泛传播。以该研究为基础，日本文化史语境下的"新国风文化"论得以形成。然而，上述研究都依存于"唐风文化—国风文化"论的时代划分与理论框架，仅是对现有体系的改良，虽在微观层面有所突破，但宏观上都以尊重"唐风文化—国风文化"的断代以及承认"国风文化"时代的客观存在为先决条件，因此依然没有超越"唐风文化—国风文化"论的范畴。平安时代末期至镰仓时代，地方的武士阶层势力开始壮大，直到镰仓幕府建立，彻底掌握了政治实权。然而，虽然镰仓幕府控

---

[1] 千野香織. 10-13世紀の美術：王朝美の世界[M]. 東京：岩波書店，1993.
木村茂光.「国風文化」の時代[M]. 東京：青木書店，1997.
[2] 榎本淳一. 唐王朝と古代日本[M]. 東京：吉川弘文館，2008.

制了政治实权,但此时的文化中心依然存在于以京都为代表的近畿地区。武士阶层的文化虽然对平安时代以来的贵族文化产生了一定冲击,但依旧未能成为文化的主流。武士文化真正成为社会的主流是镰仓时代后的室町时代。因此,镰仓时代的文化属性更接近于院政期文化,而不是其后的室町文化。这也是本书将平安与镰仓两个时代的和歌文学都纳入研究对象的根本原因。

将平安与镰仓时代的文化史发展结合到日本古典文学发展的具体情况来说,自平安迁都后的几十年内,日本宫廷文学的主流都是模仿中国古代文学所创作的日本汉诗文,而该时代的和歌作品仅存记录在史书之中由天皇吟咏的若干首作品。然而"国风暗黑"时代中,和歌文学并非不存在,只是由于失去了万叶集时代的宫廷文学地位,因而成了下层贵族与一般平民的文学,未被记录或多有散佚。例如《古今集》汉文序中曾记载:"及彼时变浇漓,人贵奢淫,浮词云兴,艳流泉涌,其实皆落,其华孤荣,至有好色之家,以此为花鸟之使,乞食之客,以此为活计之谋,故半为妇人之右,难进大夫之前,近代存古风者才二三人。"因此,"唐风文化"时代的日本社会中依旧存在以和歌为代表的大和民族文学。事实上,《古今集》中收录了许多无名氏的和歌作品,这些作品很有可能就是"国风暗黑"时代身份地位较为低下的文人所作。而"国风文化"时代的主张也并非不刊之论。事实上,"国风文化"时代的诞生,在日本古典文学中集中体现在假名文学的形成上。平安时代的假名文学主要是诗歌文学中的和歌,以及叙事文学中的物语与和文日记。然而,正如第一节中所述,《古今集》时代的和歌风格与中国古代文学有着密不可分的影响关系,早期物语与日记文学也受到了中国古代文学极大的影响。此外,任何人类文化都不可能凭空出现,假名文学也不可避免地继承之前"唐风文化"时代文学的诸多特征。因此,"国风文化"时代的假名文学虽然形式上以日本特有的假名文字书写,但内容上有许多都是对之前"唐风文化"时代文学的继承以及对中国古代文学的吸收。从这个角度上来说,过分夸大文学的载体——文字之区别,刻意割裂平安时代前期与中后期的文学,存在着一定的片面性。"唐风文化—国风文化"论的合理性值得进一步商榷。进入平安时代晚期以及镰仓时代后,虽然也出现了一部分代表武家文化的军记物语以及向底层人民宣传佛教思想的佛教说话,但和歌与物语等贵族文学依旧占据着文学的主流。

本书涉及的和歌文学,自9世纪末至14世纪初,微观上经历了数次革新,其中除了上文提及的古今调与新古今调的形成,还历经了其他复杂的歌风的变化。例如《后撰集》时代开始,歌人开始有意识地吸收继承上代《万叶集》中的和歌传统表达,这个时代的歌人曾祢好忠还率先创造了被后世称为"定数歌"的和歌文本形式。《拾遗集》时代,摄关家成为和歌文学的中心,以摄关家为核心的文坛涌现出一批重要的歌人。此后的11至12世纪,《堀河百首》奠定了后世和歌题咏范式的基础,此后的源俊赖则率先为后世新古今调歌风的形成做出了一定的前瞻性示范。《新古今集》时代前夜,歌学为藤原氏北家的六条家与御子左家两大门第垄断,二者之间对和歌文学主导权的斗争客观上促进了新古今调的形成。《新古今集》时代前后,御子作家的藤原俊成、定家、为家祖孙三代依次获得了摄关家九条流与后鸟羽、顺德、土御门三代天皇的庇护,地位上彻底压制六条家,成为朝廷公认的歌学权威。镰仓时代,为家的三个子嗣分别自立门户,御子左家分裂为二条、京极以及冷泉家三家。与此同时,原本庇护御子左家的九条流后裔与御子左家后人反目,与藤原氏支系室叶家一道形成了反御子左家的联盟。而镰仓幕府统治阶层的武士首领中亦出现了诸如第三代幕府将军源实朝的重要歌人。我们不难发现,平安至镰仓时代的和歌发展史中,可以清晰地看到一条由中下级贵族文学向统治阶级上层贵族文学的发展脉络。《古今集》时代的最重要歌人纪贯之、凡河内躬恒等人皆为中下级贵族,而自10世纪后半叶起,歌人的主流逐渐演变为摄关家周围更为接近权力核心的上层贵族,直至《新古今集》前夜的《千五百番歌合》,和歌与权力的结合达到了最高峰。《千五百番歌合》收录的和歌多达三千首,其中众星云集,不但后鸟羽上皇直接参与,还囊括了左右大臣与大僧正在内的大部分朝廷要员以及藤原俊成、定家、显昭三位当时的歌学权威等其他参与者,令人叹为观止。

通过以上内容我们可以得知,平安中期至镰仓时代是和歌文学发展的黄金时代,而在这黄金时代的400年中,中国古代文学对和歌流变的影响则是不可回避的话题。尽管正如前文所述,自平安中期开始,日本的经济政治制度开始脱离中国大陆的规范,走上了一条具有日本特征的新道路,而这段时期和歌文学中所见中国古代文学的影响也具有同样的倾向,呈现出与中国原典相异的新特征。这些新特征往往阻碍了学界寻找其在中国古代文学中的源流,而通过探究这段时期和歌文学的发展与中国古代文学影响的日本化,则可以有效理解中国古代文学是如何流变为我们目前观察到的形态,并为该时代的和歌文学研究提供了一个新的思路,同时有利于打破近年来国内舆论中出现的对日本传统文化的迷信与盲从,深化我们对中华文明强大影响力与生命力的认识,增强我们对中国古代文明、传统文化以及古代文学的认同感,最终增强我们的民族自豪感。

第一章 "国风文化"时代文学思辨

日本平安时代(794—1192)的文化史往往以公元900年左右为分水岭,将整个平安时代划分为前后两个不同的时代,即自桓武天皇迁都至平安京至公元9世纪后半叶的"唐风文化(弘仁贞观文化)"时代,与公元900年以后开始的"国风文化(摄关文化)"时代。而11世纪后半叶开始的"院政期文化"与此后的"镰仓文化"均脱胎于"国风文化",特别是在和歌文学中,院政期与镰仓时代的和歌文学发展与"国风文化"时代的和歌一脉相承,不可分割,因此自平安中期至镰仓时代结束,和歌文学的审美倾向都属于广义的"国风文化"。本章从文学史的角度对"国风文化"时代的日本文学作品进行梳理,旨在明确"国风文化"时代文学作品的基本文化属性。

第一节
"唐风文化"的特征与历史背景

在"唐风文化"时代,日本朝廷延续了奈良时代的外交传统,在继续向唐朝派遣遣唐使与留学生(僧)的同时,还积极吸纳唐代文化,以此为契机,长安的方音、以白居易为代表的中唐诗歌、以真言宗与天台宗为代表的唐代佛教等新文化在这个时期进入日本，并扎下根基，为日后日本平安中后期文化的形成奠定了基础。

政治上，模仿中国政治制度建立的律令制度在该时代日臻成熟，达到了最稳定的巅峰期。值得注意的是，下令迁都平安京的桓武天皇本身就具有大陆渡来人的血统，而其迁都平安京的根本目的也在于排除平城京（今奈良）既存的旧贵族旧宗教势力，将统治中心转移到历来渡来人势力强大的山背国地区，以之为新都，这显示出桓武天皇亲近大陆势力的政治姿态。除此之外，中国传统政治制度中受到中国传统宗教影响而产生的"郊祭"制度在"唐风文化"时代初期也开始影响日本政治，桓武天皇在重新修整伊势神宫的同时，还于平安京以南的河内国（今大阪一带）举行了类似"郊祭"的祭祀活动，此后，还将自己的父亲光仁天皇以昊天上帝的身份进行祭祀[1]，这些政治活动无一不显示出"唐风文化"时代日本政坛对大陆文化的憧憬。究其根源，壬申之乱时更一度迭至天武系的皇统，几经波折，终于在光仁天皇时又回归到天智系一侧，而统治根基未稳的桓武天皇自然要采取新的意识形态来巩固自身统治，壬申之乱中败北的大友皇子对中国文化颇为憧憬，这从奈良时代编纂的汉诗集《怀风藻》中收录的大友皇子的诗作就可窥见一斑，天智系皇族对大陆文化理应保有较强的亲近感，而此时盛唐中唐时期产生的绚烂文化又源源不断地输送到日本列岛，这样的外来先进文化天然地成为天智系新政权构建意识形态与文化统治的不二选择。

---

[1] 参见：河内春人. 日本古代における昊天祭祀の再検討[J]. 古代文化, 2000(52): 29-41.
西野雅人. 市原市稲荷台遺跡の円丘祭祀：桓武・文徳朝の郊祀との関係について[J]. 千葉史学, 2016(69): 15-35.
龔婷. 桓武天皇の皇統意識[J]. 総研大文化科学研究, 2019(15): 1—25.

桓武天皇后，平城京旧贵族保守势力依旧强大，他们以平城天皇为政治核心，与以嵯峨天皇为代表的新贵族势力展开了激烈的政治斗争，其中以"平城太上天皇之变"（又称药子之变）最具代表性。平城天皇退位后成为太上天皇，在旧都平城京另立中央政权，最后甚至下令废止平安京，在嵯峨天皇的武力围剿下，平城天皇引咎出家，尚侍藤原药子被剥夺官位，而原本在嵯峨天皇后有望继承皇位的平城天皇之子高岳亲王也被废黜太子之位，皇位失去了在平城与嵯峨两统间迭立的可能性[1]。"平城太上天皇之变"以嵯峨天皇方的胜利而终结，这一历史事件标志着平安京新贵族彻底稳固了政权，而为其后数十年"唐风文化"的繁荣奠定了坚实的政治基础。此后，在文化的诸多方面，日本社会都显示出了浓厚的中国特色。

宗教上，"南都六宗"在奈良时代的平城京拥有强大势力，进入平安时代后，其势力开始逐渐衰弱，取而代之的则是真言宗与天台宗的平安二宗，在"平城太上天皇之变"中，这两宗的势力倒向嵯峨天皇一方，以此为契机，平安二宗成为日本朝廷认可的主流佛教宗派[2]。天台宗的开祖最澄入唐求法，甚至在入唐前已经是当时日域知名僧人。真言宗的开祖弘法大师空海曾随最澄一道入唐求法，最澄原以弟子之礼相待，空海在学习中国先进的佛教文化后，与最澄的宗教思想出现分歧，创立了真言密教，日后成为日本佛教史与文化史上最重要的僧人之一。可以说平安二宗的诞生及繁荣与"唐风文化"时代的政治背景紧密相关。

---

1 参见：西本昌弘.薬子の変とその背景(律令国家転換期の王権と都市(論考編)；王権論)[J].国立歴史民俗博物館研究報告，2007(134)：75—91.
神谷正昌.伊予親王事件と薬子の変：平城天皇と皇位継承[J].續日本紀研究，2021(424)：33—47.

2 参见：大山公淳.平安朝時代の密教思想[J].密教研究，1940(74)：48—72.

美术上，平安二宗在带来佛教思想的同时，还为日本列岛带来了绚烂多彩的佛教美术，形成了美术史上定义的"贞观美术"（貞観美術）。这一时代的曼陀罗与佛教造像吸收了大量源于大陆的艺术表现技法，体现出浓厚的大陆文化特征，成为该时代美术史上最显著的特色[1]。

语言上，平安时代以前传入日本列岛的汉字音被称为"吴音"。汉字传入日本列岛至奈良时代为止的较长一段历史时期内，"吴音"的性质本身也是多源的：有的源于传入朝鲜半岛的汉字音，有的源于上古汉字音末期的南朝方音。而进入平安时代以后，日本贵族开始集中系统地学习属于中古汉字音的长安方音，以此为基础形成了"汉音"。吴音与汉音在音韵上的对立是十分显著的。该现象体现出平安初期汉字音的更新。

书法上，"唐风文化"时代的书法在理念上以尊重中国书法，特别是晋唐风为要义，并孕育出以模仿中国书法晋唐风特色见长的"日本三笔"，即空海、嵯峨天皇以及橘逸势。其中空海受到王羲之与颜真卿书法的影响较大，而嵯峨天皇又受到了空海风格的影响，橘逸势相传在渡唐期间学习书法，其受到了唐代书法的巨大影响应是不争的事实[2]。书法方面亦能体现出"唐风文化"时代中国文化在日域的盛行。

在本书所聚焦的文学方面，"唐风时代"的文学更加凸显出强烈的中国古代文学特征。在体裁上，以汉语文言文书写的中国诗取代了自古坟时代开始的和歌，成为日本宫廷文学的主流。在文学思想上，嵯峨天皇下令编纂敕撰汉诗集《凌云集》，于日域践行中

1　辻惟雄.日本美術の歴史[M].東京：東京大学出版会，2005：85—114.
2　春名好重.日本書道新史[M].京都：淡交社，2001：66—86.

第一章　"国风文化"时代文学思辨　　023

国古代文学中的"文章经国"思想，实现其政治抱负，同时还开创了日本朝廷敕撰诗歌集的先河，成为数百年间层出不穷的敕撰文学之滥觞。而后编纂的《文华秀丽集》以及《经国集》亦是中国古代文学"文章经国"思想影响下的产物。如前文所述，以小岛宪之为代表的日本文学学者甚至将"唐风文化"时代称为"国风暗黑时代"，这一称呼足以体现该时代日本传统文学在发展上的蛰伏与中国古代文学体裁在日域的繁荣。"唐风文化"时代的一系列文学现象体现出儒家思想中的文学政治化理念已经影响日本，并对日本政治与文学产生了巨大的改造。

总体来说，在天智系的光仁—桓武皇统掌握政权的背景下，平安京的新贵族为巩固文化统治，采取了积极吸收唐代先进文化的策略，在文化生活的各个方面走上了模仿唐朝文化的道路。这样的现象与明治维新时期日本社会全盘西化、脱亚入欧的场景颇为相似。事实上，在某一特定的历史时期倾倒于某一外国文化的现象，在日本历史上似乎十分普遍，例如奈良时代的"天平文化"与平安时代的"唐风文化"皆出自对中国文化的憧憬，近代的明治维新源于日本民族对西方文明的崇拜，战后的诸多思潮则体现出日本民族对发达的美国现代文化之推崇。了解到这样的历史事实，有助于我们更加深刻地理解日本文化形成的特点与规律。

第二节
"国风文化"的历史背景与对"唐风文化"的继承

嵯峨天皇退位后让位于其弟淳和天皇，并持续以太上天皇的身份控制着朝廷实权。公元842年，嵯峨上皇驾崩后，其长达三十余年的安定统治画上句号，随之而来的是嵯峨天皇之子仁明天皇。他与新贵族藤原氏联手，一举消灭了淳和天皇之子，以及当时拥有皇太子身份的恒贞亲王势力，史称"承和之变"[1]。至此，正如"平城太上天皇之变"中嵯峨天皇一方的胜利避免了两个皇统之间的迭立一般，仁明天皇与藤原氏北家在"承和之变"中的胜利同样避免了嵯峨与淳和皇统的两统迭立，此后的文德、清和以及阳成天皇三代，皇位均安稳地掌握在嵯峨—仁明皇统的皇族手中。安定的政治环境则为持续的文化政策提供了安定的土壤，自嵯峨天皇至阳成天皇，日本继续派遣遣唐使，不断学习中国大陆的先进文化，"唐风文化"时代得以持续。然而，自飞鸟时代开始至"唐风文化"时代结束，正如序章中所述，大量源自中国的政治制度与文化艺术渐渐表现出水土不服，其与日本社会实际之间的矛盾龃龉日益凸显，旧的文化政策亟须新的文化政策替代。

新政策的政治契机源于阳成天皇的幼年即位与藤原氏北家的内部斗争。自"承和之变"，藤原氏北家的势力开始抬头，依靠自身外戚的身份逐渐凌驾于其他贵族之上，到阳成天皇即位时，阳成天皇之母藤原高子成为皇太后，而高子之兄藤原基经亦被淳和上皇委任为摄政，权倾朝野。然而，基经与其妹高子之间不和，藤原氏北家的内部斗争逐渐演变为日本朝廷的政治斗争，其结果便是，公元884年，阳成天皇成为基经与高子政治斗争的牺牲品，被迫让位于祖父辈的仁明天皇之子光孝天皇，成为太上天皇，自此，天皇皇统再次发生更迭，由文德系变为光孝系。55岁高龄即位的光孝天皇4年后驾崩，而基经与高子的不和再次左右了继承皇位的人选，

---

[1] 参见：神谷正昌. 承和の変と応天門の変：平安初期の王権形成[J]. 史学雑誌，2002(111)：40—57,151—150.

光孝天皇生前将自己的子嗣全部降为臣籍,以表明身后将皇位归还至清和天皇之子、阳成天皇之弟贞保亲王的意图,然而,贞保亲王与阳成天皇同出于高子之腹,为遏制高子的政治势力,基经及其朝中拥趸不惜将已经降为臣籍的光孝天皇之子源定省推上皇位,是为宇多天皇。宇多天皇即位后不久在基经就任关白的问题上又与之发生了矛盾,史称"阿衡纷争"[1]。这一系列的政治事件表明,直到基经去世,光孝—宇多皇统都没有牢固地掌握朝廷实权。公元891年基经去世,宇多天皇终于迎来亲政的机会。至此,从桓武天皇以来的文化政策也出现了转变的契机。

宇多天皇在位期间,和歌文学逐渐通过"歌合"(即具有竞争性、定胜负的歌会)的形式回归至宫廷文学中,并留下了一批成书于该时代的歌合文献。此外,公元630年以来持续了250多年的遣唐使制度在宇多天皇时期被废止。虽然废止遣唐使有晚唐时期中国社会动荡、经济凋敝的外在原因,但宇多天皇亲政后在文化政策上急于探索新的思路,是废止遣唐使的内在原因。这一系列现象表明,在光孝—宇多皇统的统治下,日本朝廷的新文化政策正在逐渐形成。公元897年,宇多天皇退位,其子醍醐天皇即位。901年,醍醐天皇为扫清父亲宇多太上天皇等旧政治势力,选择了与藤原氏北家联盟,与适时的重臣基经之子时平合谋将父亲的宠臣——菅原道真流放出京,之后又敕令编纂假名文学《古今和歌集》,与此同时,醍醐天皇还对律令制度的实施细则进行了修正与重编,在嵯峨天皇的《弘仁格》与《弘仁式》以及清和天皇的《贞观格》与《贞观式》的基础上,编纂了《延喜格》与《延喜式》,从而进一

---

1 参见:神谷正昌.阿衡の紛議と藤原基経の関白[J].続日本紀研究,2011(393):1—17.

步规范朝廷的政治制度与意识形态，以巩固自身的统治稳定。此外，醍醐天皇还下令继续编纂因宇多天皇退位而中断的正史《日本三代实录》，以彰显光孝—宇多皇统在皇统更迭历史中的正统性。自宇多天皇至醍醐天皇的这一连串历史事件释放出重要的政治信号——醍醐天皇统治集团的文化政策或将有别于自桓武天皇以来注重中国文化的倾向，而转为弘扬本土文化。

此后的文学一定程度上印证了这一观点。公元 900 年以后，以假名为文字、用大和语言书写的假名文学开始出现，在诗歌文学方面，自宇多天皇时期开始复兴的和歌文学在经历了敕撰和歌集《古今和歌集》的高光时刻后并没有停下发展的脚步，逐渐成为公元 10 世纪日本宫廷文学的主流。而在叙事文学方面，以假名书写的日记文学与物语文学开始出现，并依托后宫的女性在宫廷内广泛传播，成为深受平安贵族喜爱的文学形式。基于这样的文学现象，自 20 世纪 30 年代起，日本的古典文学研究界出现了解释平安时代文学的基本理论"国风文化"论，以之为基础，又结合战后小岛宪之的"国风暗黑时代"学说，从而形成了"唐风文化—国风文化"论。这一理论不仅在文学研究领域占据主导地位，在日本文化史、工艺美术史等领域亦为通行理论。"唐风文化—国风文化"论以公元 9 世纪末至 10 世纪初的数十年为分水岭，将平安时代文化史划分为前后两个阶段，即崇尚中华文化的"唐风文化"时代与注重日本本土文化的"国风文化"时代，对此本章开头一段已有叙述。

事实上，在平安文学研究领域，日本文学的学者们已经证实，"国风文化"时代产生的假名文学中的确存在着诸多中国古代文学要素，然而，这些论据并没有被系统地组织起来用于反驳"国风文化"论。"国风文化"存在于平安时代文学的基本论据主要是假名文学的诞生与流行。通过在平安时代的假名文学中找到的为数众多的中国古代文学要素，可以探明其在早期假名文学的诞生与流变中所起到的具体作用，可更加接近所谓"国风文化"时代文学的真相以及本质。如上文所述，假名文学主要包含和歌、物语、日记等文学体裁。根据现有的研究，这些文学体裁中存在着大量中国古代文学要素已是不争的事实。

第三节
"国风文化"时代的文学与中国古代文学

　　现存最早的和歌文学是日本古坟时代天皇所咏的和歌，但不能排除这些和歌为后世附会的可能性，但至少在飞鸟时代，和歌文学就已经成为日本朝廷的主流宫廷文学形式，并出现一批宫廷文学的御用歌人。自古坟时代到奈良时代数百年间的和歌文学都收录于《万叶集》中，但我们有理由相信，除了收录于《万叶集》的四千余首和歌，还有更多的产生于该时代的和歌已经散佚于历史长河之中。《万叶集》时代产生的和歌中就已经可以窥见许多中国古代文学的影响，这一问题我们将作为"国风文化"时代文学的前奏在第二章中进行系统探讨。《万叶集》中收录的和歌在奈良时代中期戛然而止，此后的一百多年间或许存在过一些记录和歌的文献，但现今皆不存于世，究其原因，正是"唐风文化"造就了一个"国风文化"的"暗黑时代"，因此，"国风文化"时代伊始的和歌，面临的是和歌已经式微一百多年的局面，而这样的"国风文化"断层就决定了"国风文化"时代伊始的和歌必须要从中国文学传统中汲取营养，以弥合一百多年的断层所带来的内容空洞，而"唐风文化"时代传入日域的唐代文学便成了不二之选。早在平安时代末期到中世，

《古今集》的古注释书中就已经注意到该时代的和歌中存在着一些借鉴唐代文学的内容，而符合近代学术规范的研究始于20世纪上半叶。前文所引述的日本战前学者金子彦二郎就曾经系统地研究了传入日本的白居易诗歌集《白氏长庆集》与"国风文化"时代初期的和歌文学之间的关系，并指出白居易的诗歌对《古今集》前夜的和歌文学产生过巨大的影响，并直接在和歌古今风的形成中发挥了重要作用。

中国古代文学特别是唐代文学对"国风文化"时代和歌的影响主要体现在下列几个方面。从文学体裁上来说，《古今集》前夜的一部分歌人选择了直接借鉴唐诗的表达方法来丰富和歌的内涵，其具体体现便是以一句或一联唐诗为题，将之翻译成对应的和歌，进行吟咏欣赏。这样的文学形式在后世被称为"句题和歌"，而这个时期出身儒学门第的歌人大江千里所咏的《大江千里集》（又称《句题和歌》，简称《千里集》）被后世视为该种文学形式的滥觞，成为中国古代文学在体裁上影响日本文学的典型例证，这一问题将在后文中进行详细论述。

从素材上来说，大量中国古代文学中使用的文学意象在该时代直接为和歌所借鉴，例如和歌中菊花的意象就与中国古代文学有着千丝万缕的联系。"菊"是自中国传入的观赏植物，在日语中甚至没有对应的和语训读。而和歌作为大和民族的传统文学，原本天然排斥汉语词汇。将源于汉语的"菊"入歌而咏，体现出"国风文化"时代和歌吸收中国古代文学意象的新动向。本书将在第四章系统分析"国风文化"时代中国古代文学中所使用的文学意象进入和歌文学的这一特殊现象。

此外，大量的中国古代文学典故在"国风文化"时期进入和歌文学。小岛宪之在注释《古今集》时探寻了大量源于中国古代文学的内容,其成果直接反映在由岩波书店出版的新日本古典文学大系《古今和歌集》的注释中[1]。在他与新井荣藏的注释中,甚至可以窥见《古今集》歌人对《史记·项羽本纪》中"锦衣夜行"典故的使用。除此之外,《古今集》时代的歌人对六朝文学中所见的典故也偏爱有加,例如《古今集》的编纂者之一纪友则就曾经化用过六朝文学任昉《述异记》中所见的"烂柯"典故;而同为《古今集》编纂者之一的凡河内躬恒则使用过六朝文学张华《博物志》中的"浮槎"典故。这些记载于中国文献中的中国典故在"国风文化"时代进入和歌文学,为歌人活学活用,丰富了和歌的表达技法,并深刻了和歌文学的文化内涵,该现象无疑凸显出"国风文化"时代初期的和歌对中国古代文学的依赖性。

除了文学体裁、文学意象以及文学典故三个方面,"国风文化"时代的和歌文学在文学思想上也受到了中国古代文学的显著影响。例如渡边秀夫从该时代和歌的意象与思想性出发,首先探索了唐诗中用语对《古今集》前后的和歌文学中歌语意象的影响,进而又提出了中国古代的礼乐思想对《古今集》编纂在思想上的影响,并指出敕撰和歌集编纂的根本意图依然是源于中国古代的"文章经国"思想与礼乐意识[2]。在这一观点上,李宇玲与渡边秀夫的观点不谋而合。她系统地解释了《古今集》编纂受中国礼乐思想影响的内在逻辑,为从思想根源探寻《古今集》的编纂原因提供了一个颇具建设性的思路[3]。此外,笔者在《古今集》时代歌人的季节观念中也找到了受到中国古代文学特别是唐代诗人白居易的物候

1　小島憲之,新井栄藏校注.古今和歌集(新日本古典文学大系 5)[M].東京:岩波書店,1989.
2　渡辺秀夫.和歌の詩学:平安朝文学と漢文世界[M].東京:勉誠出版,2014.
3　李宇玲.古代宮廷文学論:中日文化交流史の視点から[M].東京:勉誠出版,2011.

观影响的部分，可以说，唐代诗人的物候观在整个和歌文学中自然事物的季节意识的生成与流变中发挥了巨大的作用，这一问题将在本书的第五章进行详细的论述。

综上所述，"国风文化"时代的和歌文学与中国古代文学之间有着千丝万缕的联系，和歌文学中存在着大量中国古代文学要素。而传统的"国风文化"论一味强调这个时期文学体裁上的变化，认为使用假名文字书写的和歌文学必然是排斥中华文化的纯粹国风文学，这样的观点在今天的研究视角下显得有失客观。至少在日本文学领域，所谓"国风文化"时代是否真的是排斥中华文化而弘扬日本本土文化的时代，这一问题值得商榷。

叙事文学方面，与诗歌文学一样，"国风文化"时代中由假名文字所书写的叙事文学中依然可以窥见大量的中国古代文学要素。对此，笔者将按照叙事文学的体裁分日记文学与物语文学进行阐述。但在此之前，我们需要厘清日本叙事文学的源流，为以后的行文做好准备。

日本的叙事文学与中国的叙事文学在起源上存在某种相似性，即叙事文学的起源都晚于诗歌文学且发展缓慢。中国古代文学直到魏晋南北朝时期才在佛教传入的影响下发展出了真正意义上的叙事文学——志人志怪小说，而日本文学亦然。除去上代因为政治统治与外交活动需要所编纂的《古事记》《日本书纪》以及《日本风土记》三部史书，日本文学中真正意义上的叙事文学发轫于"唐风文化"时代撰写完成的《日本灵异记》。该书由奈良药师寺僧人景戒编纂，收集了包括日本著名僧人行基事迹在内的诸多佛家故事，用以传播佛教思想。该书用变体汉文书写，因此属于广义的汉文学范畴。而以和文体书写文献的先例虽已见于上代文学中的《古事记》，但真正意义上用和文体书写的叙事文学则要一直下溯到"国风文化"时期诞生的以假名书写的早期物语与日记文学。这里必须辨析两个概念，一个是文学作品的书写文字，一个是文学作品的文体。此二者的区别在日本古典文学研究中颇为重要。在我国，很多多年从事日本文学研究工作的学者依旧无法弄清楚日本古典文学中文字与文体之区别。自日本古典文学伊始至院政期和汉文体合流形成和汉混淆文体为止，日本古典文学中存在着和文体与汉文体两种截然不同的文体。和文体是利用大和民族自己的语言书写的，汉文体则是模仿中国古代文言文书写的，经典的汉文体可直接视为汉语文言文，而一些带有日域用语特色的汉文体则被称为变体汉文，与标准的汉语文言文存在一定语法与词汇上的出入。在平安时代，汉文体一般由男性贵族掌握，而和文体主要由女性使用，二者的对立统一促进了日本古典文学的发展。与之相对，日本古典文献的文字情况则有所不同。日本特有的文字假名诞生于平安时代前期，在此之前则使用汉字作为文字。在假名诞生以前，无论是和文体还是汉文体均由汉字记录。当汉字用于记录和文体的文献时称为万叶假名，而用于记录汉文体的文献时则称为汉字。例如上代文学中，《古事记》与《万叶集》为汉字记录和文体书写的文献，而《日本书纪》《日本风土记》以及《怀风藻》则为汉字记录汉文体书写的文献。真正意义上的和文体假名叙事文学主要是"国风文化"时出现的假名日记以及物语这两种文学体裁。

一般认为，假名日记文学脱胎于男性贵族用汉文体与汉字记录的公卿日记。而现存最早的假名日记《土佐日记》的开头也印证了这一观点："男人写的日记，女人也试着写写。"一般认为《土佐日记》是《古今集》的编纂者之一纪贯之假托女性口吻所写，此后成书于公元10世纪后半叶的《蜻蛉日记》则继承了《土佐日记》的衣钵，此后假名日记主要由女性书写。日记文学中存在的中国古代文学要素已被学界所认知。例如纪贯之在《土佐日记》中多次引用或化用李白与贾岛等唐代诗人的诗歌。除此之外，小岛宪之弟子之一的北山圆正也曾指出，《土佐日记》的结尾在结构与语言描写上受到了《述异记》等魏晋南北朝文学的影响[1]。而在《蜻蛉日记》中，我们可以窥见其作者藤原道纲母的汉学素养。大谷雅夫曾经指出本作品化用了李白的诗句[2]，张陵则揭示了《蜻蛉日记》对以白居易诗歌为代表的诸多中国古代文学的借鉴[3]。至此，日本假名日记文学与中国古代文学之间的关系日渐明朗起来。

"国风文化"时代物语文学的诞生有两个截然不同的源流，其一是源自汉文体的叙事文学，其二是源自和歌集中的题词。前者称为"作物语"，后者称为"歌物语"。"作物语"的鼻祖《竹取物语》很有可能就是从一部汉文体的文学翻译为和文体的假名物语的，因此其与中国古代文学的关系不言而喻。其后，物语的篇幅开始逐渐变长，到10世纪后半叶诞生了诸如《宇津保物语》一类的长篇假名物语。《宇津保物语》描写了主人公清原俊荫西渡唐朝学习琴术，学成归国后出世发达的故事，这样的故事情节本身就涉及诸多中国描写，因此也必然受到中国古代文学的影响。值得注意的是，余鸿燕曾经指出，《宇津保物语》中可见多处中国孝悌思想的影响[4]，这说明中国古代文学不仅在语言表达上对早期物语产生了

---

[1] 北山円正.『土左日記』の帰京：漢詩文受容をめぐって[J]. 国語と国文学, 2018(95):3—16.
[2] 大谷雅夫.『蜻蛉日記』と漢文学[J]. 文学, 2007(8):205—222.
[3] 張陵. 蜻蛉日記と漢詩文：源氏物語へ(特集 東アジアの源氏物語)[J]. 東アジア比較文化研究, 2012(11):3—22.
[4] 余鴻燕.『うつほ物語』俊蔭と仲忠とを結ぶもの：「君子不器」の理想[J]. 語文研究, 2021(130/131):144—156.

诸多影响,更在深层次的思想方面对早期物语有着渗透。其后诞生的物语集大成者《源氏物语》与中国古代文学的关系更加紧密。新间一美主张《源氏物语》是在元稹作品《莺莺传》影响下产生的文学,而其中的卷名又有源于中国古代文学的部分[1]。这样的说法未免有些标新立异而大胆,但紫式部在《源氏物语》中大量化用了白居易诗歌与中国古代文学典故是不争的事实。例如化用白居易"两千里外故人心"一句以及《汉书》中"白虹贯日"的典故都是紫式部受到中国古代文学巨大影响的实例。另一方面,歌物语中所见的中国古代文学影响研究则方兴未艾,其中以小山顺子的研究最具代表性。她指出了唐代传奇对《伊势物语》第 69 段的影响。又由于歌物语脱胎于和歌文学,其中包含了许多和歌。如前文所述,这些和歌本身就受到了中国古代文学的巨大影响,因此,总体来说,歌物语与中国古代文学的关系可以说十分紧密。

综上所述,"国风文化"时代的文学种类中均可以窥见中国古代文学的诸多影响。假名文学的诞生并不意味着文学创作的主体阶层抛弃了中国古代文学与中华文化,而是尝试将"唐风文化"时代吸收的中国文化内化并改造,以假名文学的形式所表达出来,这样的过程便是中国古代文学的日本化。中国古代文学的日本化是中国古代文学影响日本文学的重要机制,也是"国风文化"时代文学的重要特征之一,本书后续章节将从若干角度对"国风文化"时代和歌文学中所见中国古代文学的日本化现象进行系统阐述。

---

[1] 新間一美. 源氏物語と白居易の文学[M]. 大阪:和泉書院,2003.
新間一美. 源氏物語の構想と漢詩文[M]. 大阪:和泉書院,2009.

第二章　中国古代文学对"国风文化"时代前和歌的影响

"国风文化"时代的和歌文学中,中国古代文学要素呈现出极强的日本化的特征。然而,这样的日本化进程并非开始于"国风文化"时代,早在《万叶集》时代,和歌文学中就已经存在大量的中国古代文学要素,而这些中国古代文学要素也或多或少地呈现出一定的日本化特征。本章将针对这一问题进行叙述。

第一节
《万叶集》与中国古代文学关系综述

"国风文化"时代以前的和歌现仅存于《万叶集》中,因此本章所论述的问题便与《万叶集》的中日比较文学息息相关。《万叶集》受到中国古代文学影响的事实,并不似"国风文化"时代成书的《古今集》一样,自古就为日本学者承认。江户时代的国学者本居宣长认为,《古今集》及其以后的和歌都混杂了源自中国古代文学的"唐心",《万叶集》则是"纯粹"的大和民族文学。然而,这样的看法在近代以后遭到了证伪,其中最重要的莫过于小岛宪之所著《日本上代文学与中国文学》,该书对《万叶集》与中国古代文学之间的关系做出了开辟性的阐述[1]。其后,围绕《万叶集》的中日比较文学研究拉开序幕。2019年,明仁天皇(年号平成)退位,其子德仁即位,改元令和。值得注意的是,"令和"一语源自《万叶集》中梅花歌序,而梅花歌序与中国古代文学之间的继承关系显而易见。江户时代日本国学者契冲于《万叶代匠记》中就指出了该诗序与东汉张衡《归田赋》以及东晋王羲之《兰亭集序》之间存在关联的可能性,而此后在岩波书店出版的日本古典文学大系[2]以及新日本古典文学大系《万叶集》[3]中,以大野晋、佐竹昭广为代表的日本学者进一步肯定了此种看法。近年,旅日学者宋晗[4]以及中国学者马骏[5]亦对《梅花诗序》中的中国古代文学影响有过详细考证。由此可见,中国古代文学对《万叶集》的影响是普遍存在的。

由于《万叶集》是日本现存最早的一部和歌集,因此,在我国的日本文学研究界,素来有以中国最早的诗歌总集《诗经》来类比《万叶集》的传统,进而导致我国有关《万叶集》的中日比较文学研究之大半都围绕着《诗经》与《万叶集》之间的对比而展开。诚然,《诗经》中存在的风雅颂,在数量上与《万叶集》中的相闻、挽歌与杂歌三大部偶然相同,二者既存在贵族阶层的文学,又存在庶民阶层的文学。然而,《万叶集》诞生的年代已经是中国的唐朝时期,其反映的日本社会形态与文化背景与《诗经》已大不相同,而《诗经》实际

---

1 小島憲之.上代日本文學と中國文學:出典論を中心とする比較文學の考察(上中下補篇)[M].東京:塙書房,1962—2019.
2 高木市之助,五味智英,大野晋.万葉集(日本古典文学大系4—7)[M].東京:岩波書店,1957—1962.
3 佐竹昭広,山田英雄,工藤力男,大谷雅夫,山崎福之.万葉集(新日本古典文学大系1—4)[M].東京:岩波書店,1999—2003.
4 宋晗.「梅花歌序」表現論[J].国語国文,2019(8):1—16.
5 马骏.日本新年号"令和"考[J].日语学习与研究,2019(3):1—12.

上对《万叶集》时代的歌人究竟产生过怎样的影响,虽然前人的研究的确找到一些受到《诗经》影响的确凿实例,但事实上目前不甚明确。尽管《诗经》与《万叶集》有时存在着一些雷同,但并不能说明二者之间就一定存在着影响关系。其中最典型的例子是,《诗经》的曹风中有一首《鸤鸠》讲述的是大杜鹃托卵的习性。无独有偶,《万叶集》卷九中的1755号长歌也描绘了一种汉字表记为"霍公鸟"的鸟类托卵的习性。根据现在学界的共识,"霍公鸟"指的也是大杜鹃,因此,在大杜鹃托卵习性的文学描写上,《诗经》与《万叶集》中的诗歌表现出了跨越历史的雷同。而这样的雷同不一定就是《万叶集》歌人对《诗经》的借鉴,因为二者虽然都描写了大杜鹃托卵的现象,但在语言表达上缺乏可以说明二者影响关系的类似性。这样的雷同或许只是因为二者同处于东亚季风气候的自然环境下,两国的文学作者观察到同样的生物习性后,偶然产生了同样的文学表述。这一实例表明,在证明中国古代文学对《万叶集》的影响关系时,一定要考虑具体的语言现象与文学表达之关系,而不应站在今人的视角上,利用一些归纳总结出来的抽象概念上的类似性来证明二者之间的影响关系。

《万叶集》收录了自古坟时代至奈良时代为止数百年间的和歌作品,在研究这些和歌时,本身就需要对它们进行断代。研究界目前对《万叶集》中和歌的断代主要是"四时期"说,即将《万叶集》的和歌作品按照时间顺序划分为壬申之乱以前的第一期、天武天皇至平城迁都的第二期、天平文化前期的第三期与天平文化后期的第四期。总体来说,《万叶集》的四期歌中,各个时代的和歌受到中国古代文学的影响不尽相同,而按照前文所述小岛宪之的研究成果,第三期歌中的中国古代文学要素最多,第二期与第四期次之,第一期歌的性质最为简单,基本不包含中国古代文学要素。本章将按照四期时间顺序分述各个时期的万叶歌与中国古代文学的关系。

第二节
《万叶集》文学史断代与中国古代文学的日本化

《万叶集》第一期歌是指壬申之乱以前产生的和歌文学,具体来说,又可以划分为天智天皇以前的口头文学传承的和歌,以及天智天皇时代近江歌坛产生的和歌。第一期歌的时代背景是日本列岛由原始部族社会向奴隶制以及封建制社会转型期。中国中原王朝的政治经济制度在这一时期已经高度繁荣,因此日本列岛至晚从推古天皇时代开始,通过学习中国的先进制度,跨越式地建立起了较为先进的政治制度,而这些先进政治制度必然是以渡来人、汉字、汉语以及中国文献为载体进入日本的。随着渡来人、汉字、汉语以及中国文献进入日本列岛的,还有中国古代文学,至此,随着古坟时代日本列岛的土著居民与渡来人不断融合,中国古代文学也开始进入大和民族的传统口头文学。

《万叶集》第一期歌主要收录于第一、二、四、九卷。由于第一期歌的时间跨度很大,从古坟时代一直延续到飞鸟时代,因此对其中和歌的性质也应该分情况讨论。这些和歌大多采用万叶假名中的训假名来记录,而目前考古出土的和歌文献最早只能追溯到7世纪,且多为一字一音的万叶假名中的音假名。因此,《万叶集》第一期歌究竟有多少内容正确真实地反映了古坟时代和歌的原貌,事实上已不得而知。但从其与天平时代截然不同的晦涩语言与训假名的表记方式来看,至少第一期歌应该不是天平时代后人附会杜撰的。和歌起源于古坟时代的口头歌谣文学,第一期歌前期的作品可能为后人根据历代的口头传诵整理书写而成,而后期的近江歌坛,目前我们可以姑且认为是当时的歌人所书写记录的。在第一期和歌中,以天智天皇时代的宫廷歌人组成的近江歌坛歌人所咏和歌最为重要,而近江歌坛中最具代表性的歌人当数女性皇族额田王。如前所述,在近江歌坛以前,《万叶集》第一期歌前期的主要组成部分是对先前口头文学的记录,例如卷一中所录雄略天皇等人的和歌都应视为后世对前代口头文学的记录。纵观日本的和歌发展史,口头文学时期遗留下来的和歌是最能反映大和民族原始文学审美倾向的部分,而其中是否存在中国古代文学要素这一问题,按照现有的研究来看,答案应该是否定的。

此后,传统观点认为,孝德天皇时代后,日本社会迎来了全面模仿中国政治制度的大化改新,至此,日本列岛才真正意义上建立起封建制度的国家机器。虽然在日本史研究界,大化改新究竟是真实存在的历史事件,还是8世纪的日本人对先前历史的虚构与附会,依然是悬而未决的问题,但无论如何,在天智天皇即位以前,日本朝廷的政治制度在模仿中国政治制度的过程中已经在一定程度上建立起来,尽管圣德太子的早世(即早逝)造成了此后一段时间内大和朝廷的政治动荡,但这一现象并未阻断大和朝廷建立其成熟政治制度的脚步。天智天皇即位前后,大和朝廷甚至出兵干涉朝鲜半岛,虽然在白村江之战中败于唐王朝与新罗,但该史实足以证明,日本列岛上已经出现了一个能够控制各地豪强且具有一定战争动员组织能力的政权。此后,大和朝廷畏惧唐王朝渡海袭来,天智天皇迁都近江以拱卫政权。然而在此之前,大和部落的历代大王均有每代迁都的传统,因此天智天皇的迁都未必就是外交形势所迫。值得注意的是,迁都近江的这一历史时期与《万叶集》

第一期歌的后半段在时间上是高度重合的。

尽管大和朝廷在政治上断绝了与唐王朝的联系，但在宫廷文学上却开始呈现出一些中国古代文学的特征。第一期歌的后半段开始，和歌中也出现了少量的中国古代文学要素。例如，小岛宪之指出近江歌坛和歌中所见"风使"以及"月舟"等用语均来源于中国古代文学，额田王部分和歌作品的文学表达借鉴了中国古代文学中对偶的修辞技巧与魏晋南北朝文学中的某些文学表达。事实上，从天智天皇统治的近江朝廷时代开始，日本的统治阶层也开始模仿中国诗的体裁来创作日本汉诗。从这些文学现象中我们可以窥见，此时的日本统治阶层已经不满足于利用汉字记录日本文献、学习中国政治制度，而是在文化层面上也加快了对先进中华文化的吸收。然而，不可否认的是，该时代日本歌人对中国古代文学的吸收还是十分质朴的，仅仅是一种对汉语语言的吸收模仿，将原本存在于中国古代文学中的汉语词汇直接翻译为大和民族的语言，并咏入和歌。将汉语文学表达直接翻译为大和民族语言并加以运用的现象发生于和歌文学诞生伊始，并贯穿了整个和歌发展史。无论是后世的《古今集》时代还是和歌文学的巅峰《新古今集》时代，歌人们都十分热衷于从汉语中寻找新的词汇翻译成和歌用语，而这一习惯便滥觞于《万叶集》第一期歌的后半时期。目前学界对《万叶集》第一期歌与中国古代文学的关系这一问题的研究尚不是十分明确，或许在不久的将来，随着研究的深入，我们可能在这一时期的和歌中寻找到更多的中国古代文学要素。

《万叶集》的第二期歌是天武天皇在壬申之乱中战胜大友皇子夺取皇位至平城迁都为止的数十年，这一时期里，天武天皇在历史上首次使用了"天皇"这一尊号，并进一步完善了日本朝廷的政治制度，大和朝廷对日本列岛的控制更加稳定。随着政治局面的稳定，编纂史书以彰显大和朝廷的正统性的需求也就日益增强，在意识形态上，此后的一段时间内，日本朝廷开始编纂对外彰显正统性的《日本书纪》与对内彰显正统性的《古事记》，日本列岛在文治武功的大一统局面下，迎来了第二期歌的开端。此后，由于天武天皇的既定继承人草壁皇子的早世，日本朝廷进入了权力过渡期，天武皇统的配偶相继称制，史称持统天皇与元明天皇，其后又出现了绝无仅有的元明至元正天皇之间女性天皇传位于皇女的皇位继承方式。这一时期在日本文化史上被称为白凤时代，由于与唐王朝交恶，这一时期的日本文化呈现出一定的脱中国化特色，或许这样的文化土壤为和歌的发展提供了一定的空间。此后，随着日本朝廷与唐王朝关系的修复，一度中断的遣唐使制度又得以恢复，自此，大量先进的中国文化又源源不断地输入日本列岛，为此后天平文化的繁荣打下了基础。

这一历史时期，和歌文学有了新的发展。不仅在表记上出现了一字一音的音假名形式，在文学内容上也较之前有了新的发展。而这一时代的和歌史中最重要的标志性事件，应为持统朝宫廷歌人柿本人麻吕（又称柿本人丸、柿本人麿）的出现。依照现代日本人的歌学评价，第四期歌人大伴家持往往被视为《万叶集》最重要的歌人。然而，自平安时代一直到江户时代，柿本人麻吕与第三期歌人山部赤人一道被后世的歌人视为歌圣，并被神格化为和歌之业的鼻祖。由此可见柿本人麻吕在和歌发展史上曾经拥有举足轻重的地位。然而，这样一位极其重要的歌人，其生平事迹却只能从其收录于《万叶集》中的和歌题词中了解，而不见于其他任何上代文献，原因或许是其生前身份低下，或许是卷入政治斗争而遭抹杀，具体史实今已亡佚，日本学界对其生平的考证，大多都没有脱离臆测的范畴。

然而，可以肯定的是，柿本人麻吕的和歌作品的确受到了中国古代文学的影响，其中的中国古代文学要素客观存在，无可辩驳。例如，日本学者辰巳正明就在《万叶集与中国文学》中，花了八章的篇幅详细阐述柿本人麻吕文学与中国古代文学的关系[1]。此外，日本学者内田夫美的考证亦值得关注[2]。总体来说，柿本人麻吕的和歌受到了中国古代文学与文学背后的文学思想的影响。首先，柿本人麻吕生前官位或许比较低下，但依旧是为天皇统治服务的宫廷歌人，因此其和歌作品中最显著的特征，就是受到了魏晋南北朝时期文学中政治思想的巨大影响。首先，中国古代封建政治制度中的君权神授思想、郊祭制度以及天子游猎活动都对柿本人麻吕的和歌作品产生了重大影响。其次，有关战争、建都以及天下太平思想的文学也不同程度地对柿本人麻吕的和歌文学产生了影响。在柿本人麻吕留下的宫廷文学中，一部分关于天皇巡幸的和歌尤为引人注目。这些和歌作品不仅吸取了魏晋南北朝文学中游览诗的表达，有些部分还体现出山水田园的出世思想与老庄哲学中的无为思想。在柿本人麻吕所咏的一部分挽歌中，可以窥见中国魏晋南北朝时期悼亡文学的踪迹。再次，我们现今可知，原本《万叶集》的编纂资料中应存在一本柿本人麻吕个人和歌集的文献，因此《万叶集》中留存的原文表记有可能是出自柿本人麻吕本人之手。出于这样的假设，内田夫美还考察了《万叶集》中柿本人

---

1 辰巳正明. 万葉集と中国文学[M]. 東京：笠間書院, 1987.
2 内田夫美.『萬葉集』柿本人麻呂歌における漢籍の受容：近江荒都歌「日知」の文字表現を中心にして[J]. 和漢語文研究, 2017(15)：128—144.
『萬葉集』柿本人麻呂歌における漢籍の受容：石中死人歌「天地　日月與共　満将行」について[J]. 和漢語文研究, 2018(16)：77—94.
『萬葉集』柿本人麻呂歌における漢籍の受容と継承：「掃」の文字表現をめぐって[J]. 和漢語文研究, 2020(18)：13—36.

麻吕和歌的用字表记情况，并发现其中与中国古代文学的关系。假设《万叶集》中的原文表记并非出自柿本人麻吕本人之手，其万叶训假名表记的下限也不应晚于《万叶集》第四期，因此无论如何，内田夫美的考察都一定程度上揭示了《万叶集》与中国古代文学之间的关系，应当得到重视。值得注意的是，《万叶集》第二期歌中出现了吟咏七夕题材的和歌。这体现出七夕的风俗习惯已经开始对日本和歌文学产生影响。总体来说，《万叶集》第二期歌中对中国古代文学的吸收已经由单纯地翻译模仿、翻译表达演变为在模仿表达的同时还吸收文学背后的意识形态与思想，这样的现象正是日本和歌文学中所见中国古代文学要素日本化的序幕。

《万叶集》的第三期歌是指自平城迁都至公元733年为止的和歌文学。值得深思的是，在日本史中，733年并未发生较大历史事件，而文学史以公元733年为《万叶集》第三期歌终焉的理由，日本学界的诸多文学通史也并未给出明确的断代依据。总之，《万叶集》研究界习惯上将公元733年作为分水岭，以此划分《万叶集》第三期与第四期歌。笔者认为，或因第三期歌中最重要的歌人山上忆良没于733年。总体而言，《万叶集》第三期歌的历史背景中，最重要的事件是平城迁都。从该时代开始，日本朝廷才彻底摆脱了过去古坟时代大王一世一迁宫的传统，成为真正意义上的东亚文明国家。平城京的结构仿照中国唐代长安城，反映了日本朝廷在意识形态上力图构建一个不从属于唐王朝的"东夷小帝国"的构想。而在文化史方面，这一时期被称为天平文化时代。天平是圣武天皇的年号，代指圣武、孝廉、淳和三代天皇的治世。在经历了持统天皇、元明天皇两次后宫称制的动荡过渡时期，日本朝政也随着平城京的安定趋于稳定。政局的稳定造就了奈良时代绚烂多彩的天平文化，而贯穿天平文化以及此后唐风文化时代始终的是唐王朝全盛时期对外辐射的先进文化。而在这样的文化背景下,《万叶集》第三期歌也就自然成为摄取中国古代文学要素最多的部分。

　　第三期歌中的中国古代文学影响是受《万叶集》中日比较文学学者关注最多的部分。小岛宪之在前文所引的著述中曾指出,第三期歌中,以歌人山上忆良受中国古代文学的影响最为显著,而在文献方面,中国现已散佚的唐代传奇《游仙窟》对和歌的影响尤为引人注目。山上忆良出身大和国的地方豪族(一说出自朝鲜半岛渡来人氏族,本书不取此说),被选为遣唐使团一员,留学唐朝,在留学期间深受唐代文化影响,归国后不仅创作了许多和歌,还以汉语文言文撰写过诸如《沈痾自哀文》等作品,其中可见大量借鉴于中国古代文学的表达,他甚至模仿中国古代文学中的自注,为该文做了自注,其中还征引了诸如《淮南子》与《礼记》等诸多中国文献对原文进行注释。可以说,山上忆良所撰写的汉语文言文文学与唐人所作并无二致,其于唐朝的留学生涯为其此后的文学创作打上了深深的中国烙印。他的和歌作品则紧跟社会现实,体察民情,颇有后世唐代诗人白居易早期诗歌之风。其中的《贫穷问答歌》存在着大量借鉴了东晋陶渊明诗歌的表达。而在其和歌的思想层面,忆良的和歌多关注现实社会,其中有大量关于生老病死以及人生百态的描写与思考。山上忆良虽出身豪族,但在天武天皇制定八色之姓制度后,只有姓为真人、朝臣以及宿祢的与天皇家利益较近的豪族能够掌握朝廷实权,因此姓为臣的忆良并未受到朝廷重用,无法施展抱负,一生在政治上也无所作为。这样的现实使得忆良的文学自然地向中国的不遇文学汲取营养。其文学中有关贫富与生老病死的内容则不可避免地受到了中国古代文学中孝悌思想的影响。除此之外,其文学作品中甚至还出现了许多受到佛教典籍影响的文学表达,例如,日本学者佐藤美知子就曾经针对忆良和歌中的佛教文学影响进行了详细阐述[1]，她不仅指出忆良和歌中存在的佛教典籍用语，还发现了一部分和歌中存在的佛教思想。这些现象表明，拥有中国留学经验的歌人山上忆良成为《万叶集》第三期歌中吸收中国古代文学要素的先驱者与集大成者，他的文学作品标志着佛教思想已经进入日本传统的和歌文学，不仅为后世和歌中的"释教歌"（即佛教歌）的繁荣发展奠定了历史基础，也为日后日本佛教利用和歌的文学形式宣传自身教义提供了富有建设性的尝试。

《万叶集》第三期歌中可见许多创作于九州岛筑紫国大宰府地区的和歌，产生这些和歌的文学沙龙在《万叶集》研究界被称为"筑紫歌坛"。前文所述的山上忆良是"筑紫歌坛"最具代表性的歌人之一，大伴旅人则是"筑紫歌坛"的另一位代表人物。筑紫国是大和朝廷在统一日本西部的过程中最强大的竞争对手，其臣服于大和朝廷的时间比本州岛上的传统强国高志国（即平安时代文献中的越国）、出云国以及吉备国更晚，因此对大和朝廷的离心力也就更为严重。因此，大和朝廷于九州地区设立军政合一的机构大宰府，用以统治筑紫国旧域，除此之外，大宰府还兼有镇压九州岛土著民族隼人的军事功能以及接待唐朝等外国使臣的外交功能。因此，大宰府在文学上就形成一个类似中国唐代文学中"边塞"概念的空间，这样的地理属性，对"筑紫歌坛"的性质产生了极为深远的影响。而作为"筑紫歌坛"的核心人物，大伴旅人曾先后两次被大和朝廷派遣到九州地区，分别担任征隼人持节大将军以及大宰府的最高长官大宰帅。作为显赫贵族大伴氏出身的律令制官僚，大伴旅人俨然成为"筑紫歌坛"的最高庇护者。大伴旅人的和歌与中

---

[1] 佐藤美知子.萬葉集と中国文学受容の世界[M].東京：塙書房，2002：237—336.

国古代文学之间的关系自古并未受到日本国学家的特别关注,战后,辰已正明曾对大伴旅人与中国古代文学的关系进行过系统研究,他指出,大伴旅人主持下进行的梅花宴中所产生的落梅和歌,从根本上源于中国古代文学中的审美情趣,而这一组梅花歌本质上具有一种"望乡"的主旨思想,这与中国边塞文学的主旨有着一定的一致性。作者认为,这样的雷同或许并非出于巧合,而是源于大伴旅人以及"筑紫歌坛"的文人对中国古代文学的接纳,《万叶集》三期歌人生活的时代,律令制度已经于日本社会建立起来,而贵族自幼接受的汉学教育使中国古代文学的某些元素已经深深植入进他们的意识,这些元素在筑紫这样一个类似于"边塞"的环境中,自然激发出了"望乡"的主旨思想。此外,辰已正明还指出了大伴旅人作为律令制官僚受到了中国文化中身为人臣的忠良意识影响,作为贵族文人阶层受到中国文化中脱俗精神影响,这样的现象表明,大伴旅人在自我身份认同上已经脱离了部落社会时代大和朝廷的中央豪强贵族的自我身份认同,而是趋近于中国封建王朝的文人官僚集团一员的身份认同——身为忠君爱国的国家官僚的同时,亦必须具备风雅脱俗的文人属性。大伴旅人的文学意识清晰地反映出《万叶集》第三期歌人已由第一期歌的额田王以及第二期歌柿本人麻吕这样的大和朝廷宫廷御用歌人,变为日本朝廷的官僚文人,这样的身份认同可谓天平文化时代日域歌人乃至文人整体身份认同转变的一个缩影,因此具有极大的意义。

　　《万叶集》的尾声是天平文化后期的第四期歌。该时期中最重要的歌人是大伴家持。大伴家持为第三期重要歌人大伴旅人之子,亦出身贵族。然而,大伴家持生活的年代,正是以大伴氏为代表的一部分旧贵族因以藤原氏为代表的新贵族之打压而没落的时代。早在古坟时代后期,大伴氏与苏我氏、物部氏一道,曾是大和朝廷中央贵族中最具实权的贵族集团，而在大伴家持所生活的奈良时代，曾经一度如日中天的大伴氏业已成为强弩之末，特别是《万叶集》第四期歌的时代，橘氏为排除藤原氏势力，发动的"橘奈良麻吕之乱"由于泄密而惨遭失败，藤原氏在清除参与政变的异己过程中，逮捕并流放了数名大伴氏高级贵族，这一事件也使得大伴家持受到牵连，被左迁为萨摩守。萨摩地处九州西南角，是当时日本朝廷控制镇压隼人的最前线，子承父业的没落贵族大伴家持在这样一个风云激荡的时代，身上天然地凸显出一个没落贵族的黯然气质，这为家持的和歌文学赋予了忧郁哀伤的气质。在日本当代的和歌文学评论中，大伴家持是评价最高的万叶歌人，这与平安时代歌人将第二期歌人柿本人麻吕以及第三期歌人山部赤人视为歌圣的评价有所不同。大伴家持出身天皇内卫的内舍人，也并未留学唐朝，因此相较于第三期歌的山上忆良，保留了更多大和民族传统的文学基因。或许正是因为大伴家持的该种特征，才使得"国风文化"论占据文化史主流的20世纪60年代以后，文学评论家对大伴家持颇有偏爱。

  大伴家持和歌与中国古代文学之间的关系虽不似第三期歌那般显著，但依然存在。例如小岛宪之就曾经指出，大伴家持在担任越中守期间所创作的和歌之题词明显受到了初唐诗人王勃《春思赋》的影响，而在此基础上，辰巳正明指出，大伴家持的和歌题词本身就具有类似于中国古代文学中诗序的性质，题词中出现的措辞"倭诗"背后蕴含的，正是将和歌文学上升到与中国诗歌对立统一的地位上来的文学思想。芳贺纪雄则针对大伴家持将自己的长歌作品称为"赋"的现象进行了研究[1]，他认为，家持将和歌中传统的

---

1 芳賀紀雄.萬葉集における中國文學の受容[M].東京：塙書房，2003：673—698.

长歌形式称为源于中国古代文学的"赋",并不是对中国古代文学的盲目崇拜与模仿,而是运用源于中国的诸如咏物诗赋一类的文学以及其中包含的文学理念对大和民族的传统文学形式进行包装升华,进而促进了和歌文学的发展。从大伴家持的和歌文学中我们可以看到,第二期与第三期歌人直接学习模仿中国古代文学表达与题材的创作技巧,在第四期中渐渐变得不再显著,取而代之的是对中国古代文学内在思想与文学理念的理解与模仿,可以说,真正意义上的中国古代文学要素的日本化在《万叶集》第四期歌时期已经初见端倪。

除此之外,《万叶集》第四期歌吸收中国古代文学的现象,还体现在对唐代传奇《游仙窟》等叙事文学中文学表达技法的吸收运用上。一说《游仙窟》为唐人张鷟所作,张鷟字文成,是盛唐时人。《游仙窟》是否为张鷟真作,学界尚有争论,而其成书年代也尚无定论,但基本可以肯定的是,《游仙窟》成书于公元700年前后,并在成书后很快传入日域,对平城京的日本贵族文人产生了极为深远的影响。值得注意的是,《游仙窟》在日域大放异彩,而在中国却于后世散佚,直到清代才又回流至中国国内,这样的现象于东亚文献学并不是孤例,例如《冥报记》等文献亦与《游仙窟》有着比较相似的传承经过。以《游仙窟》为代表的一批唐代文献对日本文学的发展起到了至关重要的促进作用,具体到《万叶集》来说,早在江户时代,日本国学家契冲就在前文提及过的《万叶代匠记》中指出《万叶集》歌中源自《游仙窟》的文学表达,此后日本近代作家幸田露伴亦对《万叶集》中受到《游仙窟》影响的部分进行过补充考察。之后,《游仙窟》对《万叶集》的影响成为日本文学研究界的常识。这一现象表明,中国古代文学中对日本和歌文学产生影响的文献范畴进一步扩大了。除了律令制官僚教育体系中所使用的经典,以及与和歌在文学形式上对应性较强的诗赋文学，唐朝当时比较流行的通俗文学也能很快地对日本文学产生较大影响，这样的现象在中日海运交通十分不便的奈良时代是非常不易的。可以窥见，盛唐时期的文化对周围文明的影响之速率或许远高于我们现代人所知，作为当时东亚文化的中心，唐朝的文化成果直接带动了整个东亚文明于文化史中的发展，对其他文明的文化发展产生了巨大影响。

第三节
《万叶集》的文学遗产与其后的和歌断层

　　《万叶集》自第二期歌至第四期歌都不同程度地受到了中国古代文学的影响，其中存在着为数众多的中国古代文学要素，而且这些要素于《万叶集》时代就已经开始产生某些不同于中国古代文学本土特征的变化。例如，和歌中吟咏七夕传说时，往往会结合日本婚姻制度的特征，强调牛郎星渡河去织女住处，这与中国传统的七夕传说的故事情节产生了一定的出入。又例如，大伴家持所言"倭诗"以及将长歌称为"赋"的现象，也可以视为对中国古代文学"诗赋"概念解释的扩大化，这样的现象亦可视为中国古代文学要素的日本化。因此，可以说中国古代文学要素的日本化自天平文化时代开始产生，为后世所见的中国古代文学影响日本文学的方式奠定了重要的历史基础。因而，本书在讨论"国风文化"时代的中国古代文学要素的日本化之前，讨论《万叶集》中中国古代文学要素的特征是十分必要的。

　　《万叶集》中最晚的一首和歌是天平宝字三年（759）大伴家持

于因幡国所作,此后的和歌文学陷入了蛰伏,以至于自《万叶集》至"国风文化"时代前夜和歌复兴时代的一百余年间,竟没有任何一部专门记录和歌的文献流传于世,史书中仅仅留下若干首桓武天皇及其子平城天皇、嵯峨天皇所咏的和歌。因此,"国风文化"时代前夜和歌复兴面临的是一个巨大的历史断层,这样的历史现实就决定了"国风文化"时代的和歌必然要汲取新的影响,而六朝以后的中国古代文学便成为和歌文学模仿学习的不二选择,于是,中国古代文学特别是唐代文学在此后的"国风文化"时代的和歌发展史中开始扮演更为重要的角色。这一问题是本书接下来将讨论的重点。

第三章　和歌与中国古代文学体裁的日本化

尽管和歌是日本的传统诗歌文学体裁，但正如前文所述，其发展流变却一直受到中国古代文学的巨大影响，这已是学界的共识。在上一章中，笔者介绍了现存最早的和歌文献《万叶集》中，和歌已经受到中国古代文学的影响[1]这一事实。进入平安前期的"唐风文化"时代后，唐诗的流行更为此后"国风文化"时代和歌文学的复兴提供了重要的文学素材与修辞表达[2]。中国古代文学对和歌的影响途径多种多样，其中一个不可忽视的途径便是句题和歌，即日本歌人以中国古代文学或汉译佛经的某句文本为题，在其文意基础上翻译改写的和歌。句题和歌本身就是中日文学交流进入一定阶段后的产物，其产生又进一步促进了中日文学的交流。因此，句

1　参见：小島憲之.上代日本文學と中國文學(中)：出典論を中心とする比較文学的考察[M].東京：塙書房，1964：891—1183.
　　辰巳正明.万葉集と中国文学[M].東京：笠間書院，1987.
　　佐藤美知子.万葉集と中国文学受容の世界[M].東京：塙書房，2002.
　　芳賀紀雄.万葉集における中国文学の受容[M].東京：塙書房，2003.
2　参见：金子彦二郎.平安時代文学と白氏文集.[第1巻]句題和歌・千載佳句研究篇[M].東京：培風館，1943：79—110.
　　小松茂美.平安朝伝来の白氏文集と三蹟の研究(二)[M].東京：旺文社，1997：167—215.
　　渡辺秀夫.平安朝文学と漢文世界[M].東京：勉誠社，1991：1—238.

题和歌是中国古代文学乃至中华文明影响日本古典文学的重要证据，是十分值得中国学者关注的文学体裁与文化现象。然而，目前句题和歌的相关研究多由日本学者进行，国内对句题和歌这一类型的日本文学研究还比较缺乏。所以，现存的句题和歌研究多采取日本文学内部的视角，其内容以研究句题和歌在和歌文学流变中的作用与特征为主，亟待以中国视角研究句题和歌在中日文学交流史中的作用与地位。本章以句题和歌为研究对象，通过梳理句题和歌的发展与流变过程，研究句题和歌在中国古代文学影响"国风时代"和歌文学时所占地位与发挥的作用，厘清句题和歌在中日文学交流中的机能，进而归纳总结中国古代文学通过句题和歌影响日本古典文学的内在逻辑与根本原因，最后明确中国古代文学通过句题和歌的文学形式对"国风文化"时代和歌的影响机制，深化学界对句题和歌的既有认识，同时也为中日文学交流史研究提供一个新视角。

第一节
中国古代文学体裁的日本化与句题和歌

本节首先厘清句题和歌的定义，为后续行文做准备。在引言中，笔者对句题和歌定义的阐述基于《和歌文学大辞典》"句题"条中对句题和歌狭义上的定义[1]。然而，在不同语境下，句题和歌一词的含义不尽相同。本节首先对不同语境下句题和歌的定义进行辨析。

1　『和歌文学大辞典』編集委員会. 和歌文学大辞典[M]. 古典ライブラリー, 2014：293.

"句题和歌"作为具体文献名称使用时，一般指日本宽平六年（894）四月由歌人大江千里编写的《千里集》，该集又名《句题和歌》。该文献从白居易、元稹及其他中国诗人的诗作中摘取五言或七言诗句，并以之为题，吟咏和歌。由于此类和歌基本是翻译诗句原意而来，故该种创作技法在日本古典文学中称为"翻案"。《千里集》是现存最早的句题和歌，开创了句题和歌这一文学形式之先河。

句题和歌作为和歌类别名称使用时，狭义上指引言中所提及的以中国古代文学或汉译佛经中的某句文本为题翻译改写而成的和歌。该类和歌中，以中国古代文学为题的例子较多，例如上段所述的《千里集》以及《新古今和歌集》时代诸位歌人吟咏的"文集百首"；以汉译佛经为题的较少，例如公元11世纪初成书的《发心和歌集》以及成书于平安末期的《法门百首》。

最后，在和歌文献中，有一部分题咏和歌[1]所取之题虽然并不源于中国古代文学或汉译佛经，仅仅是四字汉语短语组成的"结题"[2]，但这类文献中却依然存在书写记录时使用"句题和歌"的现象，该类和歌也可归为广义的句题和歌，例如《新古今集》时代所咏《拾玉集》与《教长集》中所见的句题百首。因此，最广义的句题和歌除了包含以中国古代文学以及汉译佛经为题的句题和歌，有时还包括了这一类以汉语"结题"为题的和歌。

因此，广义上的句题和歌，就是将以汉语为载体书写的中国古代文献翻译成和歌文学的产物，其本质是中国古代文学体裁的日本化，笔者在本章中，首先从宏观角度讨论句题和歌在中国古代文学对"国风文化"时代和歌文学的影响机制中所具有的地位，再以

1　即歌人根据固定题目而非眼前所见的实景所咏的和歌，与实景咏相对。
2　指由多个汉语词素组成的复合题。

"国风文化"时代前夕成书的典型句题和歌文献《千里集》为例,分析句题和歌这一文学形式吸收中国古代文学并影响和歌文学的具体细节。

第二节
句题和歌史断代与历史背景

句题和歌文献并非均匀分布于日本文学史各个时代,而是集中出现于某些特定历史时期。该现象说明,句题和歌的发展并不是均衡连续的,而是表现为数个高峰与低谷。实际上,该现象与和歌文学以及日本汉文学的发展密切相关,本章将系统阐述该问题。

现存的句题和歌文献集中存在于五个不同的历史时期,即句题和歌的发展表现为五个高峰期,分别为平安时代前期至中期的《古今集》时代、平安时代中期的《拾遗集》时代、院政期至镰仓时代的《千载集》与《新古今集》时代、日本南北朝时代,以及室町末期至江户中期,其中前三个时代与本书所论"国风文化"时代重合。

表1 句题和歌概况表

时代	时间段	代表文献	主要作者
《古今集》时代	894 至 934 年	《千里集》 《纪师匠曲水宴和歌》 《土佐日记》中的句题歌	大江千里 纪贯之
《拾遗集》时代	1004 至 1035 年	《发心和歌集》 《高远集》长恨歌和歌	选子内亲王 藤原高远
《千载集》 《新古今集》 时代	1164 至 1209 年	《法门百首》 《新古今集》歌人的 "文集百首" 《蒙求和歌》 《百咏和歌》	寂然 藤原定家 慈圆 源光行

(续表)

时代	时间段	代表文献	主要作者
日本南北朝时代	1361年前后	《一花抄》	顿阿
室町末期至江户中期	1459至1800年	《汉故事和歌集》 三条西实隆的句题和歌 后水尾院时代的句题和歌 小泽芦庵的句题和歌	三条西实隆 小泽芦庵

  句题和歌的第一个高峰期即平安前期至中期的《古今集》时代。该时代亦是句题和歌诞生的时代。现存最早的句题和歌是宽平六年(894)四月成书的《千里集》。大江千里出身重要汉学门第——文章博士大江家,《千里集》诞生的直接原因与当时在位的宇多天皇个人对和歌的爱好密切相关,《千里集》序文可为之佐证:"臣千里谨言,去二月十日,参议朝臣传敕曰:'古今和歌,多少献上。'臣奉命以后,魂神不安。"该序中,献上和歌的敕令出自宇多天皇。宇多天皇对和歌文学的青睐从同时期的《新撰万叶集》序言中也可窥见一斑:"当今宽平圣主,万机余暇,举宫而方有事合歌,后进之词人,近习之才子,各献四时之歌。"现存的成书于宇多朝时期的诸多歌合(即赛歌会)文献,也从侧面佐证了当时重视和歌的风气。另一方面,宇多天皇喜爱和歌的同时,也继承了日本朝廷自平安初期嵯峨天皇以来注重汉诗的传统。菅原道真及其他宇多朝诗人创作了大量应制诗,足见宇多天皇对汉诗的喜爱。可以说,大江千里编纂这部《句题和歌》的初衷,是迎合宇多天皇个人对和歌与汉诗两种不同文学的爱好。然而,不能忽视的是,《千里集》的产生,是自嵯峨朝以来一直延续的崇尚中国诗歌的风潮与宇多朝开始的和歌复兴潮流发生碰撞的必然结果,这样的局面导致歌人必然从中国诗歌中寻找和歌的营养。因此,《古今集》时代句题和歌

的诞生,是中国古代文学流行与和歌文学复兴二者综合作用的结果。现存的《古今集》时代的句题和歌除了为人熟知的《千里集》,还有《纪师匠曲水宴和歌》中的句题和歌,以及《土佐日记》中以李白诗句为题的若干句题和歌[1]。总体来说,《古今集》时代的句题和歌尚处在雏形阶段,其咏歌技法也往往局限于直接翻译原文意义的"翻案",与后期成熟的句题和歌技法之间还存在着一定的差异。

句题和歌的第二个高峰期是平安中期的《拾遗集》时代,即摄关文化最为繁荣的一条、三条、后一条朝。该时代句题和歌的代表文献有以白居易《长恨歌》为句题的《高远集》句题和歌和以《法华经》经文为句题的《发心和歌集》。这两部文献分别反映了该时代句题和歌发展的两个重要特征。其一,该时代的歌人在继承《古今集》时代歌人对白居易诗歌偏爱的基础上,将对白居易近体诗的欣赏逐渐转向对《长恨歌》等古体诗的青睐,这一倾向从《高远集》中的长恨歌句题和歌中得以窥见一斑;值得注意的是,该时代文人对《长恨歌》的青睐与《源氏物语》等同时代的文学作品中的倾向如出一辙,显示出高度关联性。其二,该时代,教授《法华经》经义的"法华八讲"渐渐普及,《法华经》中的典故与经文逐渐进入和歌文学,而这一过程中最重要的媒介便是以《发心和歌集》为代表的《法华经》句题和歌。《拾遗集》时代句题和歌高峰产生的原因在于,汉文学在经历了醍醐朝以来的发展低谷,于一条朝又焕发出新的生命力,产生了《扶桑集》《本朝丽藻》《本朝文粹》等一批汉文学选集。与此同时,《拾遗集》时代亦是平安时代和文学发展的最高峰,出现了《源氏物语》《枕草子》等重要的文学作品。在汉文学与和文学共

---

1 见《土佐日记》一月二十七日条等。

同繁荣的作用下,《拾遗集》时代涌现出大江匡衡、藤原公任等一批既善于创作汉诗,又擅长吟咏和歌的和汉兼作文人,还编纂出兼收中国诗文、日本汉诗文以及和歌文学的《和汉朗咏集》。这样的文学土壤是孕育出句题和歌发展新高峰的历史原因。

句题和歌的第三个高峰期是平安时代晚期向镰仓时代过渡的《千载集》与《新古今集》时代。该时代句题和歌的代表作品有《新古今集》时代歌人慈圆、藤原定家等人的"文集百首",以及源光行在《蒙求》和《李峤杂咏》等蒙学书[1]基础上编纂的《蒙求和歌》与《百咏和歌》。其中,"文集百首"依然沿袭了自《古今集》时代以来尊重白居易诗歌的习惯,然而,《新古今集》时代的句题和歌技法与《古今集》时代简单的"翻案"做法业已不同,将题咏和歌的破题技巧运用于句题和歌创作中,形成了较为成熟的句题和歌技法。《蒙求和歌》与《百咏和歌》则创造性地以中国蒙学书文本为句题,创造出该时代崭新的句题和歌形式。《千载集》与《新古今集》时代是和歌文学史的最高峰,同样,该时代上层贵族特别是以藤原氏北家的忠通、兼实、良经等人为代表的摄关家贵族撰写日本汉诗的习惯依然根深蒂固,成书于该时代的《本朝无题诗》就是该时代汉诗流行的重要佐证。由于和歌与汉诗文学的共同繁荣,该时代也出现了具有代表性的和汉兼作文人,其中以朝廷权力中心的摄关家九条家周边的忠通与良经祖孙二人最具代表性。而在九条家庇护下,藤原俊成与定家父子等御子左家派歌人又成为九条家歌坛的核心人物。而后,继承九条家歌坛文学活动的后鸟羽歌坛又为《新古今和歌集》的形成提供了重要土壤。因此,该时代和歌文学的繁荣从

---

[1]《李峤杂咏》的蒙学书性质参见:刘艺.蒙学视野中的李峤《杂咏诗》[J].四川师范大学学报(社会科学版),2002(2):80—86.

根本上说，与藤原氏北家嫡流的九条家同时尊重汉诗与和歌两种文学体裁的传统密切相关，因此也就天然地具有较强的中日两种文学的性质，这决定了该时代的歌人必然热衷于从中国古代文学中汲取营养。这是句题和歌在该时代产生新的发展高峰的根本原因。

　　日本进入南北朝时代，出身于武士阶层的歌人顿阿师承二条为世，成为当时掌握二条家古今传授[1]的和歌宗师，被誉为和歌四天王之一。他在这一时代凭借和歌文献《一花抄》复兴了句题和歌这一传统体裁，同时又推陈出新，不拘泥于此前句题和歌偏重白居易诗的特点，选取诸如杜甫、孟浩然、柳宗元等之前不受平安贵族重视的唐代名家诗句为题，其中甚至可以体现出对宋人周弼所编《三体诗》的接受[2]。南北朝时代之所以会出现《一花抄》这类一改句题和歌偏重白居易诗的传统而接纳更多中国诗人诗作的文献，从根本上说，是因为掌握政治实权后的武士阶层在文化上亟须形成有别于平安贵族的新文学审美，从而达到主导文化话语权的目的。这是出身武士阶层的顿阿在句题和歌文学中尝试推陈出新的根本原因。

　　句题和歌的最后一个高峰期发生于室町时代末期至江户时代中期，持续了三百多年。该时间段的句题和歌文献集中出现在三位歌人周边，即室町末期的公卿歌人三条西实隆，江户前期"堂上派"[3]和歌的核心歌人后水尾院，以及江户中期"地下派"歌人小泽芦庵。三条西实隆的句题和歌在继承顿阿句题和歌的审美倾向与

1　即歌学门第二条家代代秘传的关于《古今和歌集》的注释体系。
2　稲田利徳.『句題百首』(一花抄)の諸本と成立[J].国語国文,1986(5):1—26.
3　堂上派指以继承了二条家古今传授的贵族(公家)歌人派别；地下派指以松永贞德为祖师的出身下层武士与庶民阶层的歌人派别。

二条家古今传授歌学思想的基础上，还继承了自平安时代以来贵族文学对白居易诗的重视[1]；而后水尾院周边的句题和歌在继承先前句题和歌特征的基础上，还特别偏爱杜甫诗，这反映出该时代日本歌人在中国诗歌文学欣赏上的新动向[2]；小泽芦庵的句题和歌则回归了尊重白居易诗的传统，反映出当时中下层文人的复古审美思潮。该时代的句题和歌，特别是后水尾院与小泽芦庵周边的句题和歌的思想背景是近世初期日本国学家研究《万叶集》《古今集》等传统和歌的风潮以及日本汉学家对尊重中国文化的思潮。国学派与汉学派的学术繁荣以及由之产生的学术争鸣为该时代句题和歌的复兴提供了绝佳的土壤。

综上所述，句题和歌的高峰期往往出现在和歌文学与汉文学发展高峰期的重合阶段。句题和歌本质上是和歌文学从汉文学汲取营养的重要手段，是中日文学交流的必然结果。句题和歌的发展高峰期出现在公元900年，即传统意义上的"国风文化"复兴之后，假设"国风文化"时代及此后的文人真的彻底抛弃了对中华文化的憧憬与崇拜，便不会倾心于将中国古代文学翻译为句题和歌。因此，句题和歌这一文学形式的存在恰好证明了：即便是在公元900年以后，日本人对中华文明与中国文化的憧憬依旧存在。中国文学的权威性依然为平安文人认可。

1　小山順子.室町時代の句題和歌：黄山谷「演雅」と『竹内僧正家句題歌』[J].国語国文,2007(1):1—20.
2　嶋中道則.近世堂上和歌と漢文学：句題和歌をめぐって.近世堂上和歌論集[M].東京:明治書院,1989:414—436.

第三节
句题和歌与中国古代文学表达的接受

上一节中,笔者梳理了句题和歌发展史及其在各个时代的特征,并分析了其发展高峰期产生的原因。从本节开始,笔者将详细阐述句题和歌在中日文学交流中的作用。本节将从中国古代文学表达的角度,分训读语、唐诗文学表达和唐人名句三个部分,来阐述日本文学对中国古代文学接受中句题和歌的作用与机能。

一、训读语的使用

和歌是大和民族的传统文学传统观点认为,和歌只使用大和民族的语言(简称和语),而排斥使用汉语以及由汉语衍生而来的训读语[1]。然而,在早期句题和歌中,歌人会大胆地使用一些训读语,这样的尝试为中国古代文学表达打破和汉壁垒进入日本文学提供了途径。例如:

咽雾山莺啼尚少[2]
山高み降り来る雾にむすればや鳴く莺の声まれらなり
(《千里集》一)
(山高雾降来,莺声因咽稀不开。)[3]

1　即由汉语文言文词汇派生出的,原本不存在于大和民族语言中的语汇。
2　一作"带雾山莺啼尚小",《千里集》中疑为元稹诗某唐抄本异文。
3　本书中引文的译文除另有标注外均为笔者所译。

莺语涩渐稀

　　鶯は時ならねばや鳴く声のいまはまれらに成りぬべらなる（《千里集》二五）

　　（莺啼不逢时，今声应渐稀。）

　　上述两首是《千里集》中的句题和歌，两首歌的歌意都是自句题翻译而来。其中"まれら"一词对应的是句题中所见汉语"少"或者"稀"。值得注意的是，同时代的和歌中，表达稀少之意往往只用"まれ"，鲜有"まれら"，这是由于"まれら"是训读汉语时才使用的训读语，天然地被和歌排斥。然而，大江千里在翻案句题和歌时，大胆运用了原本应被排斥在和歌表达之外的训读语"まれら"，为训读语进入和歌文学创造了契机。这样的表达很快影响了后世的一般和歌，例如：

　　山里にほととぎす鳴く

　　山里もまれらなりけりほととぎす待てども鳴かぬ声を聞くかな（《中務集》四）

　　（山村子规啼亦稀，虽待不闻声。）

　　中务是《千里集》成书18年后出生的女性歌人。该歌吟咏歌人在山村中等待，期盼子规啼叫的心情。由于同时代的作品中皆不见"まれら"一词的其他用例，加之中务歌与大江千里的作品一样都是吟咏鸟类叫声稀少的场景，因此几乎可以断定中务歌借鉴了《千里集》中的文学表达。至此，训读语"まれら"以句题和歌这种特殊的和歌形式为媒介，进入了一般和歌的世界。训读语借由句题和歌而影响一般和歌的现象还存在其他实例，此处由于篇幅

第三章　和歌与中国古代文学体裁的日本化　　　　　　　　　061

有限,不再赘述。综上所述,句题和歌接纳了原本应为和歌文学所排斥的训读语,而训读语又衍生自汉语词汇,因此句题和歌客观上为汉语词汇进入相对封闭的和歌文学开辟了新的路径。

二、唐诗表达的吸收

除了训读语,一部分句题和歌则直接吸纳了唐诗中的表达方式,这些表达方式又进而进入一般和歌,该现象使得和歌乃至整个日本文学的文学表达更加丰富。例如:

可怜<u>虚度好春朝</u>
あはれとは我が身のみこそ思ひけれ<u>はかなく春をすぐしきぬれば</u>(《千里集》一九)
(思觉仅是我身悲,只因虚度春。)

该歌大意是在句题的基础上翻译而来,画线部分"はかなく春をすぐしきぬれば"对应的是句题中"虚度好春朝"之意,其中"はかなく……をすぐす"的表达则对应的是汉语"虚度"。本歌是现存文献中"はかなく……をすぐす"最早的实例,在大江千里之前的和歌文学中并不存在类似表达,因此可以认为,"はかなく……をすぐす"是对汉语"虚度"一词的直接翻译,同样的表达在《千里集》末尾处没有句题的"自咏"[1]部分亦可见到:

ほととぎすさ月またずてなきにけり<u>はかなく春をすぐ</u>

---

[1] 《千里集》末尾的十首和歌没有句题,为大江千里自身创作的和歌,称为"自咏"。

しきぬれば(《千里集》一二六)

(不待五月子规啼,只因虚度春。)

该歌的结尾部分与19号歌雷同,虽然126号歌没有句题,但由于皆出自大江千里之手,因此可以推知,画线部分的表达借鉴了19号歌句题"可怜虚度好春朝"中的表达方式。《千里集》成书后,这样的表达方式开始在和歌文学中变得常见起来,例如:

はかなくて過ぐる秋とは知りながらをしむ心のなほあかぬかな(《陽成院歌合》一六)

(既知虚度秋,惜心亦不厌。)

長月の有明の月はありながらはかなく秋は過ぎぬべら也(《后撰集》四四一)

(九月天明虽有月,末秋应是虚度秋。)

画线部分的表达可归纳为"はかなく……過ぐ"这一定式表达,该表达与上文所引《千里集》中"はかなく……をすぐす"的关联性一目了然。如前文所述,《千里集》中的两首和歌是该类型表达的最早用例,因此《阳成院歌合》与《后撰集》中的两首和歌,极有可能是在《千里集》的影响下形成的。然而,值得注意的是,《千里集》中的两首和歌吟咏的是春季,而受影响的两首和歌则是吟咏秋季的作品,这是唐诗的文学表达通过句题和歌对一般和歌文学产生影响后发生的新变化[1]。可以说,句题和歌为唐诗文学表达丰

---

[1] 参见:黄一丁.『延喜十三年陽成院歌合』の惜秋歌について[J].和漢比較文学,2020(64):1—16.

富和歌文学表达的现象提供了必要的渠道。

三、唐人诗句的接纳

句题和歌除了在训读语与唐诗表达两个方面对和歌文学产生影响，还对唐人诗句在日本的普及起到至关重要的作用，例如：

不明不暗胧胧月
てりもせずくもりもはてぬ春の夜のおぼろ月夜にしく物ぞなき（《千里集》七二）

（不云亦不明，无物堪如春夜月。）

该歌句题是白居易诗《酬和元九东川路诗十二首·嘉陵夜有怀二首》中的名句，"てりもせずくもりもはてぬ"部分对应原诗句中的"不明不暗"，"春の"来自原诗中交代季节背景的"露湿墙花春意深"一句，"夜のおぼろ月夜"则是对应"胧胧月"的日语表达。值得注意的是，"しく物ぞなき"意为世间无事能与春夜胧月之美好相比，这一句则是大江千里在原诗句的基础上演绎出的新内容。大江千里从原诗句中演绎出来的新内容在后世的日本文学中产生了广泛影响，其中最具代表性的应是日本古典文学的集大成者《源氏物语》中的一段：

いと、若うをかしげなる声の、なべての人とは聞えぬ、「朧月夜に似る物ぞなき」と、うち誦して、こなたざまに来るものか。（《源氏物語·花宴》）

（一个不像平常人的年轻女子以美妙的声音轻声吟着：

"胧月夜兮不可拟",她正走向这边来。)[1]

画线部分显然以大江千里在白居易诗基础上创作的胧月歌为典,显示出句题和歌在日本古典文学中广泛的影响力。值得注意的是,紫式部在创作《源氏物语》中该段情节时,用大江千里的和歌典故,实际上是为了引用背后存在的白居易诗句。《千里集》中的胧月歌为当时的一般贵族女性读懂生硬晦涩的中国古代文学创造了条件,大江千里的句题和歌则成为中国古代文学进入日本女流文学的重要媒介。由此可见,句题和歌在唐人诗句影响日本古典文学的过程中发挥了重要作用。

第四节
句题和歌与典故的接受

上一节针对句题和歌在中国古代文学表达影响日本文学的过程中扮演的媒介作用进行了阐述,本节将针对句题和歌在日本文学接受佛教典故以及中国典故的过程中发挥的作用进行阐述。

一、句题和歌与佛教典故

句题和歌发展到《拾遗集》时代,出现了以汉译佛教经文为题的句题和歌。其中一些经文中包含的佛教典故也通过句题和歌进入了日本文学。比如《发心和歌集》中的一例:

---

[1] 译文引自紫式部. 源氏物语[M]. 林文月译. 南京:译林出版社,2011:168.

妙庄严王品

又如一眼之龟,值浮木孔。而我等宿福深厚,生值佛法。

一目にて頼みかけつる浮木には乗り果つるべき心地やはする(《発心和歌集》五一)

(仅凭一眼值浮木,心中自觉可长乘。)

本歌以《法华经》妙庄严王品的经文为题,主要吟咏了常见佛教典故——盲龟浮木,以大海中的一眼盲龟偶遇浮木之孔来譬喻生而遇到佛法。"一目にて"是汉语"一眼"的翻案,"浮木には乗り果つる"则对应"值浮木孔"一句。此歌之中,"浮木"是象征佛法的意象。

然而,在盲龟浮木的佛教典故进入和歌之前,和歌文学中已经存在"浮木"这一意象,这一意象又与中国的浮槎传说密切相关:

あきのなみいたくなたちそおもほえずうききにのりてゆくひとのため(《躬恒集》一二)

(无心秋波勿高起,只为乘槎而去人。)

中国古代有八月乘浮槎自海通天的传说,《博物志》记载:"旧说云:天河与海通,近世有人居海渚者,年年八月,有浮槎去来,不失期。"本歌中的"あきのなみ"对应八月时节,而"うききにのりてゆくひと"吟咏乘浮槎而去之人。在盲龟浮木的佛教典故进入和歌文学之前,和歌中的浮木的典故大抵如此,而自《法华经》句题和歌后,和歌文学中的浮木意象便开始呈现出受到盲龟浮木典故影响的趋势,例如成书于平安末期的历史物语《今镜》中就有如下和歌:

（前略）今は斯くて止みぬべきわざなむめり、と思ひけるにつけても、いと心細くて、硯瓶の下に歌を書きて置けりけるを、取り出でて見れば、
　　行く方も知らぬ浮木の身なりとも世にし巡らば流れあへかめ(《今鏡・敷島の打聞》)
　　（心觉如今应就此适可而止了，心中无限不安，于是在水盅下写下一首歌，拿起一看：
　　吾身似浮木，不知往何处，盲龟流世间，执盅若能逢。）

　　该段内容中，歌人小大进尽管担心就此与丈夫永别，却依然在水盅下写下和歌后坚决离开。其中的和歌运用了盲龟浮木的典故，既吟咏了二人今后相遇的机会渺茫，又包含小大进对今后重逢的期许。"浮木の身"与"巡らば"一语双关，前者指"浮木"与"忧伤"，后者指"轮转"与"盅"，而歌尾的"かめ"则双关"瓶"与"龟"，歌意为：我心悲伤就如那海中不知漂向何方的浮木，在世间若能长生流转，或许就能像盲龟遇到浮木一般，总有一日会与拥有这信物水盅的你再次相会。本歌中的浮木一词象征着重逢的意象，明显运用了盲龟浮木的典故。
　　综上所述，《法华经》的句题和歌为诸如盲龟浮木这样的佛教典故进入和歌文学提供了途径。句题和歌的出现，改变了诸如浮木一类既有文学意象的内涵，推动了和歌文学内在的流变发展。

二、句题和歌与中国典故

　　句题和歌发展到《新古今集》时代出现了新的动向，而这一动向与和歌文学频繁接受中国典故密切相关。事实上，从《古今集》

时代开始,烂柯、锦衣夜行、浮槎等中国典故[1]已经进入了和歌文学。进而,自《新古今集》时代开始,诸如"子猷寻戴"等更多的中国典故开始进入和歌文学[2],而《蒙求和歌》《百咏和歌》以及《汉故事和歌集》三种句题文献成为中国典故进入和歌文学世界的重要途径。《蒙求和歌》与《百咏和歌》都由《新古今集》时代歌人源光行编纂而成,分别以蒙学书《蒙求》与《李峤杂咏》为基础,而《汉故事和歌集》成书于室町时代末期。这一批以中华典故为题创作的句题和歌对后世和歌的影响颇为明显。例如《蒙求和歌》中有以孙康映雪典故为题吟咏的和歌:

孙康映雪

孫康、家貧しくして、油なかりければ、映雪、書を読みけり、少き人に交り遊ぶ事なく、文のみに心を染めける、後に御史大夫にいたりにけり

よもすがらすだれをのみぞかかげつるふみみる宿の雪のともし火(《蒙求和歌》五六)

(孙康,家贫,无油故,映雪读书,少与人交游,仅以文染心,后至御史大夫。

宿中夜阑珊,挑帘读书雪作灯。)

《蒙求和歌》先以《蒙求》原文"孙康映雪"一句为题,并以日语解说为歌序,最后吟咏一首和歌。该歌中,"すだれをのみぞかか

1　烂柯典故见于《古今集》第 991 号歌,锦衣夜行典故见于《古今集》第 297 号歌,浮槎传说见于西本愿寺本《躬恒集》第 12 号歌。
2　参见:赵力伟.《蒙求》与日本中世和歌:以"子猷寻戴"为线索[J].日语学习与研究,2018(5):99—108.

げつる"这一表达意为卷帘,"ふみみる宿"意为读书之屋,而"雪の
ともし火"直译为雪灯,实指映雪为灯的行为。整首歌描绘了孙康
深夜映雪苦读的场景。描写映雪典故的文学表达"雪のともし火"
很快便为后世的歌人继承,此处仅举最典型的一例:

  古寺雪
  山深み人は影せぬ古寺に風の<u>かかぐる雪のともし火</u>
(《為広卿詠》一〇二)
  (山深人无影,古寺吹雪灯。)

  本歌是中世重要的和歌门第上冷泉家第六代家主冷泉为广的
作品,描绘的是深山古寺中不见人影,风卷门帘,无心映雪为灯的
场景。其中"かかぐる雪のともし火"这一表达十分少见,酷似上
文《蒙求和歌》中的表达,应该是直接借鉴了上文所引《蒙求和歌》
中的画线部分,并用了孙康映雪的典故,即冷泉为广的和歌所用的
映雪典故参考了《蒙求和歌》中的文学表达。换言之,《蒙求和歌》
就成了孙康映雪这一典故进入和歌文学时的媒介。
  综上所述,句题和歌在佛教典故以及中国古代文学典故进入
和歌文学世界的过程中,也发挥着重要的媒介作用。

第五节
句题和歌与文化观念的接受

  除了中国古代文学表达与中国典故,中国的文化观念与佛教
观念也对和歌文学产生了重大影响。在此过程中,句题和歌亦发

挥了重要的媒介作用,本节将从佛教观念与中国古代文学的物候观两个方面对该现象进行阐述。

一、佛教思想的影响

正如前章所述,在佛教典故影响和歌文学的过程中,《法华经》经文句题和歌充当了佛经与和歌文学之间的媒介。而在句题和歌翻案佛教经文时,除了佛教典故,一些典型的佛教观念也随之进入了和歌文学,例如:

药王菩萨品
若有女人,闻是药王菩萨本事品,能受持者,尽是女身,后不复受。
<u>まれらなる法</u>を聞きつる道しあればうきをかぎりと思ひけるかな(《発心和歌集》四七)
(世间有闻稀法道,方觉忧虑有尽时。)

如第三节所述,画线部分中所见"まれら"一词为训读语,该歌大意为生而听闻佛法的契机难得,而正因听到佛法的教诲,身后便可不再悲伤受苦。其中"まれらなる法"这一表达虽然并未直接对应该歌所引的《法华经》经文,但充分体现出佛教中佛法难值难遇的思想。《发心和歌集》的作者选子内亲王当然是在充分学习与领悟佛教的教义思想后,才可能将普遍的佛教观念运用至句题和歌中。该现象证明,《法华经》经文句题和歌中除了训读语与佛教典故,还包含有一些佛教固有观念。这样的观念通过句题和歌,又对后世的和歌文学产生了深远的影响。例如,前文所述室町时代最重要的公卿歌人三条西实隆的作品中就存在这样的一首和歌：

  仙宫
  つかへつつちとせをへずは仙人の世にまれらなる法を
とかめや(《雪玉集》四三四二)
  （修仙不可越千年，应责世间妙法稀。）

  本歌大意为：尽管潜心修行，却依然无法延年益寿，这都应归咎于仙人之世，鲜见佛法。值得注意的是，画线部分的表达在和歌文学中并不常见，很可能是直接沿袭了《发心和歌集》中所见的表达，因此，此处应视为《法华经》经文句题和歌对后世和歌文学作品的直接影响。不可否认的是，佛法难值难遇的思想也被作者三条西实隆巧妙运用，以解释修行许久也无法延年益寿，该现象直接反映了这种思想以句题和歌为载体，对后世的一般和歌文学产生了极为深远的影响。由此可见，句题和歌在佛教思想进入和歌的过程中，亦充当了重要媒介。

二、中国古代文学物候观的影响

  除了上文所讨论的佛法难值难遇观念，中国古代文学中的物候观也通过早期句题和歌对和歌文学产生了深远的影响。其中，以春末惜春、夏末纳凉和岁末叹老这三种观念最为显著。这三类物候观念最早都经由《千里集》进入了和歌文学。

  《千里集》由数个部分组成，其中以春夏秋冬为纲编纂的部分称为四季部。四季部中的和歌呈现出按照时间推移顺序排列的特征，而这些特征中就存在着与中国古代文学物候观密切相关的内容。和歌文学中所见春末惜春的物候意识最早就出现在句题和歌《千里集》中，该集春部的末尾部分存在着以惜春为主题的歌群，该歌群多以白居易的暮春诗为题，其中蕴含的惜春意识则源自中国古代文学的惜春传统。其后，《千里集》春部末尾出现惜春歌群这一结构直接被《古今集》等后世的和歌文献学习继承，至此，白居易的惜春诗及其背后所蕴藏的中国古代文学惜春观念就通过句题和歌这种特殊的文学形式进入了一般和歌。《千里集》夏部末尾存在着以纳凉诗为题的歌群，这些诗句多出自白居易的纳凉诗，因此该部分的结构与上文所述惜春歌的来源如出一辙，亦体现出中国古代文学对句题和歌所产生的影响。夏末吟咏纳凉和歌的现象虽然没有被《古今集》迅速继承，但在其后的《后撰和歌集》等更晚的和歌文献中得以体现。因此，从根本上说纳凉和歌的产生依然可以追溯到最早的句题和歌《千里集》。《千里集》冬部中存在一部分叹老和歌，它们的出现也是因为受到白居易叹老诗的影响。自《古今和歌集》开始，历代敕撰和歌集的冬部中都包含叹老和歌。而这类和歌的源流可追溯到句题和歌《千里集》，因此，白居易文学中的岁末叹老意识影响和歌文学的源头，依然可以追溯到句题和歌这一特殊的和歌形式。

综上所述，中国古代文学中的物候观首先对句题和歌产生了十分显著的影响，而这些影响又通过句题和歌这一特殊的和歌形式，对后世文学产生了更为广泛的新影响。上述三类物候意识都成为后世和歌中不可或缺的题材。因此，可以说句题和歌在中国古代文学物候观影响和歌文学的过程中，起到了桥梁般的沟通作用。下一节将对此进行详述。

第六节
中国古代文学对《千里集》中四季部结构的影响

一、《千里集》四季部的文学史背景

《千里集》成书于宽平六年(894)，是"国风文化"时代前夕文人大江千里遵照宇多天皇的敕令编纂而成的和歌集。大江千里在该集的序文自述道："侧听言诗，未习艳词。"从上下文可以判断，此处的"艳词"指的就是和歌。大江千里在序文中措辞谦逊，认为自己出身汉学门第，自幼只接触过诗，并未学习和歌。正因为如此，大江千里在面对宇多天皇"古今和歌，多少献上"的敕令时，只得是"纔搜[1]古句，构成新歌"了。此句解释了《千里集》中诗歌并列形式的由来，即以白居易等中国诗人的某一句诗为题，翻译吟咏出与之意思对应的一首和歌。通过这句序文，我们不难看出《千里集》与中国古代文学的紧密联系。本节以下内容就针对《千里集》摄取中国古代文学要素的特征进行论述。

《千里集》分为九部，前四部吟咏四季之歌，一般称为四季部。以下将首先关注这一部分。

和歌集中所见的四季部，起源于《万叶集》的卷八和卷十，此后这种形式又为"国风文化"时代前夕的《宽平御时后宫歌合》以及《新撰万叶集》上卷等先于《千里集》成书的文献继承，起源于《万叶集》的和歌中的四季部，最早应该是由模仿诸如《艺文类聚》以及

---

[1] 桂宫本《千里集》原文作"僅枝"，原文不通，据"传寂莲法师笔本"原文改为"纔搜"。

《初学记》等中国唐代类书中的四季部而来[1]，而在大江千里所生活的时代，这样的结构已经在和歌集中固定下来，成了当时和歌文学的传统。因此，大江千里采用四季部的编纂形式，应该是为了尊重和歌集的传统范式。

将中国诗歌翻译改写为和歌时，那些原本只存在于中国古代文学中的文学表达与文学思想应该也会随之进入和歌世界，下文将以四季部为中心，整理中国古代文学影响《千里集》的先行研究。

二、有关中国古代文学影响《千里集》四季部的前人研究

《千里集》四季部中所见和歌的排列顺序值得关注。虽不似后来成书的《古今集》一般，以一种近乎完美的、严密地按照季节推移的时间顺序来排列[2]，却依旧可以从中窥见某些按照时间排列和歌的端倪。例如，春歌末尾出现的吟咏晚春惜春的歌群和夏末吟咏纳凉的歌群，还有年末叹老的歌群，这三处和歌的排列中所见中国古代文学思想的影响，已经为前人研究指出，以下将详述。

后世的日本古典文学经常以"三月尽"这样一个名词来形容惜春的主题，而"三月尽"的惜春思想事实上应该来源于白居易所作的诗歌，这一事实已为日本学者平冈武夫指出[3]。日本学者田中干子则率先注意到《千里集》春歌末尾的惜春歌群，并指出其亦是受到了白居易诗歌中惜春意识的影响[4]。例如：

1　小島憲之. 国風暗黒時代の文学・補篇[M]. 東京：塙書房，2002：75—77.
2　松田武夫. 古今集の構造に関する研究[M]. 東京：風間書房，1965.
3　平岡武夫. 三月尽—白氏歳時記[J]. 日本大学人文科学研究所研究紀要，1976(18)：91—106.
4　田中幹子.『古今集』における季の到来と辞去について—三月尽意識の展開[J]. 中古文学臨時増刊，1997：71—85.

送春争得不殷勤

あかずのみ過ぎゆく春をいかでかはこころにいれてをしまざるべき(一五)

春光只是在明朝

かねてよりわがをしみこし春はただあけむ朝ぞかぎりなりける(一六)

两处春光同日尽

春をのみここもかしこもをしめどもみなおなじ日につきぬるかうさ(一七)

可怜虚度好春朝

あはれとは我が身のみこそ思ひけれはかなく春をすぐしきぬれば(一九)

惆怅春光留不得

なげきつつ過ぎゆく春ををしめどもあまつ空からふりすてていぬ(二〇)

一岁唯残半日春

ひととせにまたふたたびもこじものをただ日がなこそはるはのこれる(二一)

《千里集》成书以后，"三月尽"的惜春意识还对《古今集》等后世和歌文献产生了巨大的影响，这也是我们可以在各处日本古典文学找到惜春文学要素的原因。源于中国古代文学的惜春意识，其于日本文学中最早的实践，发生在《千里集》中所见的和歌排列顺序之中。

除了"三月尽"歌群，《千里集》夏歌的末尾还存在一个以纳凉为主题的歌群。日本学者岩井宏子敏锐地注意到了这一歌群，并详细论证了其中蕴含的纳凉文学意识应该是受到白居易纳凉诗的影响[1]。

  月照平砂夏夜霜

  月影になべてまさごの照りぬればなつの夜ふれる霜かとぞみる(三一)

  但能心静即身凉

  我が心しづけきときはふく風の身にはあらねど涼しかりけり(三二)

  涧路甚清凉

  山たかみ谷を分けつつゆくみちはふきくる風ぞすずしかりける(三三)

  以纳凉为主题的歌群,此后虽不见于《古今集》,却自《后撰集》开始成为夏末和歌的惯例,值得注意的是,在和歌发展史中率先将纳凉这一主题引入和歌集编纂的,正是《千里集》。因此,这一点亦是《千里集》于和歌发展史上具有重要意义的体现。

  最后,我们将视线聚焦该集冬歌,其中存在着叹老和歌。正如日本学者北山圆正所指出的[2],"国风文化"时代,特别是《古今集》前后吟咏的岁末和歌中经常可见的叹老意识,是在白居易诗歌的刺激下,歌人结合个人生活体验形成的。尽管北山圆正并未直接讨论《千里集》中出现的和歌例,但不难发现,事实上该集中出现的岁末叹老歌也应该归纳到北山圆正指出的这一类受白居易诗歌影

---

1 岩井宏子.古今的表现の成立と展開[M].大阪:和泉書院,2008:73—75.
2 北山円正.『古今集』の歳除歌と『白氏文集』[J].白居易研究年報,2004(5):187—207.

响而诞生的和歌之中。例如：

鬓雪多于砌下霜
我がかみのみなしら雪と成りぬればおける霜にもおとらざりけり(六一)
年年只是人空老
としどしとかぞへこしまにはかなくて人はおいぬるものにぞありける(六二)
老眠早觉常残夜
老いてぬるめははやさめぬとこしなへよはにあくればねでのみぞふる(六四)
长年都不惜光阴
かくばかりおいぬと思へばいまさらにひかりのつくるかげもをしまず(六七)

岁末歌中所见的叹老意识与前文所述的"三月尽"以及纳凉这两大主题一样，都在后世的日本文学中产生了很大的影响。但与之不同的是，"三月尽"以及纳凉在日本文学中最早的实例皆出现于《千里集》，而叹老这一主题则不然。在该集成书之前，叹老意识就见于《宽平御时后宫歌合》。但无论如何，存在于《千里集》中的叹老和歌，是叹老意识影响和歌文学较早的例子，因此亦具有一定的价值。

《千里集》四季部中所见的惜春、纳凉以及叹老这三大主题，是"国风文化"时代前夕日本和歌文学从中国古代文学，特别是白居易的诗歌中摄取的新内容。尤其在惜春与纳凉这两个主题上，《千里集》更是现存和歌文献中最早出现这两大主题的和歌集，因此具有不可替代的重大意义。

三、晚秋之雁对《千里集》秋部的影响

如上文所述,先行研究已经指出了《千里集》春夏冬三部分中受到中国古代文学思想影响的部分。此外,该集秋歌的末尾处同样存在受到中国古代文学思想影响的部分。接下来,笔者将聚焦该集秋歌末尾处出现的咏雁歌群,并就其中受到中国古代文学影响的部分进行论述。

  秋雁过尽无书至
  秋の夜の雁は鳴きつつ過ぎゆけど待つ言の葉は来る年もなし(五二)
  寒鸿飞急觉秋尽[1]
  ゆく雁の飛ぶこと速く見えしより秋の限りと思ひ知りにき(五三)
  寒雁[2]声静客愁重
  鳴く雁の声だに絶えて聞こえねば旅なる人は思ひまさりぬ(五四)

这三首歌的含义均十分明确。第 52 号歌说的是秋夜中送信的大雁鸣叫着飞了过去,然而期待已久的本该到来的书信,到了每年该来的时候却怎么也不来。本歌中"言の葉"正是对句题中的

---

1 桂宫本《千里集》原文作"深",据《白氏文集》改为"尽"。
2 桂宫本《千里集》原文作"鳴",文义不通,根据翻案和歌中"鳴く雁"推测可能为"雁"异体"鴈"之误。

078 和歌浦浪起唐风:中国文学在日本和歌中的接受研究

"书"一词的对应,即书信。句题所引白居易诗,原本用的应该是《汉书》中的著名典故"鸿雁传书"。

言天子射上林中,得雁,足有系帛书,言武等在荒泽中。
(《汉书》卷五十四《李广苏建传第二十四》)

上文说的是苏武为匈奴所囚而常年无法归汉地,于是将信件绑在大雁身上,以此通知朝廷,最后成功还乡的故事。在中国古代文学中,"雁"与"书"的组合往往以该故事为典。出身文章道的大江千里必然也对《汉书》等中国文献十分熟悉,因此理应意识到白居易的此首诗歌背后暗含的苏武故事,或许正因如此,大江千里才将苏武常年牧羊于北海无法归汉的情节吸纳进该首和歌,在和歌中添加了原文句题中没有的"年"的要素,并将"无书至"三字扩写为"言の葉は来る年もなし"。第53号歌所咏之意为,看见大雁疾飞,便知晓秋天也即将结束。第54号歌吟咏的则是,雁鸣将尽之时,羁旅之人的愁绪也更加浓重。此三首是吟咏大雁题材的一组和歌,因此理应被视为一个整体。第53号歌的句题中存在"秋尽"一词,而与之对应的翻译是"秋の限り",由此可知,至少第53号歌是吟咏暮秋无疑,又由于此三首和歌为一个整体,因此我们有理由推测它们背后的时节均为暮秋。此外,由于《千里集》的春夏冬三部末尾处均存在吟咏该季节结束的歌群,因此秋歌的末尾存在吟咏秋末的歌群一事并不违背整个《千里集》的结构氛围。综上所述,此三首和歌很有可能吟咏的就是暮秋时节。

另外,大雁这一文学意象与暮秋之间的关联性,从《千里集》的第46号歌中亦可窥见一斑。

旅雁秋深独別群
　　行く雁も秋すぎがたに独しも友に後れて鳴き渡るらむ
（四六）

　　此歌在该集中所处的位置与前述三首歌并不相同，是位于秋歌中更为靠前的地方。即便如此，从画线部分"秋すぎがた"的表达中依旧可以看出这是一首吟咏暮秋时节的和歌作品。因此，此歌中大雁这一意象与暮秋时节之间的关联性也显而易见，这样的关联性与第52至54号歌中所见的季节观如出一辙。
　　如上文所述，《千里集》的秋歌中，将大雁作为暮秋景物来吟咏的和歌至少存在四首。然而，值得注意的是，在"国风文化"时代前夕，特别是《古今集》前后的一段时期内，将大雁视为暮秋景物并不常见。《古今集》前后的暮秋和歌一般不吟咏大雁，而是着重吟咏自《万叶集》以来备受日本歌人喜爱的秋季意象红叶。

　　紅葉ばは袖にこきいれてもていでなむ秋は限と見む人のため（古今集三〇九　素性）
　　竜田川秋は水なく浅せななむ飽かぬ紅葉の流るれば惜し（是貞親王家歌合一三）
　　散らねどもかねてぞ惜しき紅葉ばは今はかぎりの色と見つれば（寛平御時后宮歌合九六初出／新撰万葉集一〇五／古今和歌集秋下　二六四）
　　寛平御時ふるきうたたてまつれとおほせられければ、たつた河もみぢばながるといふ歌をかきて、そのおなじ心をよめりける
　　み山よりおちくる水の色見てぞ秋は限と思ひしりぬる

(古今集秋下　三一〇　興風)

以上四首是《千里集》时代相近的暮秋和歌,均以红叶为暮秋的文学意象。将《千里集》第 53 号歌与《古今集》中的第 310 首藤原兴风歌进行比较,不难发现二者之间思路的相似与不同。从和歌结构来看,二者呈现出一定的类似性,即均采用了"……见えし(見てぞ)……思ひ知りにき(知りぬる)"句式。而如果对二者中的文学意象进行比较,则可以发现藤原兴风目睹因落叶而变为红色的河水知晓秋天将尽,大江千里歌则强调了看见大雁疾飞得知秋天将尽。这是《千里集》与《古今集》中暮秋和歌在物候意识上最大的不同之处。

接下来,我们将对和歌文学中雁这一意象对应的季节进行考察。《千里集》中大雁明显是晚秋九月的意象,而在稍后成书的《古今集》中则被纪贯之与凡河内躬恒等编纂者安排为仲秋八月的意象。由于《古今集》是天皇下令编纂的敕撰和歌集,而其编纂者又是当时歌坛的几大巨头,故其中所反映的文学观应该是当时歌坛的一种共识。正因如此,我们可以认为,《古今集》将红叶视为九月的文学意象、将大雁视为八月的文学意象是当时歌人的普遍认知,而《千里集》中所见的九月吟咏大雁的现象在当时必定是十分标新立异的。与《古今集》时代其他歌人将红叶视为九月的代表文学意象不同,大江千里显然认为暮秋九月的代表文学意象应当是大雁。

九月暮秋吟咏大雁的现象虽罕见于《千里集》同时代的和歌作品,却在白居易的诗歌中屡见不鲜。

　　塞鸿飞急觉秋尽,邻鸡鸣迟知夜永。(《白氏文集》卷一四《晚秋夜》)

晴虹桥影出,秋雁橹声来。(中略)明朝是重九,谁劝菊花杯。(《白氏文集》卷五四《河亭晴望》)

以上两首和歌均是白居易于九月吟咏大雁的实例。《晚秋夜》一诗更是《千里集》第 53 号歌的句题原诗。从诗题中可知,此诗应为晚秋之作。《河庭晴望》尾联中的"重九"表明此处的"秋雁"亦是出现在九月的意象。大江千里为了遴选句题,理应熟读过《白氏文集》,因此,除了句题原诗的《晚秋夜》,应该也曾读过《河亭晴望》。不难想象,无论是刻意为之的模仿还是潜移默化的影响,大江千里都受到了白居易诗歌中大雁季节观的影响。

白居易诗歌中关于大雁的季节观,很明显并不是白居易个人的偏好,而是源于中国古代文学中一直存在的有关大雁的物候观。例如:

季秋之月,(中略)鸿雁来宾。(《礼记·月令》)

《礼记·月令》中有关大雁的记叙,直观地解释了白居易诗歌中关于大雁的物候观,而这样的物候观亦渗透进了日本文学,至少从《万叶集》时代开始,就已经影响了当时的和歌文学。例如《万叶集》中有如下一首和歌:

九月のその初雁のつかひにも思ふ心は聞こえこぬかも
(卷八《秋雜歌》一六一四)

此歌中有"初雁のつかひ"这一表达,学界一般认为此处受到

了前文所述苏武典故的影响[1]，正如新日本古典文学大系《万叶集》中的注释所指出的，此处在九月吟咏大雁的现象与前文所述《礼记·月令》中有关大雁的物候观十分吻合。值得注意的是，至少自《万叶集》时代起，《礼记》便是常被日本人阅读使用的中国文献，因此，此歌的作者很可能受到了《礼记·月令》中物候观的影响。此外，先于《千里集》，成书于"唐风文化"时代的敕撰汉诗集《文华秀丽集》中亦可看到以下一联吟咏暮秋景致的诗句：

云天远雁声宜听，檐树晚蝉引欲殚。（卷中《晚秋述怀》五〇姬大伴氏）

此一联诗主要吟咏了晚秋的景色，特别是其中的"远雁"以及"晚蝉"两个意象值得关注。本书稍后的章节将对"晚蝉"进行论述，此处首先关注"远雁"这一意象。于晚秋吟咏大雁这一现象，同样应是受到了中国古代文学中有关大雁物候观的影响。

由以上例子我们可知，《千里集》以前的和歌与日本汉诗中，便已可见中国古代文学中雁的物候观的影响。因此，此后出现的《千里集》中的晚秋之雁体现出的物候观，其源头应该是多元复杂的，很可能是受到《万叶集》和《文华秀丽集》的影响，亦有可能是受到白居易诗歌的影响。但无论路径如何，《千里集》中出现的晚秋之雁是在中国古代文学物候观的影响下产生这一结论是不可动摇的事实。

1　佐竹昭広,山田英雄,工藤力男,大谷雅夫,山崎福之校注.万葉集三(新日本古典文学大系)[M].東京:岩波書店,2000:229.
　　小島憲之,木下正俊,東野治之校注.新編日本古典文学全集7·万葉集(2)[M].東京:小学館,1995:360.

通过以上的分析，我们可知大江千里和歌中所见大雁意象与暮秋时节之间的关联性源于中国古代文学中的物候观。将这一结论与前文所引的田中干子、岩井宏子以及北山圆正等日本学者的观点结合起来考虑，可知大江千里在构思《千里集》四季部末尾的和歌结构时，受到了中国古代文学物候观特别是白居易诗歌的巨大影响。这又印证了小岛宪之指出的结论[1]，即平安时代文人对于每个季节结束时节的感性认知大多源于白居易诗歌一类中国古代文学作品的结论。

然而，与三月尽、纳凉以及叹老的文学思想在后世的日本文学中得到发扬光大的情形不同，暮秋咏雁的习惯并未对后世的日本文学产生足够的影响，因此也就成了《千里集》于和歌发展史中比较独特的结构。也就是说，暮秋咏雁的习惯在和歌中的影响相对有限，并未扩展到后世成为和歌文学中的标准季节范式。

四、白居易惜春诗对《千里集》初夏和歌的影响

《千里集》四季部和歌排列中可见的中国古代文学影响，除了体现在上述四季部末尾，还存在于吟咏初夏时节的和歌之中。该集夏歌共有 11 首，而其中可以明确是吟咏初夏时节的和歌是以下 4 首：

春条長足[2]夏阴成
木の芽萌え春栄えこし枝なれば夏の陰とぞ成りまさり

1　小島憲之. 国風暗黒時代の文学・補篇[M]. 東京：塙書房，2002：106.
2　《千里集》桂宫本原文中作"是"，依《白氏文集》改为"足"。

ける(二二)
　　鸎多过春语
鶯は過ぎにし春を惜しみつつ鳴く声おほき比にざりける(二三)
　　莺语涩渐稀
鶯は時ならねばや鳴く声のいまは稀らに成りぬべらなる(二五)
　　春尽啼鸟急
かぎりとて春の経ちぬる時よりぞなく鳥の音もいたく聞こゆる(二七)

　　前三首和歌的句题原诗均为白居易所作诗歌，而第 27 号歌的句题原诗虽已不存于现存文献，但《千里集》所有原典明确的句题均出自中国南北朝以及唐代诗歌，因此，该歌的句题原典很大可能亦是中国诗歌。第 22 号歌位于夏歌的开头，句题原诗为《樟亭双樱树》，由此可知句题中的"春条"在原诗中应指樱树枝。句题将春夏两季进行时间上的对比，吟咏春天的枝条在夏季业已枝繁叶茂，洒下树荫。这样的手法为白居易所惯用，不仅见于对樱树的描写，还出现在咏荔枝与石榴等植物的诗中[1]。以句题为基础翻译改写的和歌亦沿袭了原诗的写作手法，吟咏了春天嫩芽萌发、夏季业已成荫的景象，以春夏之间树木的形态变化来反映季节变化，在描写夏季实际景观的同时，还对已经逝去的春季景观进行了回想。
　　第 23 号以及第 25 号和歌都是咏莺的，《古今集》前后，莺均出

---

[1] 春芽细灶千灯焰，夏蕊浓焚百和香。(《白氏文集》卷一六《石榴树》)素华春漠漠，丹实夏煌煌。(《白氏文集》卷一八《题郡中荔枝诗十八韵兼寄万州杨八使君》)

现在吟咏春季的和歌中,而鲜见于夏季和歌。或许是为了弥合夏季咏莺这一反常行为带来的异样感,第23号歌便针对莺啼于夏的原因进行了文学演绎,描写莺啼于夏是因"すぎにし春を惜しみつつ"(莺因惜春而啼)。这样的演绎手法合理而生动,一方面凸显出莺原为春季意象的特质,另一方面又通过拟人的手法对惜春的伤感进行表达。第25号歌中亦可窥见大江千里对夏季咏莺这一反常现象的解释:他在和歌中运用了"鶯は時ならねばや"(莺啼不逢时)这一表达,体现出莺声原本并非夏天之物,而应属于春季的常识。大江千里之所以会选取此两句句题,如此注重夏季咏莺这一现象,不惜在31字之限的和歌中花费篇幅来解释,无疑是因为对白居易初夏诗的尊重与欣赏。除了上述的句题原诗,白居易的其他诗作中亦可见初夏残莺这一意象:

　　残莺意思尽,新叶阴凉多。春去来几日,夏云忽嵯峨。(《白氏文集》卷九《青龙寺早夏》)
　　春尽杂英歇,夏初芳草深。……新叶有佳色,残莺犹好音。(《白氏文集》卷六九《首夏南池独酌》)

画直线处可见白居易将"残莺"作为初夏的文学意象。将原本属于春季事物的意象转移到夏季吟咏,明显是为了以莺惜春,表达对春季的意犹未尽。这一特点从波浪线处的春夏对比的描写手法亦可窥见一斑。波浪线处,白居易将春季的逝去与夏季的到来并列于一联之中,这样的文学表达明确体现了惜春之情。以下这首《春尽日天津桥醉吟偶呈李尹侍郎》中的一联更是如此:

　　初晴迎早夏,落照送残春。(《白氏文集》卷六六《春尽日

天津桥醉吟偶呈李尹侍郎》)

白居易将"迎早夏"与"送残春"并列，形成对偶，可见，在他看来，迎接夏天的时节亦是送别残春的时刻。

白居易拥有的关于初夏惜春的感性认识，深深影响了前文的几首和歌。例如第23号歌就明确使用"すぎにし春を惜しみつつ"（可惜逝去之春）的措辞来表明惜春之情。由于这一措辞并不能在句题"莺多过春语"中找到对应的部分，因此只能认为歌人大江千里是从白居易有关惜春的感性认识中受到影响，进而将之演绎扩写，添加到对该句题的理解中。第25号歌亦然，吟咏了原属于春季的莺鸟在进入夏季后声音逐渐变得稀疏的情景。而第27号歌，虽然因原诗不详无法得知其中的"鸟"究竟指代何种鸟类，但大江千里在将句题翻译改写为和歌时，将其鸣叫的时期描写为"春の経ちぬる時"（春过之时），从这样的描述中我们可以推测，该歌与此前的几首和歌应是主旨相同，均吟咏春季逝去、夏季到来，而开头出现的"かぎりとて"（言以为限）以及形容鸟啼的措辞"いたく聞こゆる"（痛闻）等内容，则凸显对春天逝去的悲痛与惋惜。

在初夏和歌中吟咏惜春之情的现象，不仅在成书先于《千里集》的《万叶集》《宽平御时后宫歌合》中不见踪影，在此后编纂的《古今集》夏歌中亦难寻其踪，因此不得不承认，《千里集》夏歌中出现的惜春和歌在"国风文化"时代前夕，是一种极为独特的文学特征，而这样的文学特征，毫无疑问是大江千里模仿白居易诗歌的结果。此后，从《后撰集》时代开始，初夏时节吟咏惜春之情的现象在和歌中屡见不鲜，成为和歌文学的传统范式之一。例如，以下创作于《后撰集》时代，收录于《拾遗集》中的两首和歌：

屏風に

我が宿の垣根や春を隔つらん夏来にけりと見ゆる卯の花(《拾遺集》夏　八〇　源順)

(春因宅垣隔,夏来見溲疏。)

四月ついたちの日よめる

桜色にそめしころもをぬぎかへて山ほととぎす今日よりぞ待つ(《後拾遺集》夏　一六五　和泉式部)

(櫻色染衣夏初時,自今只待子規啼。)

在《拾遺集》源順和歌中,歌人将围墙这样一个具体事物抽象化为分隔春夏的时间界限,一墙内外,春夏不同,描写了春夏交替时节的自然景观。而《后拾遺集》中的和泉式部和歌则将春季的代表景物樱花咏入夏歌,以"夏天开始的时候"双关"樱色所染的夏衣",回想春季情形。这些文学构思,均类似于白居易所作诗歌以及《千里集》和歌中所蕴含的文学表达。

而自12世纪初的《堀河百首》开始,初夏惜春的文学表达更是与传统的初夏歌题"更衣"结合在一起,形成了歌坛新的趋势,呈现出强烈的日本化特征:

堀河院御時、百首歌たてまつりけるとき、更衣の心をよめる

(堀河院之时,献百首歌之际,咏更衣之意。)

夏衣花の袂にぬぎかへて春の形見も止まらざりけり(《堀河百首》夏一五首　更衣　三二二/《千載集》夏　一三六　匡房)

(夏衣换作春花袂,春去无凭不得留。)

捨ててにし春はうけれど夏衣いつしかかへん事をこそ思へ(《堀河百首》夏一五首　更衣　三二三　国信)

(虽忧春已弃,仍思更夏衣。)

ぬぎかふる花色衣惜しきかな春の形見をたたじと思へば(《堀河百首》三二九　師時)

(且更且惜花色夜,因之可思春迹在。)

此后成书的《金叶集》中亦存在同样的特征:

卯月のついたちに更衣の心をよめる
(四月一日咏更衣之情)
我のみぞ急ぎたたれぬ夏衣ひとへに春を惜しむ身なれば(《金葉集》二度本　夏　九四/三奏本　夏　九八　師賢)

(唯我夏衣急一時,只因此身更惜春。)

以上四首和歌均以"更衣"为主题。此处的"更衣"并非天皇的妃子,而是指春去夏来之际,将较厚的春衣更换为轻薄的夏衣之事。这四首"更衣歌"的惜春之情直接表现在波浪线处。这样的文学技巧很快又为公元12世纪中叶的《久安百首》所继承[1]:

夜もすがら春を残せる灯の名残はけさもけたじとぞ思ふ(《久安百首》夏十首　二二〇　教長)

(夜阑灯残春,今晨迹不销。)

---

[1] 竹下豊.『久安百首』における『堀河百首』の影響[J].言語文化学研究(日本語日本文学編),2011(6):11-26.

物いはば残れる春にとひてまし昨日かへりし春の行へを(《久安百首》夏十首　五二一　隆季)

(言物问残春,昨日春归处。)

ぬぎかふる花の袂のうつり香のかをるや春の名残なるらむ(《久安百首》夏十首　六二一　親隆)

(更衣花袂馨,是为春之迹。)

あかでゆく春の別れにいにしへの人やうづきといひはじめけん(《久安百首》夏十首　七二一/《千載集》夏　一三八　実清)

惜しむともいなん春をばいかがせむ山ほととぎすはやも鳴かなむ(《久安百首》夏十首　九二三　清輔)

(惜春春不驻,子规早啼山。)

帰る春ころもの関や越えぬらん今日より夏に立帰るかな(《久安百首》夏十首　一二二二　待賢門院安芸)

(春回过衣关,自今夏归还。)

从以上六首和歌的波浪线处,均可读出歌人明确的惜春之情。这样的文学构思与前文所述白居易诗歌、《千里集》和《堀河百首》一脉相承。更值得关注的是,教长所咏和歌中所见"春を残せる"以及隆季所咏和歌中所见的"残れる春"这两处文学表达使人仿佛看到白居易诗歌中"残春"一词的影子。该现象非出自偶然,而应该认为是 12 世纪歌人对白居易诗歌原文的训读化用。此后,《久安百首》成为《千載集》的重要编纂资料,《千載集》中录有大量《久安百首》中的和歌作品,而《千載集》将第 721 号歌置于夏歌的第一首,应该也是受到了当时初夏惜春这一风潮的影响。而后出现的《新古今集》夏歌开头虽然未收录《新古今集》时代歌人的作品,却

回溯和歌历史文献,将《万叶集》时代和《古今集》时代的歌人所咏的惜春和歌并列:

春過ぎて夏きにけらし白妙の衣ほすてふ天のかぐ山(《新古今集》夏　一七五　持統天皇)

(春过夏似来,白素衣干天具山。)

惜しめどもとまらぬ春もあるものをいはぬにきたる夏衣かな(《新古今集》夏　一七六　素性法師)

(虽惜春去不得留,不言夏来自着衣。)

如上文所示,自《拾遗集》至《新古今集》,初夏和歌中吟咏惜春的习惯已经成为和歌文学的定式,不仅如此,原本是春季文学意象的莺鸟以及《千里集》所采取的句题和歌这样一种文学体裁也为《新古今集》时代以及其后的歌人继承。例如:

残莺意思尽、新叶阴凉多
鴬の夏の初音をそめかへてしげき梢にかへるころかな(《拾玉集》詠百首和歌　夏十首　一九二三)

(莺更夏初音,正归繁梢时。)

残莺意思尽、新叶阴凉多
さそはれし花のかもなき夏山のあらぬみどりに鴬ぞなく(《寂身法師集》題文集詩　夏　七)

(夏山无处花不馨,学啼新绿诱引来。)

如前所述,在夏季和歌中吟咏莺鸟并非常见现象,而此二首和歌均以白居易诗中的一联为句题,又于初夏时节吟咏莺鸟,明显是受白居易文学之影响。诸如此类于初夏回想樱花和莺鸟等春季景物并借以惜春的文学构思，都是由白诗发展而来的，这样的现象与自《拾遗集》以来出现的初夏惜春的流行直接相关，体现出《新古今集》时代歌人利用后世的文学思想对前代文学理念的再解释与再构建。这样的现象与白居易的诗歌思想等中国古代文学要素密切关联，同时也呈现出显著的日本特征，因此是典型的中国古代文学要素日本化现象。句题和歌将中国古代文学体裁日本化为和歌文学，起到一种媒介的作用。句题和歌这一形式的创始人大江千里，无疑是中国古代文学要素日本化进程中的重要先驱者。

第七节
《千里集》之后半部分与中国古代文学

一、中国古代文学对《千里集》后半部分结构的影响

《千里集》的后半部分由"风月""游览""离别""述怀""咏怀"五个部分组成，而这五个部分之名称均不见于此前成书的和歌文献。其中"咏怀"部所收录的和歌并非按照中国诗歌句题咏成，而是大江千里自己的作品，这一点与此集之前的所有部分均不相同，值得注意。日本学者松田武夫[1]和平野由纪子[2]曾经指出，《千里集》后半部分五个部分的名称应该来源于中国古代文学。松田武夫在论述《千里集》"游览""述怀"两部分名称成因时曾指出："漢詩句を題

1　松田武夫. 古今集の構造に関する研究[M]. 東京：風間書房，1965：34
2　平野由紀子，千里集輪読会共著. 千里集全釈[M]. 東京：風間書房，2007：25—28。

にして詠じた和歌の集なので、冬に続く風月は、風と月とを詠んだ句題に引かれ、遊覧・述懐は、文華秀麗集などの漢詩集の分類からの影響と考えられる。"(因为是以中国诗句为题而咏的和歌集，所以冬歌后的风月应是由吟咏风与月的句题而生，游览与述怀则可能是受到《文华秀丽集》等汉诗集的影响。)平野由纪子则认为，"风月"在汉语中意为风景，而以此汉语词汇作为《千里集》中一部之名称则是大江千里本人的创新。此外，关于"述怀"与"咏怀"的部类，平野由纪子则认为受到了中国六朝文学中述怀诗与咏怀诗名称的影响。日本两位学者的观点值得我们重视。

在《千里集》继承了《文华秀丽集》结构这一观点上，笔者与松田武夫持有同样的看法，显然，《文华秀丽集》与《千里集》之间的影响关系是不言而喻的。《千里集》中所见的"游览""离别""述怀"三部应分别与《文华秀丽集》中的"游览""饯别""述怀"三部对应。事实上，小岛宪之已经指出《文华秀丽集》中的上述三部是模仿《昭明文选》卷二十二中"游览"、卷二十"祖宴"以及卷二十三"咏怀"三部而生的事实[1]。《文选》的"咏怀"部相当于《文华秀丽集》中的"述怀"部，若大江千里同时参考过《文选》与《文华秀丽集》，且将学自《文华秀丽集》的"述怀"之后又附上学自《文选》的"咏怀"，则《千里集》后半中现存的诸部之由来均可得到合理的解释。然而，《千里集》与《文华秀丽集》在结构上的不同点也是显而易见的，"游览""离别""述怀"在前者中紧紧相邻，在后者中则是分散分布的。这一现象说明，大江千里虽然参考了前人文献，但在结构上并未原封不动地照抄，而是做出了一定的调整。

---

[1] 小島憲之校注. 懷風藻・文華秀麗集・本朝文粹(日本古典文学大系 69)[M]. 東京:岩波書店,1964:22—23.

《千里集》各部名称：风月　游览　离别　述怀　咏怀

《文华秀丽集》各部名称：游览　宴集　饯别　赠答　咏史　述怀　（后略）

除去大江千里自身创新的"风月"部，现存文献中并未找到按照"游览""离别""述怀""咏怀"顺序排列的例子，不过，将"离别"部安排在"游览"部之后的结构，却与中国的《艺文类聚》第二十八至第三十卷中的结构类似。

《千里集》：游览　离别

《艺文类聚》：游览　别上　别下

自上代文学起，《艺文类聚》等类书就已为当时的日本人所用，因此，汉学门第出身的大江千里受到这部类书影响的可能性极大。

综合以上信息，我们不妨推测，《千里集》后半部分结构中所见的名称以及排列顺序并非大江千里模仿自某一部文献，而是在参考了数部文献，综合了这些文献的编纂结构而组合出的新形式。大江千里在利用中国古代文学中已有的部类名称的同时，又创造了不见于中国文献的新结构与新顺序，堪称中国古代文学要素日本化的典型事例。

二、中国古代文学对《千里集》中游览部的影响

上文说到，大江千里之所以在《千里集》中加入"游览"部，是因为参考了《文选》《艺文类聚》以及受到二者影响的日本文献《文华秀丽集》中的结构。不可忽视的是，正如前文所提及的，辰巳正明

指出，早在《万叶集》中就已经出现以"游览"为题的和歌，而在"国风文化"时代前夕，《千里集》中的"游览"部又呈现出新的特点，本小节以"游览"部收录的和歌为中心，探讨其中所见中国古代文学要素的日本化。首先以"游览"部开篇四首为例：

山色初明水色新
雲もなくあかき山さへ晴れゆけば水の色こそ新たまりけれ（七九）
犹爱云泉多在山
白雲のなかをわけつつ行く水[1]のめでたきことは山にぞありける（八〇）
借问青山何处高
問ひ知りて雲の梯越えゆかんいづれのかたか山はさがしき（八一）
泉落青山出白云
行く水の青き山より落ちくれば白雲かとぞ見え紛ひつる[2]（八二）

第 81 号歌的句题原诗今已不详，而其他三首均出自《白氏文集》。第 79 号歌的句题原诗是《庾楼晓望》（卷十六），第 80 号歌是《游仙游山》（卷十三），第 82 号歌是《题韦家泉池》（卷十七）。从诗题可知，白居易创作三首诗时游览的地点分别为庾楼、仙游山和韦

---

[1] 《千里集》桂宫本原文作"行く暮"，此处原文不通，依西本愿寺本赤人集中留存的大江千里和歌原文更正"行く水"。
[2] 《千里集》桂宫本原文作"白雲立つとみぞまがはるる"，此处原文不通，据传寂莲法师笔本《千里集》原文更正为"白雲かとぞ見え紛ひつる"。

第三章　和歌与中国古代文学体裁的日本化

家泉池。庾楼是白居易左迁江州时当地的名胜,仙游山是靠近长安的名山,韦家泉池则应是某韦氏大户人家的庭院。然而,值得注意的是,大江千里在将句题翻译改写为和歌时,没有将这些地点反映在和歌之中,四首改写成的和歌均为描写山色的景物歌。第79号歌吟咏天气晴朗时,山中色彩鲜艳、万里无云、水色一新的美景;第80号歌吟咏了高山上奔流而下的泉水仿佛将空中白云分开的场景;第81号歌勾勒出一幅于山中踏上云端,从空中眺望群山的画面;最后一首第82号歌则描绘了从山上落下的泉水中仿佛有白云升腾的场面。如果暂时忽略此四首的句题原诗之意境,只关注四首的句题及和歌,我们不难发现,此四首构成了一组描写山中景致的歌群。于是,此处便出现了耐人寻味的问题:大江千里为何要将句题原诗中不尽相同的游览之处在和歌中统一为山中景色?大江千里于《千里集》"游览"部如此安排的原因是否有沿袭前人文献惯例的可能性?在《万叶集》中,"游览"一词尽管出现在歌题中,却并未出现在部类里,而又如前文所述,"游览"部的生成很有可能与《艺文类聚》等中国文献之间存在联系,事实上,在"游览"这一主题的开篇便大量引述咏山文学的现象,同样见于《艺文类聚》的游览部中:

> 孔子北游,登农山。(中略)天子遂袭昆仑之丘。(中略)始皇三十七年,上会稽山。(中略)太史公登会稽山。(中略)齐景公游于牛山。(中略)昔楚王登疆台而望崇山。(《艺文类聚》第二十八卷游览)

《艺文类聚》游览部的开篇集中记载了一批关于山的艺文典故,而在先于《千里集》成书的文献中,拥有这样结构的文献并不多见。正如前文所述,《艺文类聚》自日本上代文学时期就对日本文学的发展产生了深远的影响,因此大江千里受到其影响的可能性应该很大。因此,大江千里参考《艺文类聚》中游览部的结构而将《千里集》中"游览"部的开篇设定为山中景象之猜想也就不难成立。

此外,第79、80、82号歌中,屡次出现"泉水"以及"云"的意象,这些意象又是《文华秀丽集》"游览"部中频繁出现的汉语词汇:

云气湿衣知近岫,泉声惊寝觉邻溪。(《江头春晓》御制)

峰云不觉侵梁栋,溪水寻常对帘帷。(《春日嵯峨山院》御制)

绝涧流中石作雷。(《春日侍嵯峨山院》令制)

一片晴云亘岭归。(《嵯峨院纳凉》巨识人)

泉石初看此地奇。(《秋日冷然院新林池》令制)

水写轻雷引飞泉。(后略)登峦何近白云天。(《秋山作》朝鹿取)

《文华秀丽集》中,"泉水""云"这两个词汇频繁出现,而与之不同的是,《文选》与《艺文类聚》的游览部中,虽亦见咏云的诗句,但"泉"与"云"同时出现的例子则较少,而耐人寻味的是,《文选》中"泉"与"云"则频繁地共同出现在一些非游览部的文学作品中:

天泱泱以垂云,泉涓涓而吐溜。(《文选》卷九《射雉赋》)

仰睎归云,俯镜泉流。(《文选》卷十六《怀旧赋》)

托身青云上,栖岩挹飞泉。(《文选》卷二十五《还旧园作见颜范二中书》)

同样的现象亦见于六朝文人庾信与其父庾肩吾的诗作中：

涧寒泉反缩，山晴云倒回。(《庾子山集》卷三《和宇文京兆游田》)

泉飞疑度雨，云积似重楼。(《庾子山集》卷五《寻周处士弘让》)

因此，可以说《文华秀丽集》"游览"部中所见特征，从根本上而言并非日本汉诗人的独创，而是直接继承于中国六朝文学中的同类现象。唐代诗人白居易掌握六朝文学是理所当然的常识，因此其诗中多次出现"泉"与"云"的搭配也就不足为奇，而大江千里之所以将白居易的咏"云"咏"泉"诗句选入"游览"部中，很明显是受到了中国六朝文学的影响，《千里集》"游览"部开头出现的句题有明显的中国六朝文学特征，而以这些句题为基础的句题和歌则忠实地保留了这些特征，并将它们与《艺文类聚》游览部所见游山主题结合起来，从而形成了现在我们看见的局面。这样的做法，发生于"国风文化"前夕，很明显是伴随着体裁日本化而生的中国古代文学内容上的日本化。

然而，"游览"这一部类并未被后世的和歌集继承，从而也就未能成为和歌集编纂的传统范式，这一特征与前文所述晚秋咏雁的现象比较类似，都属于"国风文化"时代前夕独有的中国古代文学要素日本化的特征，并未在后世的日本文学中存续。

本章结语

本章前半部分以句题和歌为研究对象，首先梳理辨析了句题和歌概念三个不同层次的内涵，为后续行文厘清了相关概念的定义。之后系统梳理了句题和歌的发展史，将之归纳为五个发展高峰期，并简述了五个高峰期各自的特点与成因，最后得出结论：句题和歌的发展高峰是和歌文学与日本汉文学共同繁荣时产生的必然结果。其后针对句题和歌在中国古代文学表达影响和歌文学的过程中发挥的作用进行论述，指出句题和歌在训读语的应用、对唐诗表达的接受以及唐诗名句的普及三个方面都发挥了极为重要的媒介作用。最后，论述了句题和歌在典故的传播与流变中发挥的作用，指出句题和歌在佛教典故与中国古代文学典故进入日本文学的过程中都发挥了重要的媒介作用，并讨论了句题和歌在文学观念的泛化与传播中所起到的作用，以佛教中的佛法难值难遇观念以及中国古代文学物候观的扩散为线索，指出了句题和歌在其影响扩散过程中起到的桥梁作用。

"国风文化"时代前夕亦是"唐风文化"时代的末期，是和歌文学积极从中国古代文学汲取影响的时代，而成书于这一时代的《千里集》恰似一座桥梁，将中国古代文学与"国风文化"时代初期产生的《古今集》联系起来，这种直接将中国诗翻译改为和歌的文学活动，是对中国古代文学体裁的日本化，伴随着这样的日本化，也发生了很多文学内容上的日本化。大江千里的行为并不是个例，事实上，在《古今集》成书前夕，其他歌人的和歌中亦存在许多翻译改写自中国古代文学的内容,然而与其他歌人隐去中国古代文学原典的做法不同[1],出身汉学门第的大江千里在序文中明确写道:"才搜古句,构成新歌。"直接表明了日本和歌文学与中国古代文学之间的渊源关系,甚至将参考的句题原典也收入了《千里集》,从中我们不难窥见大江千里对中国古代文学、中国文化乃至汉学的崇拜与憧憬。

大江千里所创造的句题和歌,在后世为寂然的《法门百首》以及藤原定家、慈圆等《新古今集》时代歌人的"文集百首"所继承,并成为和歌中一种固定体裁,从这个角度来看,大江千里对诗的和歌化,以及和歌中句题和歌的生成作出了巨大的贡献,在中日文学交流史上值得浓墨重彩的一笔。另一方面,从本章内容中我们可以知晓,在中国古代文学对"国风时代"和歌的影响机制中,句题和歌这一文学形式发挥了极为重要的作用。

---

1 金子彦二郎.平安時代文学と白氏文集.[第1卷](句題和歌・千載佳句研究篇)[M].東京:培風館,1943:117—123.

第四章　中国古代文学意象对"国风文化"时代和歌的影响机制

　　"国风文化"时代的和歌较上代的《万叶集》和歌更为成熟,其标志之一便是产生了在和歌文学中具有固定意义的"歌语","歌语"一词可以理解为汉语语境中的诗歌意象,且往往规定了所属的季节,而这些诗歌意象的生成与定式化,事实上与中国古代文学意象的影响有着千丝万缕的关联,本章以意象为视角,阐释中国古代文学对"国风文化"时代和歌中意象发展流变的影响机制,揭示中国古代文学于该时代和歌发展中的重要作用。

第一节
中国古代文学与和歌意象的产生

　　和歌中有许多描写自然事物的作品,在这些作品中,固然有不包含任何情感、单纯描写自然事物的,但更多的则是假托自然事物来表达歌人自身的情感。关于和歌的本质,《古今集》的假名序中曾如是写道:"心に思ふことを、見るもの、聞くものにつけて、言ひいだせるなり。"(将心中所想,托于所见所闻言之。)其中,"見るもの、聞くもの"(所见所闻)是指客观事物,而"心に思ふこと"(心中所思)则可以理解为人类主观情感。例如,"たちばな"(橘)令人想起对故人的怀念之情,"あかつき"(拂晓)则让人想起男女离别之情,这种已经固定化的联系普遍存在于和歌当中,而这样固定化的联系正是从"国风文化"时代的和歌文学开始出现的。

而在中国古代文学中,意象概念的出现甚至早于日本文学的发生。关于意象的概念,早在《易经·系辞》中就有如下的论述:

子曰,书不尽言,言不尽善,然则圣人之意,其不可见乎。
子曰,圣人立象以尽意。

这其中的"象",应为"八卦之象",对于其含义,笔者认为"形而上者谓之道,形而下者谓之器"的解释比较妥当[1]。"象"之中形而上的"道"是规律,而形而下的"器"则是有形的事物。因此,"圣人立象以尽意"可以理解为以具体的"象"来表达抽象的"意"[2]。除此之外,东汉的王充则直接提出了"意象"的概念。在他的《论衡·乱龙》中,有如下的论述:

夫画布为熊麋之象,名布为侯,礼贵意象,示意取名也。

这里的"意象"是指画在布上的"熊麋之象",用来彰显天子与诸侯的显赫地位。王充认为这种"意象"的功能就是"示意取名",

---

[1] 该段《易经》引文的解释参考四库全书荟要(第一册)[M]. 长春:吉林人民出版社,1997.
[2] 该段《论衡》引文的解释参考北京大学历史系《论衡》注释小组. 论衡注释[M]. 北京:中华书局,1979;刘盼遂. 论衡集解[M]. 北京:古籍出版社,1957;黄晖. 论衡校释[M]. 北京:中华书局,1990.

即为了表达抽象的意义,而使用了具体事物的名。这里的"意象"虽与近代文学理论翻译中出现的"意象"一词含义不尽相同,但其使用具体事物来象征抽象感情的本质可以说是一脉相承的。

本书对"意象"这一概念的定义为寄托了作者情感与抽象含义的事物。

在这里就需要讨论一下和歌中描写的一般事物是如何转化为文学意象的。首先,各种事物客观存在着自然属性,换言之就是日月会发光,鸟兽会鸣叫,露水会被太阳晒干,它们是由自然规律所决定的基本性质。中华民族从文学的发生开始,就在充分认知这些属性的基础上,利用这些人们已经熟知的属性创造了意象。需要强调的是,一般来说,事物演变为意象往往要远远晚于其被人类所认知的时间。但在日本和歌中,该规律仅适用于自古就存在于日本列岛的事物所形成的意象,那些来自中国大陆的意象则可能不符合这一时间先后的规律,因为后发的和歌文学可以直接借鉴中国古代文学中业已成熟的文学意象,从而实现和歌中所描绘的自然事物从一般事物到文学意象的演变。

学界有一种观点,和歌往往多使用大和民族的传统词汇,但事实上,正如本书第一章在介绍《万叶集》第一期歌中的中国古代文学影响时所指出的,和歌从诞生以来就一直从汉语中吸收新的词汇,此后,还经常学习中国古代文学的意象,《万叶集》中经常出现的"镜子"便是一例。因此,和歌文学从诞生伊始就并非一种排斥外来文化的封闭文学。但是,不可忽视的一点是,与本土事物不同,汉语词汇与中国古代文学意象作为"舶来品",其被日本文人所认知的过程,与自和歌中形成意象的过程很有可能是同时发生的。因为在这些事物传入的时候,中国大陆已经进入了文学发展的繁盛期,这些意象已经可以通过文学作品直接传入日本。那么,这些不为日本歌人熟知的外来意象是如何进入和歌文学，发生了如何的变化，又具有怎样的特征呢？为了行文的便利，笔者将之命名为"汉风意象"，因为这些外来意象主要源于中国古代文学。研究中国古代文学对和歌意象的影响机制，最直观有效的办法就是找到和歌中直接来源于中国古代文学的"汉风意象"，并探究其于和歌文学中的产生与流变。

从研究方法上来说，最理想的研究方式固然是逐个分析和歌中的所有汉风意象，然而由于篇幅的限制，笔者在此只能选取一个典型的汉风意象作为研究对象，通过分析与研究这个意象，以小见大，得出汉风意象共同的特征。笔者在此选取的意象是和歌中经常出现的"菊"，之所以选择它，是因为"菊"与"梅""镜子"等已在《万叶集》中出现的意象不同，最早在平安时代初期才进入和歌的世界，因此比起其他的汉风意象，"菊"在更好地保留汉风意象传入时原貌的同时，在时间上更加接近本书所涉及的"国风文化"时代。以下便以菊花意象为线索，探讨中国古代文学意象在"国风文化"和歌中的影响机制。

第二节
和歌中菊花意象的产生与中国古代文学意象的影响

关于菊花传入日本的时间，自江户时代日本国学兴起就产生了两种说法。一种是桓武天皇说，另一种是仁德光仁天皇说。前者源于伴蒿蹊的《闲田次笔》，后者来自安藤为章的《年山打闻》。

正如本间洋一所述,这两说均不过臆测[1]。因此确定菊花传入日本的准确时间十分困难,但无论怎样,菊花这一自然事物一定是"国风文化"时代之前传入日本的。与之相比,菊花在和歌中最早的实例却十分肯定,那就是桓武天皇所作的一首和歌：

　　この頃の時雨の雨に菊の花散りぞしぬべきあたらその香を[2]

（菊花谢时雨,只应惜其香。）

然而,这首最初出现的咏菊歌却很难说是和歌中最初的"菊"意象,因为它仅仅描写了菊花在秋雨中散落时的香气,既不能看出其寄托了作者桓武天皇的感情,也没有象征性,因此这首歌中的"菊"并不是和歌中最早的"菊"意象。

那么,和歌中最早的菊花意象又在何处呢？笔者认为,它出现于"国风文化"时代前夕诞生的《宽平御时菊合》中的几首和歌以及随后成立的《古今和歌集》中的一批和歌。上述两部文献中共存在着28首不同的有关"菊"的和歌[3],其中明确包含"菊"意象的作品是少于28首的。下面就举典型的四例来说明：

　　露ながらおりてかざゝむ菊の花老いせぬ秋のひさしかるべく(《古今集》　秋歌下　二七〇)

（带露菊插头,不老长久秋。）

1　本間洋一.王朝漢文学表現論考[M].大阪:和泉書院,2002:31.
2　引自黒板勝美.新訂増補国史大系・類聚国史[M].東京:吉川弘文館,1964,卷75,原文为万叶假名表记,此处为便于阅读,笔者将其改为现代假名表记。
3　《宽平御时菊合》的20首和歌中有4首与《古今集》12首中的和歌相同,因此合计为28首不同的和歌。

ぬれて干す山路のきくのつゆのまに早晩ちとせを我は経にけむ(《古今集》　秋歌下　二七三)

(山路菊露沾又晞,我身早晚经千秋。)

花見つつ人まつ時は白妙の袖かとのみぞあやまたれける(《古今集》　秋歌　二七四)

(观花待人时,误以是白袖。)

秋の菊にほふかぎりはかざしてむ花よりさきと知らぬわが身を(《古今集》　秋歌下　二七六)

(秋菊艳时正插头,我身与花孰先衰。)

第270首是《古今集》编纂者之一纪友则的作品,在这首歌中,"菊"象征着长生不老。这种意象很明显是因中国古代类书的影响而生,后文还将详述。

第273首素性法师的和歌将"菊"之意象的永恒性与"露"之意象的瞬时性进行对比,并利用双关的技巧将露水的"つゆ"与表达瞬间之意的"つゆのま"相结合,以"ぬれて干す山路のきくのつゆ"(山路菊花上反复出现又消失的露水)引出后文表示瞬时之意的"つゆのま",构成了和歌修辞技法"序词",借此表达出了富有哲理的含义。

第274首也是纪友则的作品,这首歌中,作者将菊花错看成友人的衣袖,用"菊"象征自身盼望与友人相见的情感。这首歌的内容明显受到了陶渊明九月九日遇王弘白衣送酒典故的影响。本章此后将探讨纪友则究竟是从哪一部文献中知晓了这一典故。

第276首歌是纪贯之的作品。在这首歌中,作者将菊花与自身的生命作对比,从而使"菊"变成了表达生命短暂、世事无常的意象。这很明显是日本歌人将对春季樱花花期短暂的感叹移入了菊花这一秋天景物,创造了一种混合式的文学审美意识。

从《古今集》时代开始,"菊"开始作为一种意象出现在和歌文学当中,而正如上面的例子说明的,和歌中菊花意象的种类看似很多,那么,就有必要确定在和歌中菊花意象究竟有多少种,分别是什么内容。

关于这个问题,渡边秀夫进行过很有建设性的分类[1],根据他的分类,菊花意象可以大体分为"长生与德行""残菊多彩的美""白菊与黄菊"以及"艳丽与变心"这四类。然而,根据笔者在本章开头对"意象"这一概念的定义,其中的"残菊多彩的美"与"白菊与黄菊"两项是对菊花的直接审美描写,不具备意象的特征,因此笔者认为这两项并不能看作菊花意象。能够明确被认定为意象的,只有具有象征性的"长生与德行"以及表达歌人感情的"艳丽与变心"这两项。那么,菊花意象又该如何分类呢?笔者尝试考察了从《古今集》到平安末期为止,即"国风文化"时代及以后的有关菊花的和歌,发现了将近500首作品,将其中含有菊花意象的作品汇总起来并加以分析后,将"菊"之意象分为三类。

如果按照渡边秀夫的命名,这三类应该分别称为"长生与德行""艳丽与变心"以及"悲秋惜菊",然而,渡边秀夫的命名事实上并不能很好地概括前两项意象的所有含义,"长生与德行""艳丽与变心"这两项应该更改为"神性""无常"更为合适。因为正如后文将要叙述的,从中国大陆传入的"菊"在日本经过了长期的发展变化之后,呈现出了更加丰富的含义,"神性"一词更能完整表达出"菊"该种意象的内涵;同样,"无常"也较"变心"含义更广,更能准确表达该种意象的本质。另外,在渡边秀夫的命名中,"艳丽"一词

---

1 渡辺秀夫.詩歌の森:日本語のイメージ[M].東京:大修館書店,1995:260—276.

实质上仍然是对菊花外观的描写,并不是意象的内容,因此将之排除。接下来将按照菊花意象的三种类型,探讨其各自特征。

第三节
菊花的长生不老意象与中国古代文学的影响

从前文所举的《古今集》第 270 首纪友则的歌中,可以窥见"菊"在和歌中最基本的"长生不老"之意象。还有许多典型的例子也能体现出该意象。

咲くかぎりちらではてぬる菊の花むべしも千世の齢のぶらん(《貫之集》四二)

(菊开无周尽,宜廷千岁龄。)

皆人の老をわするといふ菊はももとせのやる花にぞありける(《古今和歌六帖》一九四)

(使人谐忘老,百年唯有菊。)

在第一首纪贯之所作和歌中,作者直言菊花所谓常开不谢的特性,很显然,这是一种夸张的手法。值得注意的是,"むべ"一词一语双关,既是汉文训读语的"宜",又表示象征长生不老的果实"日本野木瓜"。将源自中国的菊花与日本本土的野木瓜相结合,体现出该首和歌的文化交融性。在第二首出自《古今和歌六帖》的歌中,菊花又成了能使众人连衰老都忘却的仙药,也是一种极具想象与夸张色彩的意象,其中也可清楚窥见中国道教思想的影响。

菊花"长生不老"的意象是受中国古代文学的影响产生的。中国唐代编纂的《艺文类聚》与《初学记》等类书,从奈良时代起就被日本的贵族活学活用,其中"九月九日"的条目中,都记载了《续齐谐记》中汝南的桓景向费长房学习辟邪方法的故事,其方法具体为登高、饮用菊酒、将茱萸插在头上。除此之外,《艺文类聚》中还引用了东汉应劭所编的《风俗通义》中南阳郦县人饮用菊花汁液从而长生不老的传说故事。值得注意的是,前文所引纪友则的《古今集》第274号和歌中出现的九月九日王弘送酒典故,应该也是通过这两部唐代类书影响日本文学的。

《风俗通义》比《续齐谐记》成书的年代要早,后者受前者影响的可能性是存在的。而且这两个故事发生的地点均在河南,前者是南阳的郦县,后者为汝南,二者均为今河南省南部的地名。

除了上述《续齐谐记》中已经提及的内容,记载平安时代一年中各种政治活动的文献《政事要略》中,也有关于费长房这一人物的记载[1]。这段记载是天平胜宝七年正月四日,田边史净足等人向天皇奏上的内容。

> 九月九日祭者,昔有费长房者,于少室山登去之。则遇之仙人韩众乞语房云:"汝家当有一厄之。"则长房问云:"何者为得免灾乎?"众答云:"九月九日登山,而取柏叶上露,和合丹砂,点于汝家内人等额上,灸三壮之。则除去之。"房则随教而修理,灾移侧家也。(《政事要略》卷二四)

这段材料的内容与《续齐谐记》当中的记载主要存在三点不同。第

---

[1] 引自黒板勝美.新訂増補国史大系・政事要略前篇[M].東京:吉川弘文館,1964:58.

一,费长房由向桓景教授法术的师父变为向仙人韩众学习法术的弟子;第二,辟邪的法术并不是饮菊酒插茱萸,而是将柏叶上的露水混合丹砂点在额头上;第三,故事发生的地点也不是汝南,而是少室山。换言之,《续齐谐记》当中记载的故事就如同《政事要略》中故事的续集。《政事要略》中的记载恐怕不是古代日本人擅自篡改的结果,因为此处不仅包含了"少室山"这样具体的中国地名,还提到了道教传说中用来炼丹的丹砂,这种被古人认为具有神奇效力的材料能让人联想起驱魔辟邪,笔者认为这样的记载基本不可能是古代日本人的杜撰。由于日本文献《政事要略》的成书时间远远晚于中国南朝梁代文献《续齐谐记》,但《政事要略》当中的内容《续齐谐记》中却没有记载,那么可以推测还存在着另一本记载了《政事要略》中内容的未知的中国文献。然而遗憾的是,在作者检索的范围内,除上述文献外仅《后汉书》中另有一段有关方士费长房的记载,而其中并未出现《政事要略》中的内容。但我们不妨大胆推测存在一本成书于《续齐谐记》之前的文献,《续齐谐记》很有可能参考并糅合了这本文献中的故事与《风俗通义》中的内容,创造出了这样一个神话故事。另外,《政事要略》的该部分记录中似乎存在着日本人书写汉文的习惯——"和習"(和习),因此或许它的记录者是一位熟习汉语文言文的日本文人。

另外,关于菊花生长的地区,《山海经》也有相关记载,或可印证菊花长生不老的意象为何与河南省高度相关:

女几之山,其草多菊。(《山海经》)

"女几山",根据《隋书》等文献的记载,应在豫州河南郡的宜阳。也就是说,自古以来豫州境内就盛产菊花,菊花的传说都以豫州之地名为舞台也就不足为奇了。

那么,为何古人会认为"菊"具有令人长生不老的神力呢?笔者认为,这很可能是出于菊花在秋天盛开这一看似违背自然规律的性质。

> 季秋之月,菊有黄花。(《礼记·月令》)
> 数在二九,时惟斯生。(《艺文类聚》所引《菊花铭》)

从上述两条记载来看,起码在《礼记》成书的先秦时代,中国古人就已经发现了菊花与其他众多花卉不同,它并不盛开于春天,而是仿佛具有魔力般地盛开于万物凋敝的秋季。笔者认为古人因此认为菊花有着能够使人延年益寿、长生不老的超自然力量。恐怕正是基于这种看法,菊花在《楚辞》当中就是用来祭祀神明的花卉。可以说,《楚辞》中象征着对神明崇敬之情的菊花是有关"菊"最早的意象之一。

> 成礼兮会鼓,传芭兮代舞,姱女倡兮容与,春兰兮秋菊,长无绝兮终古。(《楚辞·九歌》)

在上面的诗句中,"传芭"是将鲜花献给神灵的仪式,春天时献上兰花,秋天时则献上菊花,"长无绝兮终古"一句则表明了该种祭祀习惯的延续性,因此"菊"作为代表神圣性的意象应该具有深厚传统。

菊花"神性"这一意象的起源可从上述内容中窥见一斑,它源于中国古人认为菊花具有某种超自然力量的观念。然而在中国古典诗歌中,相较于超自然的"神性",菊花更为主流的意象则是代表君子的高尚品德。即便是在六朝诗与唐诗中,"神性"的意象依然十分罕见,除了陆龟蒙笔下"还是延年一种材"这句诗以外,几乎见不到"菊"作为意象出现的诗。因此可以断言,和歌中存在的"菊"的"长生不老"的意象不可能是直接受到中国古典诗歌影响,而应该是受到类书的影响从而诞生的。既然如此,从类书为日本文人所用的奈良时代到《古今集》时代菊花意象产生之间,存在着长达一百年的鸿沟,那么,类书与和歌间是否还存在着一种桥梁般的文学作品,衔接了二者之间的时代鸿沟呢?作者认为,"唐风文化"时代的日本汉诗作品正起到了这种作用。

闻道仙人好所服,对之延寿动心看。(《凌云集》五《九月九日于神泉苑宴群臣》)

古今人共味,能除疠病亦延龄。(《经国集》一三〇《九日玩菊花篇》)

百药就中多效力,事须嗜菊得如椿。(《田氏家集》一七题不存)

在以上汉诗中,"延寿""除疠""多效力"等语汇所表达出的菊花的功能与和歌中"菊"的长生不老意象吻合。《古今集》时代的歌人受到这些汉诗影响的可能性是的确存在的。除此之外,嵯峨天皇将停办多年的重阳宴会重新举办,形成了在宴会上君臣赏菊作诗的习惯。而后,随着"国风文化"时代和歌文学的复兴,吟咏菊花和歌并相较胜负的歌会"菊合"也开始出现,正如本书第七章将讨论的,中国古代文学通过日本汉诗对"国风文化"时代初期的歌合也产生了巨大影响,而菊花长生不老的意象就极有可能就此由日本汉诗进入和歌文学。

对菊花"长生不老"这一意象最情有独钟的《古今集》歌人应该算是纪贯之了。在《贯之集》中有关菊花的 26 首和歌当中,运用了菊花"长生不老"意象的作品就多达 12 首,近乎一半。与之相较,同时代的凡河内躬恒虽也流传下来 13 首与菊花相关的和歌,但其中包含"长生不老"意象的作品却未见一首。那么为何纪贯之的作品中会出现这么多"长生不老"的菊花意象呢？笔者认为,纪贯之出身贵族纪氏,在奈良时代末期和平安时代前期其祖先中分别出现过纪船守、纪胜长等高官,根据目崎德卫的说法[1],这段时期被称为纪氏的"光仁桓武全盛期",因此,即便是到了纪贯之的时代,纪氏的子孙也应该能接触到过去全盛期祖先流传下来的汉籍。作为旁证,与纪贯之同族的纪友则同样也创作出包含菊花"长生不老"意象的和歌作品。事实上,纪贯之倾心于中国古代文学的事实还体现在其撰写的《土佐日记》中,日本学者大谷雅夫甚至曾经评价纪贯之为《古今集》时代"バタ臭い歌人"(洋腔洋调的歌人)[2],此处的"洋腔洋调"正是指中国古代文学的风格。由此可见其对中国古代文学风格的模仿十分露骨。

　　纪贯之所喜爱的不仅仅是"长生不老"的菊花,还有"水边的菊花"以及"沾着露水的菊花"。渡边秀夫认为[3],"水边的菊花"的描写定式,是受到描绘《风俗通义》中神话故事场景的倭绘(日本画)影响而诞生的,这是不争的事实。另外,在《贯之集》之前,《凌云集》中也出现了描写此类场景的诗。

　　　　池际凝荷残叶折,岸头洗菊早花低。(《凌云集》二五《九

---

[1] 目崎德衛.紀貫之[M].東京:吉川弘文館,1961:25.
[2] 2013 年 11 月京都大学文学研究科日本文学特别讲座,面授于笔者。
[3] 渡边秀夫.詩歌の森:日本語のイメージ[M].東京:大修館書店,1995:261.

月九日侍讌神泉苑》)

此句描写了岸边菊花低垂,低到仿佛能被水洗到一样。该句诗出现于《贯之集》之前,因此笔者认为,和歌中出现的这种"水边的菊花"场景定式,极有可能在受到倭绘(日本画)影响的同时,也受到了日本汉诗的影响。但需要指出的是,在这首汉诗中出现的"水边的菊花"还并不能被认为是一种意象,《贯之集》中的几首和歌中出现的"水边的菊花",才真正能够称为"意象"。

　　菊の花下行く水に影見ればさらに波なく老いにけるかな(《貫之集》　一九七)

（水流菊花下,见影平老波。）

菊の花ひちて流るる水にさへ波の皺なき宿にざりける(《貫之集》　三四八)

（菊花沾流水,无皱是此宅。）

第 197 首歌中,菊花的魔力从菊花本身转移到了菊花下的流水之中,不仅水面的波纹被神力所抹平,就连倒映在水中的歌人也因此显得年轻了许多。这样的艺术构思可谓十分具有想象力。

第 348 首歌中的菊花则是能够消除水面波纹的仙药,象征着一种超自然的神力。将水面的波纹比喻成皱纹的修辞手法独具匠心。然而即便如此,上述两例和歌终究没有摆脱菊花"长生不老"意象的框架,而彻底摆脱了"长生不老"意象束缚,赋予了菊花意象崭新的内涵的,则是以下的和歌:

　　菊の花雫落ちそひ行く水の深き心をたれかしるらん

(《貫之集》 五八)

（菊花滴入水，深心就可知。）

这首歌描绘了露水从菊花滴落水中的场景。菊花上的露水滴入水中，使这一汪水变得更深，而泉水之深又暗喻了歌人心思之深，本歌中的菊花从而成为文学意象。除了这首歌，《贯之集》的第535首歌也运用了菊花的露水滴入水中的现象。

水にさへ流れて深きわが宿は菊の淵とぞなりぬべらなる(《貫之集》 五三五)

（我宅水流深，以此成菊潭。）

与第58首不同，这首和歌中出现的深深的水潭象征着人的长寿。菊花上滴下的露水已经汇成了深潭，而如此多犹如仙药般的露水，恰恰表明了宅子主人无限的寿命。这里需要指出的是，露水的意象在和歌中原本绝不是长寿的象征，相反给人一种"瞬间短暂""容易消失"的印象，然而，此处与长生不老的"菊"并置，露水也变为能使人延年益寿的良药了。

将菊花和露水一同咏入和歌的例子还有许多。在这些作品中，菊花被紧密地与露水联系在一起，永恒与瞬间由之产生奇妙的关联，甚至包含了佛教思想在内的哲学思想。

ぬれて干す山路のきくのつゆのまに早晩ちとせを我は経にけむ(《古今集》 秋歌下 二七三)

（山路菊露沾又晞，我身早晚经千秋。）

植ゑおきしあるじはなくて菊の花おのれひとりぞ露け

かりける(《恵慶集》 一零零)

(主人植且去,菊花独露滋。)

世中のかなしき事を菊の上に置く白露ぞ涙なりける(《後撰集》 哀傷歌 一四〇九)

(世上千般悲,菊上白露泪。)

八重菊はちすの露をおきそへてこゝのしなまでうつろはしつる(《後拾遺集》 釈教 一一八五)

(八重菊就莲上露,九品往生今已渡。)

第一首《古今集》中素性法师的和歌前文已经论述过,包含了瞬间与永恒的对比思想,堪称一首富有哲理的佳作。

第二首惠庆法师的和歌则哀悼了家中种植菊花的主人。作者将露水比喻成伤感的泪水,把菊花比作自己,沾满露水的菊花就如同此时流泪的自己,这样的艺术构思十分独到。虽然种植在主人家墙垣的菊花原本是长寿的象征,但在这首歌中,作者推陈出新,巧妙运用了"菊"的意象。这样的以花悼人的写作技巧最早应该来源于关于梅花的和歌作品。

色も香も昔のこさににほへどもうゑけむ人の影ぞ恋しき(《古今集》 哀傷 八五一)

(色香浓如故,只思栽花人。)

第三首《后撰集》的和歌则是女歌人伊势的作品,和惠庆法师的和歌技巧相似,作者将露水比作伤感时流下的泪水,使其变为悲伤的意象。可以说,这首和歌中虽然也用到了露水落在菊花上这一定式,但露水已然从汉风意象中的仙药回归到了原本的表达无常观念日本式意象之中。

最后一例则是一首佛教歌,堪称菊花意象最奇特的变异。该作中"ここのしな"是佛教"九品净土"的意思,而菊花"うつろ"的特性则象征了由此岸向彼岸的净土世界往生的过程。菊花上的露水能延年益寿的思想,从宗教的角度说,应当属于道教的观念,然而在佛教的世界中,莲花上的露水是涅槃的象征,进而将菊花上延年益寿的露水也变为了往生的意象。在众多有关菊花的和歌中,本首歌的意象堪称稀有,其中甚至体现出佛教思想与道教思想为日本文人接受后,在和歌文学中产生了进一步融合的现象。这样的现象实际上是古代印度的佛教思想、源于中国的道教思想以及日本本土文化三者之间有机融合的产物,反映了"国风文化"时代和歌中菊花意象在文化属性上的复杂性。

日本歌人吸收了自中国传入的菊花意象,在其长生不老的基础上再次创造发挥,构筑了和歌中多样的菊花意象。然而这些意象归根结底仍是来源于中国大陆,并不能称其为日本歌人的创造。那么,日本歌人的发明又体现在何处呢?

第四节
菊花意象在恋爱和歌中的流变现象

菊花有一种遇寒则会变为紫色或者红色的属性,将此率先咏入和歌的,是当时尚未即位的神野亲王(后来的嵯峨天皇)与平城天皇。值得一提的是,二人在此后的"药子之变"(又称平城太上天皇之变)中兄弟阋墙,发生了激烈的政治斗争,而此处所见二人的文学唱和在历史的长河中亦耐人寻味。

> 皆人のその香にめづる藤袴君の御物を手折りたる今日
> （众人爱其香，藤袴折来是君物。）
> 折り人の心のまにま藤袴上色深くにほひたりけり[1]
> （正如摘者心，藤袴色愈深。）

这两首和歌中表示菊花的词汇并不是"菊"，而是"藤袴"，由于菊花遇寒后所变化出来的颜色与藤袴类似，因而两位天皇用其代替了"菊"。而根据芦田耕一的意见[2]，这一现象体现了嵯峨天皇的汉诗优越感，是刻意将汉诗与和歌两种文学区别对待的结果。笔者认为，两位天皇在当时用"藤袴"代替"菊"的理由或许已经难以考证，但这两首歌却毋庸置疑描绘了菊花变色的现象。此外，嵯峨天皇作为"唐风文化"的开拓者，其对中华文明的憧憬的确相较于其他历代天皇更为瞩目，其和歌作品中表现出对汉诗这一中国文学体裁的憧憬，是符合嵯峨天皇历来的文学价值观的。

本间洋一认为[3]，对变色后残菊的审美是日本文学的特点，从大体上说的确如此，然而本间洋一认为中国六朝时期的诗歌中没有描写菊花变色现象的观点，这个观点需要更正。举一反例，《艺文类聚》所载"菊"条目中就有晋代袁山松的一首名为《菊诗》的作品，其中有一句写道：

> 春露不染色，秋霜不改条。

1　引自《類聚国史》卷三一，原文为万叶假名表记，此处为便于阅读，笔者将其更改为现代假名表记。

2　蘆田耕一. 嵯峨天皇の菊の歌について：彼帝における漢詩と和歌の問題[J]. 島大国文，1981(10)：8-16.

3　本間洋一. 王朝漢文学表現論考[M]. 大阪：和泉書院，2002：33.

第一句中的"染色"一词,正是描绘了菊花在遭遇寒冷露水后变色的现象。然而需要强调的是,用菊花的变色现象来象征无常的感情,使之变为一种意象的做法,的确是和歌文学的特征。歌人将这种变色现象称为"うつろひ",并在和歌中将"菊""色""うつろひ"三个词作为"缘语"使用,而作为缘语技法的成立条件,三个词中必然有一个需要承担双关语的机能,"うつろひ"一词不仅拥有变色之意,同时还含有衰败、变心等富含无常之感的含义,符合和歌中对"缘语"技法的定义,因此,此种意象堪称"菊"意象完全日本化的表现。菊花自中国大陆传入日本,经过了一系列复杂的流变过程,最后其至成了和歌中的"缘语",这是一种完全日本化的表达技巧,这一现象体现出日本歌人的创造力,同时也体现出中国古代文学意象强大的适应能力,能够为日本歌人所用,有机地融入了和歌文学之中。

如果说和歌中率先将菊花用作"长生不老"意象的是纪贯之,那么开创菊花"无常"意象的就应该是凡河内躬恒。

　　菊の花みつつあやなくなほもあかで人の心ようつろふなはた(《躬恒集》 一〇二)
　　(菊花观不厌,人心愿不移。)
　　菊の花千種の色を見る人のこころさへにぞうつろひにべき(《躬恒集》 四六〇)
　　(菊花千种色,见者心欲移。)

第 102 首和歌意为,变色的菊花百看不厌,希望人心不要像菊花的变色般变化。这里利用了菊花"变色"与人"变心"两个词的同音现象,赋予了菊花"变心"的意象。

第 460 首和歌也是将菊花的"变色"与人的"变心"相结合,担心赏花之人也会如同所赏的菊花般变色变心。此处菊花同样是"变心"的意象。《古今集》中的一首和歌也用了相同的手法:

花見れば心さへにぞうつりける色には出でじ人もこそしれ(《古今集》 春下 一〇四)

(见花心亦移,不显人自知。)

关于这首歌,江户时代中期歌学家北村季吟所著《古今集》的注释书《教端抄》中有过这样的记载:

花の移ろふに賞でて、わが心さへ花に奪はれ移りて、現なくなりし心なり。

(爱花之变色,因而我心都被花所夺,并非现实之心。)

这段解释很好地诠释了菊花"变心"的意象。

如此一来,菊花"变心"的意象就慢慢固定下来,此后"国风文化"时代的和歌中频繁出现这样的意象:

菊の花うつる心を置く霜にかへりぬべくも思ほゆる哉(《後撰集》 恋歌四 八五二)

(心似菊色变,思归落霜处。)

きくにだに心はうつる花の色を見にゆく人ひとはかへりしもせじ(《後拾遺集》 秋下 三五二)

(心共菊色变,见花人不归。)

白菊のうつろひゆくぞあはれなるかくしつゝこそ人も

かれしか(《後拾遺集》 秋下 三五五)

（可叹白菊将变色，欲隐人离花又枯。）

上述三首和歌中的菊花都是"变心"的意象，特别是第二首和第三首歌使用了"挂词"双关技巧，分别用"菊"与"聞く"双关，"枯れ"与"離れ"双关，体现出鲜明的和歌文学特色。值得注意的是，前文已经分析了因菊花无常意象而衍生出的"缘语"技法，但其中的双关则是体现在其他词语上的，此处表示菊花的日语词直接成为"掛詞"，体现出日语中的汉语音读词已经被当时的日本文人当作类似大和民族语言的词汇，为其成为"掛詞"提供了基础。

除了表达恋爱中的无常之感，菊花还是表达命运无常的意象。上文所举的《古今集》第276首歌就是例证之一，除此之外还可举例：

おしなべて咲く白菊はやへやへの花のしもとぞ見えわたりける(《後拾遺集》 雑三 九八二)

（大抵白菊开八重，观尽花霜在人下。）

うつろふは心のほかの秋なればいまはよそにぞきくの上の露(《新古今集》 雑歌上 一五七五)

（情移心外秋，菊露别处闻。）

第一首《后拾遗集》的和歌是一条朝重要文人——藤原氏北家小野宫流贵族藤原公任的作品，表达了自己地位被藤原氏北家九条流贵族藤原齐信所超越后心中的不甘。在这首和歌中，"やへやへの花"代指官位晋升而地位超过自己的人，而"霜"的发音"しも"则双关"下"的发音，整首歌表达出歌人面对政治地位日益下降这样无奈的事实所产生的无常之感。

第二首《新古今集》的和歌是冷泉院(即退位后的冷泉上皇,自冷泉天皇退位开始,"院"成为天皇退位后的常用尊号)的作品,也是八代集中最后一首有关菊花的作品。这首歌借助菊花"无常"的意象,描绘了冷泉帝因为藤原氏北家九条流势力的崛起而被迫退位,让位于弟弟圆融天皇后失意的心情。菊花的"うつろふ"暗示了冷泉天皇从皇位上离开的无奈结果,而变色后艳丽的菊花也象征着已经与冷泉院皇毫无关系的政治生活。这首歌同样表达了作者冷泉天皇心中无奈与不甘的思想感情。

这里需要重新讨论一下《古今集》第 276 首歌。这首和歌虽然也为纪贯之的作品,但其构思与其同时期其余有关菊花的和歌构思大相径庭,而且纪贯之的菊花歌中,也仅有这一首包含了菊花"无常"的意象,那么这样一种构思是纪贯之的独创么?首先,我们需要讨论《菅家后集》中《种菊》的一句:

不计悲愁何日死,堆沙作壝获编垣。(《菅家后集》四九七《种菊》)

此句中,作者描绘出了一幅生命即将结束的无常之景,表达出自己看淡生死的思想感情。诗中透出的隐隐悲伤之感与中国文学常见的"悲秋"之感相重叠,这样的表现手法与《古今集》第 276 首歌有着许多相似之处。然而,《菅家后集》中这首诗的写作年代最早也只能推测为公元 900 年,最迟则应当为公元 903 年,而《古今集》的成书年代一般认为是公元 905 年,虽不能完全否定该诗影响了《古今集》第 276 首歌的可能性,但也没有证据证明其一定对《古今集》第 276 首歌造成了影响。然而可以断定的是,无论是菅原道真,还是纪贯之,都不同程度地受到了中国文学"悲秋"思想的影响（关于和歌中秋季文学与中国文学思想的关系,本书后文还将予以系统讨论）,至于纪贯之是受到汉文典籍影响,还是通过菅原道真从而间接受到影响,则有待更多的证据才能断定。

意味着长生不老的"菊"常常与露水一起出现,而无常的"菊"则较多与"霜"一起出现。"霜"与"菊"的联系并不是日本歌人的创造,《艺文类聚》所引钟会的《菊花赋》中就有"独华茂乎凝霜"这样的描写。然而在和歌文学中,则存在着下述作品：

わが宿の菊のかきねにをく霜のきえかへりてぞ恋しかりける（《古今集》　恋歌二　五六四）

（菊开宅坦角,霜消恋复来。）

在这首作品和歌中,日本歌人打破了中国文学的定式,将反复出现在菊花上的霜比作自己无常的爱恋。

可以说,菊花"无常"的意象与中国文学中菊花的意象截然不同,几乎是完全日本式的,更是和歌中菊花意象变异最显著的部分。菊花传入日本后,接受了歌人对其意象的改造,彻底摆脱了外来者的异样感,与和歌中古来有之的传统意象一道,成为日本和歌文学中不可分割的一部分。以中国传去的菊花为变心的意象,是日本人对中国古代文学意象的本土化改造,即应理解为中国古代文学的日本化现象。由此可知,中国古代文学意象有时会脱离中国文学语境下的原意,发展出新的含义,这一点值得我们注意。

第五节
元稹诗对菊花意象的再影响

除了上文论述过的两种,菊花还有另一种不可忽视的意象,见于以下的几首和歌:

めもかれずみつつくらさむ白菊の花より後のはなしなければ(《上東門院菊合》 三)

(终日白菊目不离,只因此花后无花。)

女郎花菊より後に咲きにけりまた花なしと誰かいひけん(《公任集》 一六一)

(女郎花开菊花后,谁言此后更无花。)

今よりは又さく花もなきものをいたくなおきそ菊の上の露(《定頼集》 七九)

(自今虽再无花开,菊上露水匆重降。)

上述三首和歌都提到了"没有比菊花开得更晚的花"这样一个概念。因为菊花是一年之中最迟开放的花,所以将对所有花卉的热爱寄托于菊花,而又因为此后再无花开,故而菊花身上又透出一种绝唱的悲凉。原本,率先在作品中吟咏菊花是一年中最后之花的是唐代诗人元稹,他的名句"不是花中偏爱菊,此花开尽更无花"在日本也风靡一时,曾经被选入10世纪中叶所编的《千载佳句》与11世纪初期所编的《和汉朗咏集》。这句诗反映了中国文学中"悲秋"与"惜菊"两种思想感情,因而笔者认为,可以将和歌中受这句诗影响而产生的菊花意象称为"悲秋惜菊"。

考察一下这种意象最早出现在和歌中的时间，就可以追溯到上文所提及的"国风文化"时代前夕成书的《宽平御时菊合》，其中有一首歌写道：

> この花に花尽きぬらし関川の絶えずも見よと咲ける菊の枝(《宽平御时菊合》　一〇)
> （此花似已尽，关川无绝尽，可观菊花枝。）

这首歌开头"この花に花尽きぬらし"的措辞，很明显是受到元稹诗句中"此花开尽"的影响。毋庸置疑，这首和歌正是最早使用"悲秋惜菊"这一意象的作品。

然而，此后的至少七十年内，却不曾再出现任何一首含有"悲秋惜菊"意象的和歌作品。很显然，在这段时间内，此种意象并没有真正融入和歌世界，仅仅是昙花一现。正如上文所举出的例子，直到藤原公任出生的公元966年以后，这一意象才又一次活跃在和歌的世界中。特别是在《和汉朗咏集》成书的公元1018年以后，包含此种意象的和歌数量明显增加，进而在有关菊花的和歌中占有了一席之地。可以说，元稹的名句正是以《和汉朗咏集》为载体在和歌的世界中焕发了新的生命。

值得注意的一点是，除了《宽平御时菊合》这首，其余有关"悲秋惜菊"意象的和歌中，都没有使用"尽"字或其训读"つくす"，而是使用了汉字"后"或是其训读"のち"，抑或二者都未使用。这种现象正好佐证了笔者前文的观点，即元稹的名句事实上是通过《和汉朗咏集》在歌人中传播，从而扩大了影响，而不是直接通过《元氏长庆集》等中国文献而风靡日本的。其理由是，无论翻看哪一个版本的中国文献[1]，元稹的名句都是"此花开尽更无花"，而反观《和汉朗咏集》，根据堀部正二所编的《校异和汉朗咏集》中的研究与校对[2]，各种写本中，原文作"后"的有三十一种，而原文作"尽"的只有一种。可见，在历代对《和汉朗咏集》的传抄中，原文作"后"字的版本占了绝对的主流。这就清楚地解释了和歌文学中元稹名句的化用几乎都使用"后"字而不是"尽"字的原因。由此可见，唐人的特定诗句有时会在日本文学的语境中经典化，并对和歌中的某一意象产生决定性的影响，而经典化的过程则是通过日人的诗歌选集这一形式来完成的。这一现象很好地说明了唐人诗句经典化的机制以及对和歌文学的影响机制。

"悲秋惜菊"的意象在和歌文学中被固定下来的时间虽然要明显晚于前两种意象，但也成为和歌菊花意象中不可忽视的一部分。由此可见，中国文学中即便是偶然出现的孤立作品，也可能在日本文学中产生革命性的影响，其生命力可能远远超过我们的想象。

本章结语

通过以上论述可以得知，作为舶来品的菊花，在和歌文学中的意象大体可以分为三类，分别是"神性的菊""无常的菊"以及"悲秋惜菊"。从产生的时间先后顺序来看，"神性的菊"与"无常的菊"产

1　冀勤.元稹集(修订本)[M].北京:中华书局,1980.冀勤在其所编的《元稹集(修订本)》中对现存各个版本的《元稹集》进行了全面的校对，笔者这里参考了他的结论。日本学者三木雅博亦有类似结论，但其结论的出现要晚于冀勤。此外，京都大学博士生刘莹对此问题持有不同观点，但未形成论文，待后考。
2　堀部正二.校異和漢朗詠集[M].名古屋:大学堂书店,1981.

生于《古今集》时代,并几乎在同时成为菊花意象的主流。而"悲秋惜菊"虽与前两者同时产生,但成为菊花意象主流的时间却大幅后延。从意象的内容来看,"神性的菊"与"悲秋惜菊"是受到中国文学中菊花意象的影响而产生的,而"无常的菊"则可以认定为日本歌人的创造。同样值得关注的是,长生不老的菊花所具有的永恒性与变色的菊花所具有的无常性正好是一对矛盾,却奇妙地在和歌的世界中集于菊花一身。以上的特征都体现出,汉风意象在其起源与变化的过程中往往会呈现出复杂性与矛盾性,和歌中的意象并不总是会与中国文学中的意象雷同,而是在继承中国文学意象的同时,发展出日本文学独有的特色。

另一方面,"神性的菊"与"悲秋惜菊"这两个意象虽然是受到中国文学影响而产生,但可以说,两者在中国文学中都不是菊花意象的主流,中国文学中菊花意象的主流应当是象征君子的高尚品德与隐士节操。"神性的菊"来源于唐代类书中所记载的神话故事,"悲秋惜菊"则来源于诗人元稹的名句,可以说这两种意象在日本文学中的普及程度远远超过了其在中国文学中的普及程度。而这两者在传播中的载体也不尽相同,前者是借助类书与汉诗等复杂的手段进入和歌文学,后者则主要通过《和汉朗咏集》在歌人中普及。由以上的现象可以看出,汉风意象在其起源与变化中存在着偶然性与任意性,中国文学中的主流意象并不会必然成为和歌文学中的主流意象,而其传播的方式也往往令人意想不到。

从中国古代文学对和歌意象的影响机制中,我们可以窥见日本歌人善于学习与改造的特点,同样也看到了中国古代文学在古代东亚社会中普遍存在的影响力与价值。其中体现出的中华文化的适应性是值得我们现代中国人继续深入研究的。

第五章　中国典故的日本化对和歌文学的影响

中国古代文学对"国风时代"和歌文学的影响，有时还体现于典故在日本的传播过程中。关于典故对和歌文学的影响，前文事实上已经有所涉及，本章将以典故为线索，系统论述中国文学典故与佛教典故在"国风文化"时代和歌中的影响机制。

第一节
典故运用于"国风文化"和歌中的普遍性

狭义上的中国典故一般都来源于中国古典文献，而本章当中涉及的中国典故还包括汉译佛典中的佛教故事。由于"国风文化"时代的日本人在接触这些佛教故事时是以汉语佛经为媒介的，因此本章将之纳入广义的中国典故之中，并非毫无事实根据。这些中国典故记载在汉语文献中，自中国漂洋过海传入日域，此后被"国风文化"时代的歌人们熟知并运用于和歌文学之中。典故以极简的文字描述复杂故事情节，拥有丰富文化内涵，如果以和歌特有的修辞手法来类比，可认为与"本歌取"有着异曲同工之妙。日本歌人对中国典故的接受从《万叶集》时代就已经存在,例如本书前文所叙万叶歌运用七夕典故的现象。到了"国风文化"时代,歌人对中国典故的运用更加娴熟,此处以《古今集》中第 991 号歌为例,说明该时代歌人对中国典故的运用情况:

  筑紫に侍りける時に、まかり通ひつつ、<u>碁打ちける人</u>のもとに、京に帰りまうで来て、遣はしける
  (在筑紫时,有往返对弈之人归京后以赠。)
  纪友则
  ふる里は見しごともあらず<u>斧の柄のくちし所</u>ぞ恋しかりける
  (故里若未见,只恋烂柯处。)

根据本歌的"词书"(即歌序),歌人纪友则在九州筑紫国时曾与一人对弈,此歌是纪友则归京之后送给该棋友的作品,大意为:故乡京都的景象已与自己离开时截然不同,那下棋时时间流逝,斧柯烂尽之地使我流连忘返。正如《新日本古典文学大系・古今和歌集》本歌注释中所指出的[1],下画线处"<u>碁打ちける人</u>"(下棋之人)与"<u>斧の柄のくちし所</u>"(斧柄烂处)所用正是《述异记》中有名的"烂柯"典故[2]。

---

1 片桐洋一. 古今和歌集全評釈[M]. 東京:講談社,1998:389—391.
  小沢正夫,松田成穂校注. 古今和歌集. 新編日本古典文学全集(11)[M]. 東京:小学館,1994:374.
  小島憲之,新井栄蔵校注. 古今和歌集(新日本古典文学大系 5)[M]. 東京:岩波書店,1989:297.
2 钟辂. 前定录:续录[M]. 北京:中华书局,1991.

> 信安郡石室山,晋时王质伐木,至,见童子数人,棋而歌,质因听之。童子以一物与质,如枣核,质含之,不觉饥。俄顷,童子谓曰:"何不去?"质起,视斧柯烂尽,既归,无复时人。(《述异记》卷上)

《述异记》一书虽本身不见于《日本国见在书目录》,但《古今集》时代的歌人可能通过其他文献了解到了这一典故。

此处须注意的是,如果当时《古今集》的读者群并不了解烂柯的典故,就无法读出词书中所述下棋与歌中斧柯烂尽二者之间的逻辑联系,因而也就无法读懂该歌,更谈不上欣赏其中的文学价值。此歌既然能够入选《古今集》,则一定能够为当时的文人所读懂,那么烂柯的典故对于当时的日本文人来说一定是一个熟悉的中国典故。

如上述和歌一样运用中国典故的和歌在"国风文化"时代还存在很多,通过这些和歌不仅可以窥见对中国典故的吸收接纳,还可以发现较之中国典故原貌的变化与不同,正如本书序言中所引述的大谷雅夫以及三木雅博的理论[1],日本文学对中国古代文学的接受往往伴随着变异,其中为适应日本本土矛盾特殊性所产生的变化即为中国古代文学的日本化,而日本文学对中国典故的吸收中所见的种种改变亦是中国古代文学日本化的重要组成部分,本章将以"国风文化"时代以及稍晚一些的有关龟这一意象的和歌为主题,探讨其中所见中国典故的日本化现象。

---

[1] 大谷雅夫.歌と詩のあいだ:和漢比較文学論攷[M].東京:岩波書店,2008.
三木雅博.平安詩歌の展開と中國文學[M].大阪:和泉書院,1999.

第二节
中国文献影响与和歌中的祥瑞之龟

中国古代关于龟的祥瑞意识一般与河图洛书典故密切相关，而这一典故自奈良时代以前就为日本人所知，最可能的传播途径应该是当时贵族经常使用的唐代类书《艺文类聚》，其中"祥瑞部"下的"龟部"收录了大量关于该典故的文献资料：

《龙鱼河图》曰：尧时，（中略）大龟负图来投。

《黄帝出军决》曰：帝伐蚩尤，（中略）有玄龟衔符，从水中出。

《尚书中候》曰：尧沉璧于雒，玄龟负书出。（中略）又沉璧于河，黑龟出文题。

《魏略》曰：文帝欲受禅，神龟出于灵池。

《晋起居志》曰：永嘉六年，玉龟出灞水。

此外，对日本文学产生巨大影响的《昭明文选》中也存在大量有关龟的祥瑞典故：

龙图授羲，龟书畀姒。（《文选》卷三 《东京赋》）

苍龙覿於陂塘，龟书出於河源。（《文选》卷十一 《景福殿赋》）

如以上文献所示，每逢盛世或政治清明之时，龟即自水而出，这种龟象征着祥瑞的意识自奈良时代开始就为日本人所熟知,并且对日本政治产生了重要影响。当时的日本人曾多次向天皇献上自水而出的神龟,以为祥瑞,借以邀功,朝廷往往会借神龟改元,根据笔者统计,"国风文化"时代之前,与龟相关的改元至少有六次,产生了灵龟、神龟、天平、宝龟、嘉祥与仁寿六个年号:

① 灵龟改元

左京人初位下高田首久比麻吕献灵龟。(《续日本纪》卷第六　灵龟元年条)

② 神龟改元

今年九月七日,得左京人纪家所献白龟。(《续日本纪》卷第九　养老七年条)

③ 天平改元

己卯,左京职献龟,(中略),其背有文云,天王贵平知百年。(《续日本纪》卷第十　天平元年条)

④ 宝龟改元

今年八月五日、肥后国苇北人日奉部广主卖献白龟。又同月十七日、同国益城郡人山稻主献白龟(《续日本纪》卷第三一　宝龟元年条)

⑤ 嘉祥改元

近有太宰府献白龟、(中略)其改承和十五年为嘉祥元年。(《续日本后记》　卷一八　承和十五年条)

⑥ 仁寿改元

去年即位之初、频得白龟及甘露之瑞。(中略)其改嘉祥

四年为仁寿元年(《日本文德天皇实录》卷三　仁寿元年条)[1]

而与龟相关的祥瑞意识不仅与改元等重大政治事件息息相关,还对收录于《万叶集》中的和歌产生了影响。

藤原宫之役民作歌
やすみしし　わが大君　高照らす　(中略)　わが国は常世にならむ図負へる　くすしき亀も　新た代と　泉の川に(负图灵妙龟,新代出泉川)　持ち越せる　真木のつまでを　百足らず　筏に作り　のぼすらむ　いそはく見れば神からなし

右、日本纪曰、朱鸟七年癸巳秋八月、幸藤原宫地。八年甲午春正月、幸藤原宫。冬十二月庚戌朔乙卯、迁居藤原宫。

(《万葉集》卷一　五〇)

根据本歌的题词(类似歌序)与左记(类似歌注或跋),此歌为持统天皇下令营造藤原宫时役夫所作之歌,其歌意主要是赞美持统天皇治下的盛世,其中所见"図負へるくすしき亀"这一措辞明显使用了《艺文类聚》以及《昭明文选》中出现的关于河图洛书的典故。不仅如此,根据《万叶集一(新日本古典文学大系)》对该歌的注释[2],此歌"いづみの河に(泉の川)"一句中,表示地名和泉的"いづみ"与动词"出づ"(出来)构成挂词(即双关)的修辞技巧,因

1　黒板勝美.新訂増補国史大系[M].東京:吉川弘文館,1926—1964.
2　佐竹昭広,山田英雄,工藤力男,大谷雅夫,山崎福之校注.万葉集一(新日本古典文学大系)[M].東京:岩波書店,1999:47—48.
　　小島憲之,木下正俊,東野治之校注.新編日本古典文学全集6・万葉集(1)[M].東京:小学館,1994:53—54.

第五章　中国典故的日本化对和歌文学的影响

此应理解为龟出于河之意,而这样的表达很明显受到了上述中国文献的影响。值得注意的是,持统天皇时代属于《万叶集》第二期歌,只要此歌不是后人所附会,那么可以说早在该时代,中国古代文学中的祥瑞意识与河图洛书典故就已经进入了日本文学,这一发现为本书前文所述的《万叶集》第二期歌中所见中国古代文学的影响做了一定补充。

进入平安时代的"唐风文化"时代之后,《经国集》中亦可找到以下诗作:

所以本德至后、画龟图以学(《经国集》二二二　《葛井诸会对策文二首・论学习》其一)

龟启灵图、屡祀天平之号(《经国集》二二四　《船沙弥麻吕对策文二首》其二)[1]

以上两例中所见"龟图"以及"灵图"二语均指龟背所负河图,反映出该时代文人对河图洛书典故的了解。

而进入"国风文化"时代,有关龟之祥瑞意识的典故又进入了和歌文学,以歌人纪贯之的歌为例:

延長五年九月廿四日左大臣せんざいのまけわざうどねり橘のすけ
　　なかがつかまつりけるに、はじめのだいのすはまにかきつけたる
　　うた七首

---

[1] 塙保己一編. 群書類従[M]. 東京:続群書類従完成会,1959—1960.

龟

<u>波間より出でくる亀</u>はよろづよとわがおもふことのしるべなりけり

(《貫之集》七一二)[1]

(浪间出灵龟，我思万年以为信。)

词书中记录了该歌诞生的背景：时为左大臣的藤原忠平举办了一次斗盆景之会，作为输掉比赛的惩罚，橘助绳制作了一个模仿沙滩风景的小盆景，纪贯之则在上面题写了包括该首在内的七首和歌。这七首和歌无一例外都表达了对主人藤原忠平的庆贺之意。该歌题为龟，值得关注的是画线部分的"波間より出でくる亀"这一表达。如前文所述，中国文献中，龟自水出的现象表明治世的到来，是罕见的祥瑞，然而纪贯之所作和歌中，正如"万代と我思ふことのしるべなりけり"中"万代"一语所表示的，明显是在用龟的意象祝愿主人的长寿。这一变化显示出，在"国风文化"时代龟所蕴含的祥瑞意识与龟的长寿意象发生了融合，这一现象是明显的中国古代文学要素的日本化。

第三节
中国祥瑞意识的影响与长寿之龟

龟出自水的祥瑞意识与龟的长寿意象相融合的现象出现在上一首纪贯之所作和歌之中，但事实上，龟的长寿意象进入和歌文学

---

[1] 田中登編.校訂貫之集[M].大阪：和泉書院，1987.

的时间更早,早在"国风文化"前夕就已经出现在和歌文学之中,现存最早的例子是收录于《古今集》贺歌部中的如下两首:

  さだときのみこのをばのよそぢの賀を大井にてしける日よめる　きのこれをか
  亀の尾の山のいはねをとめておつるたきの白玉千世のかずかも(《古今集》賀歌　三五〇)
  (龟尾山上岩根固,瀑落白玉数千秋。)
  藤原三善が六十賀によみける　在原しげはる
  鶴亀もちとせののちはしらなくにあかぬ心にまかせはててむ(《古今集》賀歌　三五五)
  この歌は、ある人、在原のときはるがともいふ
  (不知鹤龟千岁后,不厌其心随之终。)

  第350号歌是歌人纪惟冈为贞辰亲王叔母的四十岁寿辰而作的和歌,词书中所见地名"大井"在今京都市西北的岚山、嵯峨一带。正如日本学者片桐洋一所指出的,歌中出现的"亀の尾の山"(龟尾山)指的是位于大井地区的龟山。[1]　"龟"是长寿的意象,"岩根(いはね)"则是象征着永恒不变的意象,龟的长寿意象来源于中国文化,而以磐石来象征永恒则是日本上代文学中就已存在的传统技法,纪惟冈将这两种来源不同的意象运用于此歌中,体现出中国古代文学要素在和歌中与日本文学本土意象相融合的趋势。

  第355号歌则是藤原三善六十大寿时,贵族在原滋春(如果按左记的记录,则为滋春之子时春)所作和歌。该歌第一句中所见

---

1 片桐洋一.古今和歌集全評釈(中)[M].東京:講談社,1998:989.

"鹤"与"龟"均为表示长寿的意象。

前文提及的日本学者片桐洋一曾指出[1],龟的长寿意象见于"千龄与鹤龟"等白居易诗句中。诚如片桐所述,龟长寿的意象源于中国,但作为补充,笔者想强调的是,事实上这样的思想不一定是通过白居易诗歌进入和歌文学的。早在奈良时代就为日本人使用的类书《初学记》《艺文类聚》以及其他的中国文献如《淮南子》和《昭明文选》中就有类似的记载:

有神龟,长一尺九寸,有四翼,万岁则升木而居,亦能言也。(《初学记》)
龟号千岁。(《艺文类聚》卷第九十六 《鳞介部上》)
龟三千岁。(《淮南子》卷一四 《诠言训》)
朝秀晨终,龟鹄千岁,年之殊也。(《文选》卷五四 《辩命论》)

《述异记》中亦见类似表述:

龟,千年生毛。龟寿五千年谓之神龟,万年曰灵龟。(《述异记》)

同样,中国古典诗歌文学中亦有许多类似记叙:

朝日开光景,从君良燕游。愿如卜者策,长与千岁龟。(《乐府诗集》卷四六 《读曲歌》 第二三首)

---

1 片桐洋一.古今和歌集全評釈(中)[M].東京:講談社,1998:37—38.

第五章 中国典故的日本化对和歌文学的影响

丹成作蛇乘白雾,千年重化玉井龟。从蛇作龟二千载。(《全唐诗》卷二十二 李贺《拂舞辞》)

静养千年寿,重泉自隐居。(《全唐诗》卷五百六十九 李群玉《龟》)

数钟龟鹤千年算,律正乾坤八月秋。(《全唐诗》卷七百九 徐夤《府主仆射王抟生日》)

中国古代文学中,涉及龟与鹤的长寿,诗人们往往使用"千年""千载"等用语,无独有偶,在"国风文化"时代咏龟鹤的和歌中,也经常出现诸如"万代(よろづよ)""千岁(ちとせ)"等与中国古代文学类似的表达方式:

ゐなかの家にかはあり、それに河かめながる
(乡下家有河,其中流河龟。)
河亀も今万代はもろともに浪の底にてすみてわたらん(《元真集》五七)
(河龟今亦共,万代栖浪底。)

武蔵のかみひでしげ、鶴のかたのとうかい桜あぜち殿にたてまつれり、その使にしろかねの箱に薬いれたり、それに(中略)
千歳ふる鶴のありけむかたにやは今日万代の亀をすませむ(《元真集》一五六)
(形有千岁鹤,今栖万代龟。)

やす川のみなそこすみてつる亀の万代かねてあそぶを

ぞみる(《兼盛集》一一〇)

（野洲川底龟，见游可万代。）

亀あそぶ入江の松にぬるたづはみちよかさぬる物にぞ有りける(《久安百首》崇徳院　庆贺　八四)

（龟游入江松，松上寝仙鹤，共有三千岁。）

以上四首和歌中，均见"万代(よろづよ)"或"千歳(ちとせ)"的表达，其中，《元真集》第57号歌吟咏河流中栖息的龟可居千年，第156号歌则采用了对比的写作手法，先咏鹤寿千年，又引出龟可寿万。与之类似，《兼盛集》第110号歌描绘了同为长寿意象的龟鹤在一起嬉戏的场景。上述两部是公元10世纪中期的和歌文献，而《久安百首》是公元12世纪中期成书的定数歌，其中此种习惯依然被延续了下来。《久安百首》中以"庆贺"为题，崇德院(崇德上皇)所作和歌运用了"龟""鹤""松"三种象征长寿的事物，而画线的"三千代(みちよ)"则与三种祥瑞的数量紧密对应，这些现象毫无疑问体现了中国文化对于和歌中龟的意象的影响。

然而，此处不可忽视的是，在与上述和歌文学同时代的中国古代文学中，龟虽然代表长寿，但极少会有人直接使用龟来为他人祝寿，而是将龟作为吉祥事物雕刻在日常器物或运用于绘画之中，这是中日两国明显的不同。将龟直接作为贺寿的文学意象祝愿主人如龟般长寿的习俗，很明显是日本人对中国文化的一种本土化改造，而将这一改造运用于和歌文学的现象，则是典型的中国古代文学要素的日本化。

第四节
中国祥瑞意识在典故中的流变

在"国风文化"时代的和歌文学中,"龟"的长寿意象又发生了新的变化,演变为象征永恒的意象,例如:

桜の花の瓶に挿せりけるがちりけるを見て、中務に遣はしける

(见插入瓶中樱花凋谢,赠了中务。)

久しかれあだにちるなと桜花かめに挿せれどうつろひにけり(《后撰集》春下 八二 貫之)

(樱花插瓶中,长久匆凋零,虽此徒色衰。)

这首和歌中,歌人纪贯之将原本象征长生不老的祥瑞"龟"与在日语中与之同音的"瓶"联系起来,形成了和歌中的"挂词"技法(即双关),大意为:将樱花插进了瓶中,虽然"瓶"谐音"龟",却不能让花如龟一样长久而不凋零。在本首和歌中,"龟"俨然转变为象征长久的意象了。

不仅如此,象征长寿以及永恒的"龟",很快还与和歌传统技法"歌枕"(即带有历史典故的特殊地名)发生了关联。从上文中所引的咏于嵯峨大井的《古今集》第350号歌开始,"龟"所具有的长寿与永恒的意象很快与山城国(今京都市)的"龟尾山"以及近江国(今滋贺县)的"龟山"或"龟冈"等歌枕融合了起来。《新古今集》时

代歌学门第御子左家代表人物藤原定家,在六条家的代表人物显昭对《古今集》的注释基础上撰写的《显注密勘》中就有"かめのをの山は亀山也。かめのをににたれば亀のをの山と雲べきを、略してかめ山と云也"(龟尾山即为龟山也。因私龟尾而云龟尾山,略云为龟山也。)的记录,从中可知,"龟山"与"龟尾山"应指同一地点。

　　亀山のこふをうつして行く水にこぎくる船はいく世へぬらん(《貫之集》一六四　かめやま)

　　(龟山甲且移,映水行舟船,几世经且过。)

　　ひくまつにちとせわくとも亀山に残る齢のおもほゆるかな(《忠見集》八八)

　　(折松辨千岁,龟山残龄多。)

　　ゆき帰る人さへとほきねのびかなちよのまつひく亀のをの山(《忠見集》九一)

　　(来往人皆远,子日千岁松,折之龟尾山。)

　　大井河みづにうかべるかげゆゑや亀山の名もよにながれけむ(《道命阿闍梨集》一五　かめ山を)

　　(影浮大井河,世名流龟山。)

　　かめ山のかげをうつして大井河いく代までにか年のへぬらん(《六条修理大夫集》三五七　山影瀉水並恋)

　　(龟山影映大井河,年经几千秋。)

　　後冷泉院御時大嘗会御屛風、近江国亀山松樹多生たり

　　万代に千代の重ねてみゆるかなかめのをかなる松のみどりは(《後拾遺集》賀　四五八　資業)

　　(千代更万代,龟冈见松绿。)

片桐洋一指出，龟与歌枕"龟山（かめやま）"相关联时，多指位于山城国的"龟尾山"。[1] 前文所见《古今集》第350歌便是早期实例，而此后上文所引的壬生忠见、僧人道命（藤原道纲之子）以及藤原显季等歌人所作的和歌也是典型的例子。然而，《后拾遗集》第458号歌的词书中记载的"近江国龟山"一语显示，该歌中的"龟山"指的是近江国中一处名叫"かめのをか"（龟冈）的地方。该歌在平安后期藤原范兼所编歌枕范式书《五代集歌枕》中收录于"かめのをか　山城"（龟冈　山城）条中，但根据该歌词书记载，该歌吟咏后冷泉天皇的大尝祭，而当时的悠纪国与主基国为近江国与备中国，因此可知，《后拾遗集》中所收词书中所见"近江"为实，而藤原范兼的观点有误。源于中国的龟在河图洛书典故的基础上，结合了龟本来具备的长寿意象，发展为象征永恒的意象，此后又与歌枕中所包含的日本地名典故相结合，孕育出诸如"龟山（かめやま）""龟尾山（かめのをのやま）"或"かめのをか"一类带有文化多元性的歌枕。这样的变化是将中国古代文学典故与日本地名典故相结合，是将中国古代文学附会到日本本土的地名上，可谓中国古代文学日本化的典型实例。

第五节
中国典故的日本化与和歌中的蓬莱山传说

"龟山（かめやま）"这一歌枕不仅象征长寿与永恒，还逐渐演变为蓬莱山的异称，出现在和歌文学中。该现象在《拾遗集》前夕

---

[1] 片桐洋一.歌枕歌ことば辞典[M].東京:笠間書院,1999:598.

突然增多,可谓是"国风文化"时代中期和歌文学的新动向。其中较早实例见于著名女性歌人和泉式部以及戒秀法师的和歌:

わづらふときく人の許に、あふひにかきて
(以葵送病中人,上书。)
かめ山にありときくにはあらねどもおいずしなずのももくすりなり(《和泉式部续集》 四二一)
(虽曾不闻龟山有,不老不死是此药。)

みちの国のかみこれのぶがめのくだり侍りけるに、弾正のみこの
内方の香薬つかはし侍りけるに　戒秀法師
かめ山にいくくすりのみありければとどめんかたもなきわかれかな(《拾遗抄》二一五/《拾遗集》三三一)
(只闻龟山有生药,此别无法更留君。)

据和泉式部歌词书所述,该歌为和泉式部慰问友人疾病时所赠锦葵上所书,其中"ももくすり"一语应对应汉语"百药",而"おいずしなず"则是汉语"不老不死"的训读[1],该歌大意为:此葵虽非龟山上的菊花,却也是使人不老不死的仙药。此处的"菊"与"効く"(奏效)、"聞く"(听闻)形成挂词技法(双关)。如前文所述,菊花自平安初期以来就被日本人当作长寿的仙药[2],而此处须关注

1　小島憲之,新井栄蔵校注.古今和歌集(新日本古典文学大系 5)[M].東京:岩波書店,1989:305.
2　见拙文:和歌中汉风意象的起源与变化:以"菊"的意象为中心[J].日语学习与研究,2016(1):101—110.

的则是,《和泉式部集全释　续集篇》一书将"龟山"注释为"蓬莱山"的异称[1]。作者认为此为不刊之论,院政期歌学门第六条家的代表人物藤原清辅在歌学书《奥义抄》中的论述可为之佐证:

　　ゐなかへ行く人に香薬やるとてよめる歌なり。かめ山とよめるは蓬莱なり。亀背にあるやまなれば雲ふなり。(《奥義抄》)

　　(曾下乡之人香药之歌。所咏龟山即为蓬莱也,因其山在龟背之上故云。)

如画线部分所示,藤原清辅将龟山之名的由来解释为"亀背にあるやまなれば雲ふなり"(因其为龟背上的山,故云)。"龟背上的山"一说,应是源自《列子·汤问》中的典故:

　　渤海之东不知几亿万里,(中略)其中有五山焉:一曰岱舆,(中略)五曰蓬莱。(中略)华实皆有滋味;食之皆不老不死。所居之人皆仙圣之种;一日一夕飞相往来者,不可数焉。(中略)帝恐流于西极,失群圣之居,乃命禺强使巨鳌十五举首而戴之。(后略)(《列子》卷第五　《汤问》)

此段故事中描绘了十五只巨龟支撑起五座仙山的场景,其中包括蓬莱山。而山上正有"食之皆不老不死"的"华实",这一叙述正好与前文所引和歌中出现的"ももくすり"(百药)等日语表达相

1　佐伯梅友,村上治,小松登美.和泉式部集全釈·続集篇[M].東京:笠間書院,1977:270—271.

对应。日本文人很可能是因《列子》中的典故才将蓬莱山称为龟山的。公元 900 年左右成书的日本汉籍目录《日本国见在书目录》中录有《列子》，此外，《艺文类聚》中亦存与《列子》中所叙述情节相似的故事。"国风文化"时代的歌人很有可能通过这些文献接触到了中国古代文学中关于蓬莱山的典故。

符子曰："东海有鳌焉，冠蓬莱而游于沧海。"（《艺文类聚》卷第九十七 《鳞介部下》）

将蓬莱山称为龟山的习惯在中国古代文学中几乎看不到，应属于日本特有的文学现象，这一现象本身就是非常典型的中国古代文学要素的日本化。而蓬莱山的异称龟山，又与日本本土的地名龟尾山或龟冈相融合，成为附会于日本地名的歌枕。更重要的是，这样的日本化现象不仅停留在日本民族传统文学和歌中，甚至还反哺到此后的日本汉诗之中：

此地卜邻非俗境、龟山便是小蓬莱。（《江吏部集》居处部院 〇四一 《秋日、岸院即事》）
谁谓蓬莱难得觅、龟山近在凤城西。（《本朝无题诗》 六一三 《夏日游法轮寺》其二 藤原明衡）

上引两联日本汉诗分别为公元 1000 年前后的文人大江匡衡以及藤原明衡之作。二者都是会作和歌的汉学文人，这一事实也暗示了，以位于日本京都西北嵯峨地区的龟山代指蓬莱山的文学现象，是由和歌回流反哺日本汉文学的。由此可见，中国古代文学的日本化有时率先发生在距离中国古代文学更远的和歌文学，进而反向影响距离中国古代文学更近的日本汉文学。这一现象值得我们注意。

第六节
中国典故的流变与积土成山典故

将龟与蓬莱山同时入歌时，除了"龟山"这一表达，有时还使用"亀の上にある山"（龟上之山）一语。例如《源氏物语》蝴蝶卷中歌、《新古今集》前夕成书的《千五百番歌合》中歌以及所附源诗光的判词，都是比较典型的例子：

亀の上の山も尋ねじ舟の内に老いせぬ名をばここに残さむ（《源氏物語・胡蝶》）

（不寻龟山上，不老之名留舟内。）

千五百番歌合
千七十一番　右　内大臣
ももしきは亀上なる山なれば千代をかさねよつるのけごろも

（此是悠悠龟上山，千秋叠作鹤羽夜。）

右歌、ももしきの蓬菓宫を亀のうへの山といひあらはして（右歌、明言悠悠蓬莱宫是龟上之）、ちよをかさぬるつるの毛衣などはべるこそ詞たくみに義あらはれて、おもしろ

くはべれ(又有巧,实为趣。)[1](《千五百番歌合》祝　二一四一)

此外,和歌中以下的例子更值得关注:

　　かぜ雲のおどろく亀の甲の上にいかなるちりか山とつもりし(《宇津保物語》菊の宴　あてみや)

　　(风云惊动龟甲上,如何尘土积作山。)

　　亀山の久しきほどを数(かぞ)ふればこふべくつもる塵にざりけり(《輔尹集》三三　かめやまを)

　　(若数龟山龄,经年尘劫积。)

　　一条どののさうじ十四枚がうた、はまなのはしはべる

　　(中略)

　　わたつみの底にねざさぬ浮島は亀の背中につめるちりかも(《能宣集》三〇四　うきしま　はる)

　　(浮岛无根植海底,龟上背中积尘成。)

　　わたつ海の亀の背中に居る塵の山となるべき君が御代かな(《荣花物语》卷三一　殿上の花見　大夫斉信)

　　(海中龟背上,尘山如君寿。)

以上四首和歌的共通之处在于,都提到了龟背上的蓬莱山是由尘埃堆积而成的。尘埃堆积成山这一表达,早在《古今集》假名序"高き山も麓の塵泥よりなり"一句中便可找到。而该假名序中的表达,一般认为是受到白居易诗句"千里始足下,高山起微尘"

---

[1] 有吉保. 千五百番歌合の校本とその研究[M]. 東京:風間書房,1968.

(《白氏文集》卷三九《续座右铭》)的影响,这一看法自古便出现在《古今集序注》等文献中,然而,如果究其根源,该种观念的滥觞应追溯到《荀子·劝学》中的名句"积土成山,风雨兴焉"。

在《宇津保物语》歌以及藤原辅尹歌中,值得注意的不仅是尘埃这一意象,还有"こふ"(甲)这一意象。事实上"甲"字的音读汉音应为"かふ",但自10世纪中叶以来,出现了"こふ"的惯用音读。例如成书于10世纪中叶的《倭名类聚抄》中,"甲"条中就有"甲、俗云、古不"[1]的记录,证明那时起"甲"的发音已经产生了"古不"(こふ)的惯用音。因此,该歌中的"こふ"指"甲"即龟甲这一判断是符合历史语音事实的。《宇津保物语》歌咏的是:龟甲上风起云惊,不知究竟多少尘埃堆积才形成了蓬莱大山[2];藤原辅尹所作和歌中则咏道:细数蓬莱龟山的年岁,愿君与之同寿,长长久久。

大中臣能宣所作和歌以及《荣花物语》和歌中虽然不见"こふ"(甲)一语,但可见"背中"(背上)一词,也属于吟咏龟甲的和歌。其中,能宣歌根据其于词书中的记录,是写于一条殿(藤原贵显)家中屏风上的屏风歌,因此毫无疑问充满了对主人的祝贺与溢美之词。而《荣花物语》歌根据前后文的情节亦可知是祝寿和歌。此二首歌意近似,皆恭祝主人寿命如龟一般长寿,又如龟甲上积累的尘埃之数般无穷无尽。值得注意的是,以尘埃的数量之多来譬喻主人寿命之长的技法见于此后的《金叶集》,例如:

祝の心をよめる

---

[1] 京都大学国語学国文学研究室編.諸本集成倭名類聚抄·本文篇[M].京都:臨川書店,1968.

[2] 本歌释义存疑,和歌中,风作为动词"驚く"的主语使用的实例只有"てにとらばたまらずきえむつゆに　よりをぎふくかぜのおどろきやせむ"(《大斎院前の御集》第386号歌),而云作动词"驚く"主语的实例仅存本歌一首,待后考。

いつとなく風吹く空に立つちりの数もしられぬ君が御代かな(《金葉集》　賀部　三二〇)

　　（何时风起满空尘，其数无穷如君寿。以龟祝福人与长寿是中国典故的影响。）

　　而以沙砾数量之多来譬喻君王寿命的技法是和歌的传统。因此，上述二首将和歌的传统与诸如龟的长寿意象、蓬莱山传说、积土成山思想等源自中国的元素有机融合于一体，形成了独具日本特色的艺术风格。然而遗憾的是，这样的文学技法在所有现存和歌文献中只见四首，是极具时代特色的咏法，仅仅集中于《拾遗集》前后。

　　源于《荀子》以及后世白居易诗歌的思想，在日本发生了与《列子》中蓬莱山典故的融合，进而通过象征数量之多的"尘"以及长寿的"龟"这两大意象，形成了本章所列举的和歌中出现的复杂表达技法。积土成山思想、蓬莱山典故以及龟的长寿意象虽均源于中国古代文学，但将它们结合起来，变成龟甲上由尘埃积累而成的蓬莱山这一场景，则是日本歌人的创造，是十分典型的中国古代文学之日本化现象。

第七节
《法华经》"盲龟浮木"典故在和歌中的影响

　　"国风文化"时代中《法华经》的流行为咏龟和歌的发展提供了新的文化内涵，《法华经》严王品中所见"盲龟浮木"的典故通过《法华经》经文进入了和歌文学。事实上，"盲龟浮木"的故事还见于诸如《涅槃经》等其他佛经之中，但考虑到现存咏"盲龟浮木"典故的和歌多用《法华经》原文，且《法华经》在日本平安时代拥有巨大影响力，应该认为"盲龟浮木"典故的主要传播途径依然是《法华经》。最早吟咏该典故的和歌诞生于《拾遗集》前夕，大约公元 10 世纪末。在句题和歌中，最典型的例子莫过于《发心和歌集》中所见以下作品，其以《法华经》严王品经文原文为题的特征直接表明了盲龟浮木典故的出处：

妙庄严王品　又如一眼之龟，值浮木孔。而我等宿福深厚，生值佛法。

一目にて頼みかけつる浮木には乗り果つるべき心地やはする(《発心和歌集》五一)

（一眼托生浮木上，心思乘此渡至终。）

以《法华经》原文为基础创作的和歌意思与原本基本相同，指的是生于世间，能够遇到佛法的人，就仿佛海中一只眼睛失明的乌龟遇到了浮木上的孔穴一般幸运。《发心和歌集》是选子内亲王自己编纂的，其自序中记录了成书时间为 1012 年。而根据成书更早的《拾遗集》中所收的和歌可知，早在《发心和歌集》[1]诞生以前，选子内亲王就已经运用《法华经》中所见盲龟浮木的典故创作过和歌，例如下面这首：

女院御八講捧物に金して亀の形をつくりてよみ侍りけ

---

[1] 『発心和歌集』是选子内亲王的自选集，根据其自序中"于时宽引，九载南吕也"可知，其应成书于 1012 年。

る　斎院

　　ごふつくす御手洗河の亀なれば法の浮木に値はぬなり
けり(《拾遺集》哀傷　一三三七)

此歌以《法华经》严王品为基础,诉说了选子内亲王在成为斎院之后只能侍奉日本神道教的神明,而无法如一眼之龟一般皈依佛法的苦闷,将自己比喻为斎院前御手洗河中的龟,无论穷极几世几劫都无法遇到海中的浮木。初句中的"ごふ"(業)双关龟的"甲"以及佛教概念"劫",形成和歌中特有的挂词技法。本歌一方面体现出和歌文学对佛教典故的接受,另一方面,由于还吟咏了日本神道教重要神社贺茂斎院中的御手洗河,因此也反映了佛教与日本传统的神道教之间的相互融合,并且它还是目前所存文献中最早吟咏盲龟浮木典故的一首和歌。从以上几点中足见该歌的文学与思想价值。

然而,"国风文化"时代的和歌中,盲龟浮木典故的主旨很快发生了巨大的变化,从佛法难逢逐渐衍生出与恋人或朋友相会与盲龟遇到浮木一般艰难的含义,例如:

　　七月七日、説法をさすと聞きてやりし
　　偶さかに浮木よりける天の川亀のすみかをつげずや有
るべき(《赤染卫门集》一二)
　　(浮本偶近天川上,龟应无告栖身处。)
　　ほうりに為基しほう詣であひておとせで出でにけるつ
とめて
　　波のよにあふ事かたき亀山のうききをただにかへすべ

しやは(《公任集》三六四)

（难逢波浪世,龟山浮木应须还?）

返し

天河あとをたづぬる世なりせばあふ事やすきうききな
らまし(《公任集》三六五)

（若寻龟迹开河中,只盼浮木可易得。）

《拾遗集》时代重要女歌人赤染卫门所作的和歌,为她与贵族大江为基应酬的一组和歌,最开头处附有词书[1],讲述了该歌诞生的背景,正如前人注释中所指出的[2],该歌中赤染卫门以"亀のすみかをつげず"(龟不诉居处)一语,责怪大江为基不将自己的所在告诉赤染卫门,就仿佛盲龟浮木中的盲龟在海中漂泊不定一般。而"偶さかに浮き木よりける"(偶尔凭浮木)一语,则指大江为基偶尔参加法华经讲经活动,歌中的"龟"代指大江为基本人。最后"かめのすみかをつげずや有るべき"(其堪龟不诉居处)一句明面上是赤染卫门责备大江为基不告知自己的所在,导致赤染卫门无法参加讲经活动因而无法遇到佛法,实际上则是表达了无法与大江为基相会的怨恨。

《公任集》中收录的两首和歌,则是公任客居法轮寺时,大江为基前来拜访时的唱和。藤原公任所作歌为第一首,大江为基所作的是第二首。藤原公任之所以要在和歌中运用龟山一语,是因为龟山与法轮寺同在京都嵯峨地区,距离较近,此处不再代指海上仙

---

[1] 八講する寺にて、大江為基
おほつかな君しるらめや足曳の山下水のむすぶ心を
[2] 関根慶子,阿部俊子,林マリヤ,北村杏子,田中恭子.赤染衛門集全釈[M].東京:風間書房,1986:12—13.

山蓬莱山,而是与其后出现的"浮き木"搭配,转变为象征《法华经》盲龟浮木典故的意象。此歌大意为:正如波涛汹涌的海中,盲龟遇上浮木般困难,平日里原本就难以相见的我,好不容易到了离你出家寺院所在的龟山比较近的法轮寺中,却最终浪费了好机会,没能与你相见,实在遗憾。此处公任将自己与大江为基分别比喻为浮木与盲龟。

与之相对,大江为基的回复则展现出和歌文学对另一中国典故的运用。该歌中有"天河"一词,正如前人注释[1]中所指出的,此处河中的浮木使人联想到《博物志》中的浮槎传说:

旧说云天河与海通。近世有人居海渚者,年年八月有浮槎去来,不失期。人有奇志,立飞阁于查上,多赍粮,乘槎而去。十余日中犹观星月日辰,自后茫茫忽忽,亦不觉昼夜。去十余日,奄至一处,有城郭状,屋舍甚严。遥望宫中多织妇,见一丈夫牵牛渚次饮之。牵牛人乃惊问曰:"何由至此?"此人具说来意,并问此是何处,答曰:"君还至蜀郡,访严君平则知之。"竟不上岸,因还如期。后至蜀,问君平,曰:"某年月日有客星犯牵牛宿。"计年月,正是此人到天河时也。(《博物志》卷十《杂说下》)

浮槎传说早在《古今集》时代便为日本歌人所熟知,因此在该时代算不上是新鲜的中国素材,但是将之与佛教说话融合起来,则体现出该时代和歌文学中佛教典故日本化的新特征。其歌大意

---

[1] 武田早苗,佐藤雅代,中周子.贺茂保宪女集·赤染卫门集·清少纳言集·紫式部集·藤三位集(和歌文学大系20)[M].東京:明治書院,2000:69.

为：若真能如浮槎传说中一般乘着浮木，不失其期就能找到你的话，那我或许真的就如同遇到浮木的盲龟一般了。

第八节
"盲龟浮木"典故在和歌中的流变

就这样，原本为佛教宣教服务的盲龟浮木典故，经由《拾遗集》时代的歌人之手，其内涵由佛法难逢逐渐演变为与人难逢，在成书于平安时代末期的历史物语《今镜》中又展现出新的日本化特征：

（前略）今は斯くて止みぬべきわざなむめり、と思ひけるにつけても、いと心細くて、硯瓶の下に歌を書きて置けりけるを、取り出でて見れば、
　　<u>行く方も知らぬ浮木の身なりとも世にし巡らば流れあへかめ</u>（《今镜》敷島の打聞第十）
（身为浮木何处去，世间流转或将逢。）

女性歌人小大进因担心丈夫与其决裂，咏出如上和歌，并将之写在了水注之下，描绘了小大进离家出走前心中的所思所想。此歌主要吟咏了歌人认为与丈夫今生今世难以再会的悲伤心情，以及即便如此依然希望能够重逢的期望。"浮木の身"（浮木之身）一语双关，指"浮木"与"憂き"（忧虑）；而动词"巡らば"（若流转）则双关"眼暗（失明）"；最后的"かめ"则双关"瓶"（水注）与"龟"两个事物，这三处均形成了巧妙的"挂词"技法，彰显出歌人小大进卓越的作歌技巧。其歌大意为：我身似这不知去向何处的浮木，悲伤忧

154　　和歌浦浪起唐风：中国文学在日本和歌中的接受研究

虑，若在世间得以长生，则或许能像《法华经》中所言盲龟遇到浮木一般，与此水注的主人——我的丈夫相会。此歌明显化用了《法华经》中的盲龟浮木典故，而歌中的"龟"，已经完全转变为象征恋人重逢的意象了。此歌中，佛教色彩业已稀薄，更类似于日本和歌中传统的恋歌风格。诸如此类的表达在《新古今集》时代的歌人寂莲法师以及藤原定家二人的和歌中亦可窥见：

思ふ事ちえのうらわの浮木だに寄りあふ末はありとこそきけ

（千江浦里思浮木，所闻所寄终相逢。）

（前略）又法花経には、一眼の亀のうき木のあなにあへるがごとしととけり、うみのかめいるばかりのあなあらば、うき木もちひさからじ、<u>又張騫うき木にのりて河のみなかみをたづねたり、又海渚の人も槎にのりてあまの河へいたりて七夕ひこぼしにあへりといへり</u>。（後略）（《千五百番歌合》恋二　一二〇九　右歌）

（又张骞乘浮木以溯河，又海渚之人乘槎至天河，见织女牛郎云云。）

文治二年百首、又如一眼之亀値浮木孔、寄法文恋　前中纳言定家卿

たとふなるなみぢの亀のうき木かはあはでも幾夜しをれきぬらん（《夫木和歌抄》一三〇七三）

（所喻浪里龟浮本，不逢伤情夜几多。）

寂莲法师的和歌在文献《千五百番歌合》中属于恋歌部类，正

第五章　中国典故的日本化对和歌文学的影响　　　　　　　　　*155*

如歌学门第六条家代表人物僧人显昭于判词中所言,此歌化用了三个典故,其中化用《法华经》中盲龟浮木典故与《博物志》中浮槎传说的现象与前文所列举的和歌十分相似,而判词中的画线部分则展示出另一典故——博望寻河,寂莲法师与显昭很可能是通过唐代蒙学书《蒙求》以及《荆楚岁时记》中有关博望寻河的内容而学习到这一典故的:

武帝时,张骞使大夏寻河源,乘槎经月,而至一处,见城郭如州府,室内有一女织,又见一丈夫牵牛饮河。骞问曰:"此是何处?"答曰:"可问严君平。"(《荆楚岁时记》)

伏波标柱,博望寻河。(《蒙求》)

而此后,这一典故亦出现在歌人源光行以《蒙求》原文为题所作的《蒙求和歌》之中:

博望寻河
漢の武帝、張騫を使として、河のみなかみを極めに遣はしけり、遙かに十万里の浪を凌ぎて牽牛国に至りて、織女つめの紗あらふに逢いぬ。(中略)
(汉武帝使张骞,遣极河源,凌浪十万里遥至牵牛国,逢织女浣纱。)
あまの川うききにあへるみちなくは猶こそきかめ雲の水上
(天河逢浮木,无路云水龟。)

然而,此处寂莲法师的和歌则比《蒙求和歌》出现得更早。歌中的歌枕"ちえのうらわ"（千江浦）发音与"智慧"一词相同，既是歌枕，还构成了挂词技法，并借"智慧"一语关联出佛教内涵。此歌大意为：即便君如那千江浦（智慧浦）上的浮木一般漂泊不定，难寻难逢，但二人最后定能像盲龟遇到浮木、博望寻河时看见牛郎织女一般，有机会得以相见的。本歌化用了三个典故，运用盲龟浮木典故描写难逢之人，以浮槎传说让人联想起天河，又巧妙地引出博望寻河的典故，将三个典故以联想的方式串联起来，体现出奇特的中国古代文学日本化特征。

而藤原定家所作的和歌反其意而用之，吟咏了歌人因不能像《法华经》中盲龟遇到浮木一样与自己的恋人相逢，只能数夜以泪洗面。根据该歌词书的记载，该歌是利用佛经原文吟咏贵族恋爱生活的作品，这是十分显著的中国古代文学的日本化现象。

就这样，原本出现在佛经故事中的龟，因日本"国风文化"时代歌人的创新，演变为表示"与人难逢"的意象，出现在日本传统的和歌题材恋歌之中。在中国传统文化中，禁止婚恋是佛教戒律的基本要求，皈依佛教往往意味着出家为僧，断绝男女之缘。然而，在日本，由来自佛教思想的盲龟浮木典故在和歌的世界中竟然最终演变为恋歌的写作素材，这样的变化，本质上与和歌在平安贵族的恋爱活动中起到关键作用这一史实息息相关，还与日本人特有的婚姻形式有着一定的关联性。因此，这样的变化亦是因适应日本社会风俗而产生的中国古代文学的日本化现象。

第九节
曳尾涂中典故对日本文学的影响

本节将针对与和歌密切相关的日本汉诗进行论述,阐述其中所见的源于《庄子》的"曳尾涂中"典故及其日本化特征。值得注意的是,这一典故仅仅停留在日本汉诗中,并未进入和歌文学。

由于《日本国见在书目录》中存有《庄子》,因此曳尾涂中的典故最早很可能是直接通过《庄子》的原文进入日本文学的:

庄子钓于濮水,楚王使大夫二人往先焉,曰:"愿以境内累矣!"庄子持竿不顾,曰:"吾闻楚有神龟,死已三千岁矣,王巾笥而藏之庙堂之上。此龟者,宁其死为留骨而贵乎,宁其生而曳尾于涂中乎?"二大夫曰:"宁生而曳尾涂中。"庄子曰:"往矣!吾将曳尾于涂中。"(《庄子·秋水》)

除《庄子》外,该典故同样收录于《艺文类聚》,日本文人亦有可能是通过《艺文类聚》了解到这一典故的:

又曰:庄周少学老子,梁惠王时为蒙县漆园吏,以卑贱不肯仕。楚威王以百金聘周,周方钓于濮水之上,曰:"楚有龟,死三千岁矣,今巾笥而藏之於庙堂之上。此龟宁生而掉尾涂中耳。子往矣,吾方掉尾于涂中。"后齐宣王又以千金之币迎周为相,周曰:"子不见郊祭之牺牛乎?衣以文绣,食以刍菽,及其牵入太庙,欲为孤豚,其可得乎?"遂终身不仕。(《艺文类

聚》第三十六卷 《隐逸上》)

这一典故在唐代经常被诗人所使用,例如:

秋隼得时凌汗漫,寒龟饮气受泥涂。(《全唐诗》卷三百六十 刘禹锡《乐天寄重和晚达冬青一篇因成再答》)
曳尾辞泥后,支床得水初。(《全唐诗》卷五百六十九 李群玉《龟》)
李斯涸鼠心应动,庄叟泥龟意已坚。(《全唐诗》卷六百四十六 李咸用《物情》)

而这样的用典特征很快便在日本"国风文化"时代的汉诗中体现出来:

何福鹨巢薮,何分龟曳泥。(《菅家文草》 二三六 《舟行五事》其三)
求道久沉尘垢境,岂殊龟尾引泥坑。(《法性寺关白御集》七四 《酬都护亚相见和念佛愚篇》)
耳饶林底传歌鸟,身类泥中曳尾龟。(《本朝无题诗》 一二八 《云林院花下言志》)

然而,值得注意的是,曳尾涂中的典故以及其中所蕴含的隐逸思想似乎并未在和歌文学中出现,这体现出和歌文学中的中国古代文学要素有任意性的特点,并非所有的中国古代文学典故都能够受到平安歌人的青睐。

第五章 中国典故的日本化对和歌文学的影响

本章结语

上文我们以龟为例，分析了与龟有关的典故在日本"国风时代"和歌文学中的日本化情况，并附带说明了日本歌人未吸收的中国典故，如"曳尾涂中"。可以窥见，河图洛书典故中的龟，自日本上代文学开始，逐渐由象征政治清明的祥瑞意象变为祝贺主人长寿的意象，此后又衍生出了象征永恒的功能。而这样的功能很快与日本本土的地名龟山融合，从而形成了象征着永恒与长寿的歌枕。另一方面，龟山这个地名还与有关蓬莱山的典故融合，龟山成为蓬莱山在日本的代称，又继续与积土成山的典故融合，最终形成了"龟甲上的尘埃积土成山"这种复杂的文学表达。此外，《法华经》中盲龟浮木的典故也逐渐融合了浮槎传说与博望寻河典故，由宣扬佛法逐渐演变为表达与恋人难逢难遇的典故，这样的变化是最具日本特征的，堪称与龟相关的典故中最彻底的日本化现象。从龟的典故的日本化现象中可以窥见，"国风文化"时代中，特别是公元 11 世纪初《拾遗集》成书以后，和歌文学中的中国典故日益背离了中国文化语境下的本意，向着日本特有的方向发展。这些变化无疑是为了适应婚姻习俗等日本社会的矛盾特殊性的变通，在体现日本歌人创造力的同时，也体现出中国古代文学要素于世界文学之中强大的生命力与适应性。

第六章　中国古代文学思想的日本化

随着中国古代文学体裁、意象以及典故对"国风时代"和歌文学影响的深化，中国古代文学的思想也刺激着日本的和歌文学批评——歌学不断向前发展。正如前文所述，《万叶集》后产生的最早的歌论书《歌经标式》标志着歌学的产生，而其作者藤原浜成正是以南朝文学家沈约的"四声八病说"为基础，将六朝诗歌的音韵规则附会到了和歌文学上，才创作出此书。此后，标志着歌论走向成熟的《古今集》两序则参考了《毛诗大序》与《诗品》等中国古代文论，可以说，论述和歌的歌论正是建立在中国古代文论基础上的。进入院政期以后，以源俊赖为代表的一批革新派歌人撰写了一批新的歌学文献，其中以源俊赖的《俊赖髓脑》、六条家代表人物藤原清辅的《袋草纸》、御子左家代表人物藤原俊成的《古来风体抄》以及顺德天皇的《八云御抄》等最为有名。随着歌论的蓬勃发展，中国古代文学思想也借由这一潮流开始了新的日本化进程。本章将以《新古今集》前夕歌坛巨擘九条良经的文学观为线索，探索中国古代文学思想在日本歌学发展中的日本化现象与中国古代文学对日本歌学的影响机制。

第一节
《千五百番歌合》判词与和歌判诗

建仁三年(1203)成书的《千五百番歌合》是和歌史上最重要的歌合文献之一，其3 000首的庞大规模堪称古今之最，其判者皆为当时歌坛泰斗，其歌人则包括了后鸟羽院政坛的核心人物。该歌合为后来《新古今集》的编纂提供了大量和歌材料，并为后世的歌学研究提供了大量的判词实例。各位判者在该歌合中别出心裁，尝试采取新的形式对和歌作判，其中以后鸟羽院的藏头判歌最为著名。本章关注九条良经于"夏三"以及"秋一"这两大部类中撰写的判诗。九条良经判诗以中国的七言绝句为体裁，以一联绝句为"一番"和歌(即两首和歌)作判，两番共四首和歌的两联判词便可形成绝句一首。这样的形式与以日语作判的先例大相径庭，堪称和歌文学史上的重要创新。

然而，由此产生的问题则是，以汉诗为和歌作判，需要将和歌中的日语表达翻译为汉语。从九条良经的翻译中，我们可以窥见当时文人对和歌意象的理解。良经的判词中，以下例子值得深思：

五百番

左勝　公経卿

かはづなくはすの下葉のさゞ浪に浮草わくる夕暮れの風

（蛙鸣莲下浪，浮草分暮风。）

右　丹後

わかるればこれも名残のおしき哉夏のかぎりの日ぐらしの声

　　（別后亦可惜，只因夏蝉声。）

　　寒蝉自本秋天物，送夏何因欲惜声[1]。

第500番中的两首和歌属于部类"夏三"，皆为吟咏暮夏情景的作品。九条良经所作的一联判词批判女性歌人丹后的作品，并说明了其负于左歌的理由，但并未提及西园寺公经所作的左歌。丹后和歌的大意为：与夏将别离，其声亦可惜，夏末暮蝉鸣。歌中"夏のかぎりの日"（夏末之日）与"日ぐらしの声"（蝉声）形成双关，运用了挂词的技法。吟咏夏末惜蝉声，是因为歌人丹后将"ひぐらし"（蝉）理解为夏季独有的自然事物，进入秋季则将与之分别。然而，九条良经则提出了批评，认为寒蝉本身就属于秋天，送夏之时又岂谈得上惋惜它的鸣叫呢？显然，二人在寒蝉这一意象的物候观上产生了龃龉。

此处应该首先关注良经判词中出现的"寒蝉"一词。笔者查阅日本和歌文献，发现除良经判词以外，"寒蝉"一词仅出现在群书类从本系统《金槐集》第189号和歌的歌题之中[2]，而根据"寒蝉"翻译的和语"寒き蟬"亦只见一例：

　　衣手のもりの下風吹きかへてさむき蟬なくあきはきにけり（《洞院摄政家百首》秋　五六六）

　　（林下风吹袖，寒蝉鸣秋来。）

1　有吉保.千五百番歌合の校本とその研究[M].東京:風間書房,1968.
2　其他系统的《金槐集》不存在"寒蝉"一词。

因此，对于和歌文学来说，汉语"寒蝉"应当是比较陌生的词汇。与之相对，"寒蝉"在中国文学以及日本汉文学中则经常出现，中国文献中，"寒蝉"一词最早应见于《礼记》，在日本汉文学文献中则最早见于《怀风藻》。因此，良经在和歌判词中运用"寒蝉"一语，很明显是借鉴了中国文学以及日本汉文学的用词习惯。

此处进而产生了另一个疑问：良经为何要将和语"ひぐらし"翻译为汉语"寒蝉"呢？

和语"ひぐらし"的汉字表记往往写作"蜩"。而根据《尔雅注疏·释虫》，"蜩"即为"蝉"的异名[1]：

释曰：此辨蝉之大小及方言不同之名也。

而在日本古代语境下，根据《新撰字镜》"蝉"条中所见"蜩也、世比"（せび，即日语"蝉"的古音）[2]记录来看[3]，"蜩"与"蝉"应为相同或极为相似的生物。

除此以外，《和名类聚抄》中亦存有"茅蜩"条，其中有记录曰"（前略）比久良之（ひぐらし）、（中略）小青蝉"，由此可知，日语"ひぐらし"应是体态较小的青色蝉，而在该书寒蝉条中则留有"似蝉而青者"的记录[4]，因此当时的日本人将"寒蝉"理解为色青而似蝉之物。综上所述，在当时日人的观念中，无论是"ひぐらし"还是"寒蝉"，都为外观青色的蝉类，其形态应该比较相似。按照现代生

---

1 十三経注疏二〇・爾雅注疏（下）[M]. 台北：编译馆，2001.
2 京都大学文学部国语学国文学研究室编. 新撰字鏡：天治本：附享和本・群書類従本（増訂版）[M]. 京都：臨川書店，1979.
3 天治本作"蜩、世比"。
4 京都大学文学部国语学国文学研究室编. 諸本集成倭名類聚抄・箋注和名類聚抄[M]. 京都：臨川書店，1968.

物学的分类标准,汉语语境下的寒蝉往往指的是蝉科寒蝉属(*Meimuna*)的蝉类,而日语"ひぐらし"所指的生物则是蝉科暮蝉属(又称螗蝉属)(*Tanna*)的蝉类,二者并非同一物种,但很显然日本人由于二者外观的相似性,而将汉语中的寒蝉理解为日语语境下的"ひぐらし",这也不失为中国文学意象的一种日本化。

从对以上资料的分析中,并非不能推测出汉语"寒蝉"与和语"ひぐらし"之间的对应关系,但明确表明二者之间具有关联性的资料则是成书晚于《千五百番歌合》的京都大学本《运步色叶集》。该书成于元龟二年(1571),其中,

寒蟬(ひぐらし)[1]

的记载尤为重要。它直接将汉语"寒蝉"的训表示为和语"ひぐらし",表明该时代的日本人已将汉语"寒蝉"以及和语"ひぐらし"视为相互对应的同一事物。这样的观点亦为后来江户时代的《书言字考节用集》等文献所继承。此外,《角川古语大辞典》以及《古语大鉴》等现代古典日语词典中亦将汉语"寒蝉"解释为"ひぐらし",这样的观点应与中世以来日本人的看法一脉相承。

无论如何,良经的判词中出现的"寒蝉",指的是丹后和歌中的"ひぐらし"一词是确凿无误的。换言之,作为一个既创作汉诗又创作和歌的文人,九条良经将和语"ひぐらし"与汉语"寒蝉"同等对待,主张其原本就为秋天的物候,这样的现象表明和歌作者丹后与判者良经在"ひぐらし"的物候观上存在着根本的差异。

---

[1] 京都大学文学部国語学国文学研究室編. 運步色葉集:元亀二年京大本(卷三)[M].京都:臨川書店,1969.

本章将以汉语"寒蝉"与和语"ひぐらし"之间物候观的差异为线索,考察该差异的由来,厘清九条良经与丹后之间发生观念龃龉的缘由。之后通过分析九条良经判词的思想根源,探索绝句判词中所蕴含的中国文学思想的日本化现象的来龙去脉。

第二节
和歌物候观的中日文学依据

本节首先分析梳理汉语"寒蝉"以及和语"ひぐらし"在中日两国文学中的物候观,来确认九条良经在判词中主张"寒蝉自本秋天物"的依据。

一、汉语"寒蝉"的物候观——良经判词证据其一

首先,我们将梳理汉语"寒蝉"在中日两国文学中的物候观。

在中国古代文学中,直接反映"寒蝉"物候观的,是《礼记·月令》中的一段记录:

孟秋之月,(中略)凉风至,白露降,寒蝉鸣。

由《礼记》的记录可知,寒蝉是孟秋之月的物候,而后世的中国文学中,文人关于"寒蝉"一词的物候观,也基本与该记录保持一致。在此仅列举对日本古典文学产生较大影响的《昭明文选》与《白氏文集》两书中的例子:

秋风发微凉,寒蝉鸣我侧。(《文选》 卷二十四 《赠白马王彪》)

碧树未摇落,寒蝉始悲鸣。(《白氏文集》 卷六三 《酬牛相公宫城早秋寓言见示兼呈梦得》)

如上所示,中国古代文学中,"寒蝉"毫无疑问是属于秋天的物候,那么在日本汉文学中,其所属季节是否也与中国古代文学一致呢? 以下是笔者搜集的日本汉文学中吟咏"寒蝉"的实例:

玄燕翔已返、寒蝉啸且惊。(《怀风藻》 纪古麻吕《五言秋宴得声清惊情四字 一首》二三)

寒蝉唱而柳叶飘、霜雁度而芦花落。(《怀风藻》 山田史三方《五言秋日于长王宅宴新罗客 一首并序》五二)

寒蝉鸣叶后、朔雁度云前。(《怀风藻》 下毛野虫麻吕《五言秋日于长王宅宴新罗客 一首并序赋得前字》六五)

树听寒蝉断、云征远雁通。(《凌云集》 嵯峨天皇《重阳节神泉宛赐宴群臣、勒空通风同》四)

寒蝉惊爽序、晚虎啸凉风。(《田氏家集》 一三 《秋风词》题中韵)

黄落相催、八月之寒蝉满耳。(《本朝文粹》 纪齐名《落叶赋以秋风四起洒落有声为韵》八)[1]

在日本汉文学中,"寒蝉"自上代文学中的《怀风藻》开始出现,一直延续到平安中期的《本朝文粹》。通过以上实例的画线部分可

---

[1] 墖保己一編.群書類従[M].東京:続群書類従完成会,1959—1960.

知,"寒蝉"所属的季节也均为秋季。因此,在日本汉文学中,"寒蝉"与中国古代文学保持一致,基本亦可算作秋天的物候,然而,唯独缺憾的是,九条良经所作汉诗业已散佚,我们无法直接找到良经吟咏"寒蝉"的汉诗来检验他对"寒蝉"这一用语的物候观。不仅如此,在与良经同时代的诗人所作日本汉诗中,亦不见"寒蝉"的例子。即便如此,我们也不难想象,作为摄关家九条流九条家的高级贵族,幼年受过系统汉学教育的九条良经的中国文学造诣一定很高,他很可能对中国文学以及日本汉文学中"寒蝉"一词的物候观有所了解,因此他才十分自信地在判词中明确主张"寒蝉自本秋天物",其中体现出他对汉学的熟悉程度之高。

二、从《万叶集》到《堀河百首》中蜩的物候观
——良经判词证据其二

前文已经验证,在中国古代文学以及日本汉文学中,汉语"寒蝉"属于秋天的物候,而由于九条良经判词中的"寒蝉"一词原本是由丹后所咏和歌中"ひぐらし"翻译而来,因此我们可以推论,九条良经不仅认为汉语"寒蝉"是秋季的物候,而且和语"ひぐらし"亦为秋季的物候。笔者在本节将对这一命题进行验证。

和语"ひぐらし"在和歌文学中的咏法,和蝉的近义词"せみ"(主要出现在夏季和歌)的咏法并不相同,日本学者柳泽良一在『歌ことば歌枕大辞典』(《歌语歌枕大辞典》)的"ひぐらし"条中有过如下的考察:

『万葉集』では、夏と秋の両方の部に入っている。『古今集』以後は、単に「蟬」とあれば、その羽の薄さを夏の衣服に

たとえて詠まれることが多く、夏の季節のもの、一方、「ひぐらし」は秋のものとして扱われることが多いが、『金葉集』以降は夏の部にも入っている。ただしその場合は、夏なのに秋の涼しさの趣をもつものとして詠まれる[1]。

(《万叶集》中,皆收于夏秋两部。《古今集》以后,若单就"蝉"而言,则多吟咏其羽翼之薄,借以比喻夏季衣物,属于夏季物候,与此相对,"ひぐらし"虽多被当作秋季的物候,但在《金叶集》以后亦见于夏部。但此情况下,多用于咏明明是夏季却凉爽似秋。)

柳泽良一指出,"ひぐらし"在《古今集》到《金叶集》时代中,多被当作秋天的物候。笔者在此基础上检验发现,事实上自《古今集》到《后拾遗集》为止,在被视为和歌规范的敕撰和歌集中,"ひぐらし"一词的确全部是收录在秋部的。自公元9世纪末和歌文学复兴至《堀河百首》成书的12世纪上半叶为止,不仅在敕撰和歌集,就连在范式相对自由的私家集、歌合以及定数歌中,除了后文将涉及的极少数例外,其余咏"ひぐらし"的和歌均为秋季和歌。例如:

ひぐらしのなく秋山をこえくればことぞともなく物ぞ悲しき(《是贞亲王家歌合》一七)

(寒蝉鸣秋山,过之人口自悲。)

秋のよに誰をまつとかひぐらしの夕暮ごとになきまさるらん(《是贞亲王家歌合》四一)

---

1 久保田淳,馬場あき子編. 歌ことば歌枕大辞典[M]. 東京:角川書店,1999. 蜩条. 柳澤良一负责部分。

（每每秋夜欲待谁，寒蝉日暮鸣更凄。）

秋風のをぎの下葉を吹きみだるそらにみちつるひぐらしの声(《元真集》六五)

（秋风吹乱荻下叶，满天尽是寒蝉声。）

八月ばかりの夕ぐれに

（八月黄昏）

ひぐらしのなく夕暮ぞうかりけるいつもつきせぬ思ひなれども(《长能集》三九)

（寒蝉鸣黄昏，悲来思不尽。）

山里は寂しかりけり木がらしのふく夕暮の日ぐらしの声(《堀河百首》秋廿首　八二三)

（山村寂寥夕，狂风吹蝉声。）

如上面的例子所示，"ひぐらし"在《堀河百首》之前的和歌中的确是典型的秋天物候。不仅如此，在《堀河百首》之前，和歌文学中甚至存在一种观念，认为"ひぐらし"是意味着秋季到来的物候，这样的观念可以追溯到《万叶集》卷十五中的一首和歌：

伊麻欲理波　安伎豆吉奴良之　安思比奇能　夜麻末都可気尔　日具良之奈伎奴

〈今よりは秋づきぬらしあしひきの山松陰にひぐらし鳴きぬ〉(《万葉集》卷十五　三六五五)

（自今秋似来，蝉鸣山松荫。）

这种认识在11世纪初成书的《拾遗集》中依旧存在：

庭草にむらさめふりてひぐらしのなくこゑきけば秋はきにけり(《拾遺集》雜秋 一一一〇)

（骤雨落庭草，蝉鸣告秋来。）

该歌在《拾遗集》中记载为《万叶集》第二期歌人柿本人麻吕的作品，但实际上，应认为是《万叶集》卷十中收录的作者不明和歌在平安时代产生的变异歌。在《万叶集》中，本歌的原型作：

庭草尓　村雨落而　蟋蟀之　鳴音聞者　秋付尓家里
〈庭草に村雨降りて蟋蟀の鳴く声聞けば秋づきにけり〉
(《万葉集》卷十　二一六〇)

（骤雨落庭草，蟋蟀告秋来。）

不难发现，在《万叶集》中，象征秋天到来的物候"蟋蟀"在《拾遗集》时代演变为"ひぐらし"，如果《拾遗集》成书的 11 世纪初，"ひぐらし"并未被歌人视为典型的秋天物候，这样的变异也就无法发生。这一点更加印证了本书之前论证的观点：《万叶集》中收入夏秋两部的"ひぐらし"在《古今集》以后的和歌文学中变成了典型的秋季物候，而这一特征至少在《堀河百首》之前都没有发生大的改变，"ひぐらし"在"国风文化"时代的和歌文学中是典型的秋季物候，而这一现象的产生很明显与中国文学物候观对和歌文学的渗透密切相关。

由以上事实可知，九条良经在判词中主张"ひぐらし"原本就是秋季的事物，极有可能是基于其对先前和歌文学的了解。作为摄关家九条家的高级贵族，和歌是其必备的教养，何况以良经为核心的九条家歌坛还是后鸟羽院歌坛形成前和歌文学最重要的据点。因此可以推知,良经的和歌素养之高不言而喻,其于判词中的观点符合和歌文学的事实。

九条良经所作判词"寒蝉自本秋天物"一句中包含了他对中国古代文学、日本汉文学以及和歌文学的清晰认知,此句诗虽然以汉语书写,但其中包含了中日两国文学的要素,其诞生是为了满足利用中国诗歌的体裁来评判和歌的需要,这一现象无疑是非常典型的中国文学的日本化现象。

第三节
物候观的日本化现象

本节将阐述歌人丹后与九条良经在"ひぐらし"的观念上发生出入的原因。

一、夏季"ひぐらし"和歌的复活:三代集时代的特例

如前所述,《万叶集》时代皆收夏秋两部的"ひぐらし",在进入"国风文化"时代以后,已经完全成为典型的秋季物候,然而,在10世纪中叶之际,和歌文学中产生了零星特例:

　　みなづきのつごもり、山でらなるに、ひとのせうそくに、このごろはなにごとかとあるに
　　(六月晦、山寺中,有人来信、中书:此时何事。)
　　たづねくる人なき夏の山ざとはながき日ぐらしかたみにぞなく(御所本三十六人家集本《能宣集》　一〇二)

（山村夏来无人寻，长日落时蝉争鸣。）

六月をはり
いりひさしひぐらしのねをきくからにまだきねぶたき夏の夕暮(《好忠集》六月終はり　一八一)

（落日晖里听蝉声，夏日黄昏人犹困。）

ゆく道をあやなくまだきとまる哉ひぐらしのねは定めなきよを(《好忠集》　一八三)

（前途尚迷还停滞，日夜蝉声犹未定。）

上文所引三首和歌，是10世纪中叶《后撰集》时代的歌人大中臣能宣以及曾祢好忠的作品。前者是《后撰集》五位编纂者"梨壶五人"之一，后者则是该时代最标新立异的歌人。

根据词书可知，大中臣能宣的和歌创作于六月底，因此是夏末的和歌。而曾祢好忠的两首和歌出自他四十岁时完成的《三百六十首》（又称《每月集》），此书与源重文的作品一道，开创了后世被命名为"定数歌"的和歌文献新种类。由歌题的"六月をはり"（六月底）可知，这两首和歌亦是六月末的和歌。

由大中臣能宣歌记录该歌创作背景的词书，可知该歌并非吟咏想象场面的题咏，而是记录了歌人本身经历的写实和歌，因此歌中出现的对"ひぐらし"鸣叫的描写应该也是写实的。而在10至11世纪的日本文学中，夏季描写"ひぐらし"鸣叫声的场面，还见于《蜻蛉日记》上卷应和三年处、天禄元年五月至六月处，以及《源氏物语》"若菜下"和"幻"两卷中各一处，共四处。因此可知，虽然在和歌文学中"ひぐらし"在该时代已经成为典型的秋季物候，但在叙事文学中则不尽然。在日本列岛上,蜩这种生物可能原本就会在夏末鸣叫,因此很多写实文学或叙事文学就理所当然地将其记录为夏末的事物。这一现象并不能够动摇"ひぐらし"在该时代文学中为秋季物候的论据,而是应该视为日本文人针对中日两国自然环境不同导致蜩鸣叫时节不同这一客观现象在文学描写中的一种变通。

曾祢好忠所作和歌的情况则有着本质性的区别。好忠的和歌属于定数歌《每月集》中的一部分,其中和歌按照每个月的顺序排列,因此和歌的所在位置必然包含歌人的物候意识。将咏"ひぐらし"的和歌安排于六月底的部分,则不能理解为单纯地记录自然现象,而是应该考虑好忠将"ひぐらし"当作夏末的意象使用。曾祢好忠是平安时代中期最标新立异的歌人,一定程度上体现在对《万叶集》的尊重上[1],而在他所生活的时代,和歌的经典范式应是《古今集》,因此他的文学态度与同时代的其他歌人形成了鲜明的对比。曾祢好忠将咏"ひぐらし"的和歌收于夏末处,很可能就是受到了《万叶集》传统的影响。

值得注意的是,虽然在《后撰集》成书的 10 世纪中叶,将"ひぐらし"作为夏季事物吟咏的和歌业已复活,但终究未成气候,在该时代它作为秋季物候的基本属性并没有因上述例外而发生改变。

二、《金叶集》以后的咏蜩歌

在"国风文化"时代率先复兴暮夏咏"ひぐらし"和歌的,是大中臣能宣以及曾祢好忠,但将之一般化,并扩大影响使之成为主流

---

1 滝沢貞夫. 曾祢好忠試論[J]. 言語と文芸,1968,10(4):10—20.
  神作光一. 曾祢好忠の研究[M]. 東京:笠間書院,1974:118—120.
  筑紫平安文学会. 好忠百首全釈[M]. 東京:風間書房,2018:280—305.

的,则是《金叶集》时代的重要歌人源俊赖。他的名歌如下:

水風晩涼といへる事をよめる　源俊頼朝臣
(咏水风晚凉之事。)
風ふけば蓮の浮き葉にたまこえて涼しくなりぬひぐらしの声(《金葉集》初度本　夏部　二一一/二度本　夏部　一四五/《散木奇歌集》夏部　三一二)
(风吹浮莲叶上珠,寒蝉声里天渐凉。)

此歌入选《金叶集》的第一次本以及第二次本,正如前文引述的柳泽良一观点,"ひぐらし"在敕撰和歌集中收录于秋部的传统自此发生了改变。不仅如此,此歌还收录于《和歌一字抄》(藤原清辅编)以及《古来风体抄》(藤原俊成编)等后世重要的歌学论著,因此可知歌学门第六条家的代表人物藤原清辅以及御子左家的代表人物藤原俊成都对此歌评价很高。其大意为:暮夏的黄昏,风拂水面,荷叶上的水珠零落滴下,听闻蜩的鸣叫,凉爽好似秋天。在本首和歌中,源俊赖将之前主要作为秋天意象的"ひぐらし"引入夏季的和歌,以其季节性来暗示似秋般的凉爽。

以此为契机,《金叶集》以后,晚夏时节吟咏"ひぐらし"的和歌数量陡增:

なつのうたのなかに納涼を
(夏歌中咏纳凉。)
ひぐらしの声する山の松陰にいはまをくぐる水ぞ涼しき(《林下集》(実定)　八五/《月詣和歌集》六月　五二三)
(山松荫蝉声,石间蕴水凉。)

夏

ならがしはすゑ葉に夏や成りぬらん木かげ涼しきひぐらしの声(《正治初度百首》 惟明亲王咏百首和歌 一三八)

(夏戌櫔末叶,蝉声凉木荫。)

夏

松陰の岩まをわくる水の音に涼しくかよふ日ぐらしの声(《式子内親王集》 三三)

(松荫石间涌泉声,寒蝉鸣里日过凉。)

夏七首

しばゐする山松陰の夕涼み秋おもほゆる日ぐらしの声(《御室五十首》公継 一六八)

(山松乘夕凉,思秋因蝉声。)

以上四首和歌中,"ひぐらし"均为在晚夏时节象征如秋季般凉爽的意象,此用法与源俊赖的和歌如出一辙。这四首和歌的作者均晚于源俊赖,因此它们的集中出现可能并不是偶然,而应该认为是受到了源俊赖和歌的影响。

三、《新古今集》前的咏蜩和歌趋势

此后,在《千载集》中,咏"ひぐらし"的和歌出现在夏秋两部之中,然而,收录于秋部的两首均非《千载集》时代歌人的作品,而是时代更早的歌人和泉式部以及藤原仲实的作品,秋部中所收《千载集》时代歌人的作品则仅有僧人慈圆(慈镇大和尚)所作的一首:

題しらず　法印慈円

　　　　山かげやいはもるし水おとさえて夏のほかなるひぐら
しの声(《千載和歌集》夏歌　二〇九)
　　(山阴石涌水声凉,寒蝉鸣在夏天外。)

此歌中,歌人吟咏"ひぐらし"的鸣叫声使人产生一种"夏のほかなる"(与夏无关)的感觉,而之所以"ひぐらし"会让歌人产生与夏无关之感,是因为其本身在传统中是属于秋天的物候。这样的创意同样见于同时代的女性皇族歌人式子内亲王的和歌:

　　　　夕さればならの下風袖過ぎて夏のほかなる日ぐらしの
　　　　声(《式子内亲王集》　一三五)
　　(夕阳栎下风过袖,寒蝉鸣在夏天外。)

在这样的趋势下,在 10 至 11 世纪的三代集时代基本属于秋天物候的"ひぐらし",进入 12 世纪后半叶后,逐渐变为具有夏末纳凉意味的意象,这一特征集中体现在以下的几首和歌作品中:

　　　右　松下晩涼　公経
　　　友さそふ片山陰の夕涼み松吹く風にひぐらしの声(《新
宮撰歌合》　二四)
　　(孤山唤友夕乘凉,风吹松林寒蝉声。)
　　　左　保季朝臣
　　　ひさぎおふる沖のこじまの浪の上に浦風さそふひぐら
しの声(《千五百番歌合》夏三　九二二)
　　(梓生小岛海边岸,蝉鸣浪上邀浦风。)
　　　夕立の雲もとまらぬ夏の日のかたぶく山に日ぐらしの

こゑ(《式子内亲王集》 三一四)

(骤雨日倾云不停,夏天山中闻蝉声。)

　　西园寺公经所作的和歌,无论其题目中的"松下晚凉"还是和歌中的"夕すずみ"等表达,都明确体现出其为暮夏的纳凉歌,而藤原保季的和歌则吟咏了海边的景色,从"浪の上に浦風さそふ"(浪上邀浦风)这一表达中便可以读出其中的凉爽氛围。式子内亲王的和歌则以"夕立"(傍晚骤雨)为题材,主要吟咏了夏末傍晚骤雨后的情景,"雲もとまらぬ"(云不停)一句暗示了风的存在,从中可以感受到夏末傍晚雨后沁人心脾的凉爽之感。综上所述,"ひぐらし"在12世纪后半叶的《千载集》时代已经明显呈现出与先前不同的特质,演变为歌人吟咏夏末纳凉时常用的意象。

　　为了直观地反映该时代咏"ひぐらし"和歌的变化趋势,笔者统计了包括歌合以及定数歌在内的所有该时代拥有四季部类的和歌文献,并计算了各个文献中咏"ひぐらし"和歌的比例,制成表2,其中有一部分咏"ひぐらし"的和歌并不在四季部类中,笔者将这些和歌分入"其他"一类。

表2　12世纪"ひぐらし"和歌概况表

文献名	ひぐらし歌数	夏歌数	夏歌比例	秋歌数	秋歌比例	其他
《六百番歌合》	1	0	0%	1	100%	0
《御室五十首》	2	1	50%	1	50%	0
《正治初度百首》	7	3	43%	4	57%	0
《正治后度百首》	3	0	0%	0	0%	3
《三百六十番歌合》	2	1	50%	1	50%	0
《千五百番歌合》	10	9	90%	1	10%	0
《保名所百首建》	2	2	100%	0	0%	0

如上表所示，从《千载集》到《新古今集》前后，秋天吟咏"ひぐらし"的歌数显著减少，而夏天吟咏"ひぐらし"的歌数显著增加，由此可见，该时代的歌坛中，将"ひぐらし"当作夏末的意象是潮流所趋。正因如此，年轻的女性歌人丹后才在《千五百番歌合》中将"ひぐらし"的鸣叫声作为夏末惜夏的意象，想必其根源之一正是可以追溯到该时代有关"ひぐらし"物候观的变化。

四、和歌中"蜩"与"蝉"意象的趋同现象

歌人丹后将"ひぐらし"作为夏末意象的原因，除了上文所述该时代"ひぐらし"物候观的变迁以外，还和该时代和歌中"ひぐらし（蜩）"与"せみ（蝉）"意象的趋同现象密切相关。

在和歌中，"せみ（蝉）"的意象与"ひぐらし"不尽相同，主要在吟咏夏天时使用。然而，在12世纪末至13世纪初的《新古今集》时代，二者的意象发生了趋同的现象。前文所述即"ひぐらし"所具有的秋季季节感逐渐开始向"蝉"的意象渗透。

为直观阐述这一现象，笔者找到了建仁三年（1203）六月举行的《影供歌合》，其中的歌题均为夏季题材，其中有一题为"雨后闻蝉"。一部分歌人抓住题中"雨后"一语，将和歌的主旨理解为雨后的凉爽之感。正如前文所述，该时代的和歌中用于表达夏末纳凉气氛的意象原本是"ひぐらし"，然而，参与此次歌合的歌人们不仅运用了"ひぐらし"，也时而使用了"蝉"这一意象。此处列举其中最为典型的例子：

　　六番　右　女房越前
　　夕だちの雲のかへしの風すぎて涼しき露に蟬ぞなく

なる

（风过骤雨还云归,凉露蝉始鸣。）

该歌为女性歌人越前的作品,她在歌中描写夏末骤雨停后傍晚的凉爽之感,她并未使用"ひぐらし",而是运用"蝉鸣"象征凉爽。正如本章前文所引柳泽良一的论述中所指出的,"蝉"的意象从《古今集》时代开始也可以表达夏季的凉爽,其缘由在于以蝉翼之薄类比夏衣之薄。而在《新古今集》时代以前,和歌中的蝉鸣则并非用于表达凉爽之意,有时甚至是表现燥热之感的意象,例如：

なくせみのなかぬ木陰はなけれども深山隠れは涼しかりけり(《相模集》 三四八)

（无树荫下蝉不鸣,隐去深山感意凉。）

涼しさを尋ねきつれどせみの声きかぬ木陰のありがたきかな(《相模集》 二五〇)

（为寻凉处来树下,无荫不闻蝉鸣声。）

上举《相模集》第 348 号和歌的大意为：虽然没有一片树荫,听不见蝉鸣,但山中依旧凉爽。由是可知,对于歌人来说,蝉鸣与凉爽之间存在一种转折关系。第 250 号歌的大意则为：虽为纳凉而来,却寻不见没有蝉鸣的树荫。可见,此歌中蝉鸣与纳凉之间亦是转折关系。除此之外,还有和歌作品直接将蝉鸣描写为增加暑热之物,六条家歌人藤原显季之母藤原亲子所举办的歌合《从二位亲子歌合》(1091)中就有如下例子：

木の下の涼しき蔭を尋ぬるにあつさをそふるせみの声

かな(《従二位親子歌合》八番　蟬　右)

（寻凉来树荫，蝉鸣反添暑。）

其大意为：虽来树下寻凉荫，却闻蝉鸣徒增暑。因此，至少一直到11世纪末，蝉鸣在和歌文学中都是增加酷暑之感的意象。

然而，到了12世纪末，即《新古今集》时代开始之时，也就是"ひぐらし"开始成为夏末纳凉的意象的时代，蝉鸣突然转变为象征凉爽之感的意象了。其最早的实例见于《正治初度百首》(1200)之中：

鳴くせみのこゑも涼しき夕ぐれに秋をかけたる杜の下つゆ(《正治初度百首》　一九三七)

（鸣蝉声亦凉，秋夕林下露。）

自《古今集》时代以来象征酷暑之感的蝉鸣转变为象征凉爽的时期，恰好与前文所述"ひぐらし"的季节由秋变夏的时期相重合，这一事实暗示了两者的变化之间应该存在某种因果关系，我们不妨推测，是否因为"ひぐらし"与"蝉"两个概念发生了混淆，进而导致了二者意象内涵上的趋同？事实上，二者概念上产生混淆的证据就包含在《新古今集》时代由顺德天皇撰写的歌论书《八云御抄》之中：

蝉
（中略）
なつせみ。
ひぐらし、同物也。秋ちかくなくはひぐらし也。(《八

云御抄》)[1]

（夏蝉。

蜩,同物也,秋近鸣者蜩也。）

顺德天皇在《八云御抄》中写道,"ひぐらし"是夏蝉的"同物",但秋近之时鸣叫的称为"ひぐらし"。由此可知,在《新古今集》时代,包括顺德天皇在内的一部分歌人的确将"ひぐらし"与"蝉"视为同一种事物,而丹后所作和歌将"ひぐらし"的叫声视为夏天的物候,也正是在这样的文化认知背景下产生的文学现象。

三代集时代典型的秋季物候"ひぐらし"在《新古今集》时代变为夏末纳凉时象征秋天般凉爽的意象,反而在《新古今集》时代的秋季和歌中消失了踪迹。而这样的变化又渗透进"蝉"的意象,"ひぐらし"与"蝉"两个概念混淆,在此背景下,当时的歌人丹后应该是将"ひぐらし"与夏蝉等同起来,才吟咏出上文所述的和歌。秋蝉的意象明显源于中国文学,而其在日本文学中却演变为夏末纳凉的意象,这一现象本身就应该视为中国文学要素的日本化。

第四节
和歌判诗中所见中日物候观的融合

一、九条良经咏蜩歌中所见中日文学意象的统一性

既然在三代集时代曾经作为秋季意象的"ひぐらし"在九条良

---

[1] 久曾神昇編.日本歌学大系(別巻三)[M].東京:風間書房,1964:329.

经所生活的《新古今集》时代已经变为夏末纳凉的意象,那么他所主张的"寒蝉自本秋天物"这一观点,就显得有一些落后保守,与时代的潮流格格不入。那么,九条良经自身在吟咏"ひぐらし"时是否也严格遵守了"寒蝉自本秋天物"这一原则呢？本节将以九条良经咏"ひぐらし"的作品为研究对象,对上述命题进行验证。

为了厘清九条良经咏"ひぐらし"和歌的特征,笔者调查了《千载集》与《新古今集》时代歌人所作的咏"ひぐらし"和歌。表3展示了各个歌人所咏"ひぐらし"和歌在夏秋两个部类中的数量与比例,按照总歌数的降序排列,分别统计了各位歌人咏"ひぐらし"的和歌在夏秋两部的绝对数量,与在该歌人所有咏"ひぐらし"的和歌中所占的比例,只有一首存世的歌人此表中予以省略。

表3 《新古今集》时代歌人咏"ひぐらし"和歌表

歌人	ひぐらし歌数	夏歌数	夏歌比例	秋歌数	秋歌比例	其他
九条良经	9	2	22%	7	78%	0
慈圆	9	6	67%	3	33%	0
式子内亲王	4	3	75%	1	25%	0
藤原经家	4	2	50%	2	50%	0
藤原定家	4	1	25%	2	50%	1
藤原有家	3	2	67%	1	33%	0
寂莲	2	0	0%	2	100%	0
藤原实定	2	1	50%	0	0%	1
西行	2	0	0%	1	50%	1
藤原季保	2	0	0%	0	0%	2
丹后	2	2	100%	0	0%	0

九条良经所作咏"ひぐらし"的和歌多达9首,与慈圆同为咏

"ひぐらし"次数最多的歌人，而其中属于秋天部类的比例也达到了 78%，仅次于寂莲法师的 100%。这样的统计结果也从数据上验证了九条良经的确将"ひぐらし"视作秋天的意象。与之形成鲜明对比的是，歌人丹后所作的两首咏"ひぐらし"的和歌均属于夏季部类，由此可见，她确凿无误地将"ひぐらし"理解为夏季的意象。

接下来，笔者将具体分析九条良经所作咏"ひぐらし"和歌，以求进一步掌握良经关于"ひぐらし"的物候观。

  みな人は蟬の羽衣ぬぎすてて今は秋なる日ぐらしの声
  (《秋篠月清集》十题百首　二七五)
   (人皆脱去蝉羽衣，今始闻秋寒蜩声。)

此歌大意为：人们纷纷脱下蝉翼般轻薄的夏衣，象征秋季到来的寒蝉已开始鸣叫。此歌是建久二年(1191)闰十二月四日公开的和歌，比《千五百番歌合》的判词早了大概 11 年时间，但此歌的主旨与 11 年后良经的判词"寒蝉自本秋天物"所主张的内容如出一辙，由此可见，至少在《千五百番歌合》判词出现 11 年前，良经就已经坚定地认为"ひぐらし"是秋季的文学意象了。因此，我们也可以推论，良经于判词中的文学主张并非一时兴起，而是反映了其长久以来的文学观。

当然，或许是受到时代的影响，良经也创作过两首将"ひぐらし"用于夏末的和歌，然而，这时的"ひぐらし"也是使人想起秋季氛围的意象：

  夏十首

ははそはら時雨ぬほどの秋なれや夕露涼し日ぐらしのこゑ(《秋篠月清集》南海漁父百首　五二三)

（柞原时雨未至秋，夕露寒蝉声里凉。）

　　夏十五首

　　ひぐらしのなくねに風をふきそへて夕日涼しきをかのべの松(《秋篠月清集》院第二度百首/《千五百番歌合》　八三二)

（风添寒蝉声，风松夕日凉。）

　　良经所作的将"ひぐらし"用于夏季的和歌仅有以上两首。其中第 523 号歌作于建久五年(1194)，吟咏了夏天黄昏中听见"ひぐらし"的鸣叫，疑是秋来。而与良经判词一道收录于《千五百番歌合》中的第 832 号歌之主旨亦与前歌类似，将"ひぐらし"的鸣叫声描写为象征秋天般凉爽的事物。

　　综上所述，良经咏"ひぐらし"和歌的趣味与同时代的潮流之间有某种割裂，他主要将"ひぐらし"用于秋季和歌，两例提及"ひぐらし"的夏歌也是将之作为秋天的意象来吟咏的。事实上，良经不仅在判词中写道"寒蝉自本秋天物"，在和歌创作活动中也遵循了这一原则。

　　正如前文所提及的，以夏末的"ひぐらし"为意象衬托出秋凉的手法多见于《新古今集》时代的和歌中，而这一技法并未脱离良经"寒蝉自本秋天物"的认识范畴，也就被良经本人所接受并运用到自身的和歌之中。然而，歌人丹后将"ひぐらし"的鸣叫当作仅仅存在于夏季的物候，完全背离了"ひぐらし"原本属于秋天的传统，因此遭到了良经的猛烈批判。而良经关于"ひぐらし"的物候观从《千五百番歌合》的其他判词中亦可窥见一斑。该歌合中，由良经作判词的和歌中共有 10 首咏"ひぐらし"的和歌，而其中被判

第六章　中国古代文学思想的日本化

定为胜的只有两首,而其中一首是唯一收于秋部的咏"ひぐらし"和歌,另一首则是属于夏歌的第475番的右歌:

四百七十五番
左　隆信朝臣
かきくらすとばかり見ゆる夕立にいづれのさとかあさぢふの露
(骤雨暗天日,不可村野草露。)
右勝　通具朝臣
わすれては秋かとぞ思ふ風わたるみねよりにしの日ぐらしの声
(风过忘夏只思秋,峰边日西寒蝉声。)
雷雨不知何处过　待秋只玩岭蝉嘈

良经在判词中以"雷雨不知何处过"一句表达了对左歌的轻视,接着以"待秋只玩岭蝉嘈"一句来说明右歌获胜的理由。右歌作者为源通具,其歌大意为:若忘今为夏,风拂过山岭,闻蝉还觉现已秋。可见,该歌是夏末暗示秋季将要到来的和歌,其中的"ひぐらし"自然是象征秋季的意象了。正因如此,良经才判之为胜,并且专门以一句诗来夸赞源通具的和歌。

那么,值得我们深思的另一个问题是,良经为何如此执着于"ひぐらし"的物候观呢?从表面上看,似乎良经在维护和歌文学三代集时代的传统,然而,良经为和歌三大歌风之一的新古今风之诞生作出了巨大贡献,他在和歌文学上的创新性已是学界常识,似乎并不是墨守成规的古板文人,良经如此执着于"ひぐらし"物候观的现象,或许另有其他原因。

良经是《新古今集》时代最重要的"和汉兼作"文人,既能创作汉诗,又可以吟咏和歌,于和歌文献《千五百番歌合》中以汉诗绝句的形式撰写判词一举,就将他身上的中日双重文学属性体现得淋漓尽致。然而,这样的行为在当时一反歌坛以和文作判词的先例,是十分大胆的行为。为了避免被攻评,良经特意搜集和歌文学史中同时收录汉诗与和歌并使二者发生关系的文献《新撰万叶集》以及《千里集》,还特意为自己的汉诗判词撰写了一篇序文,阐述自己将和汉两种文学体裁并列时说道:"盖和汉之词,同类相求之故也。"也就是说,良经将汉诗与和歌视为同类,同类相求,故收于一集之中。既然汉诗与和歌互为同类,那么其中文学意象的物候观也理应保持一致,想必这才是良经如此执着于"ひぐらし"物候观的根本原因。

良经将汉语"寒蝉"的物候观等同于和语"ひぐらし"的物候观,并以之作为评判和歌优劣的标准,这是将源于中国的文学思想植入日本本土文学和歌的文学批评事业中的一种大胆尝试,其对于"ひぐらし"季节的执拗并非源于想要维护三代集时代和歌传统,而是源于其主张的诗歌同类思想。这是将中国文学中的物候观融入日本和歌文学批评的大胆尝试,是十分典型的中国文学的日本化现象。而这种日本化的最终成果,便是保持了中国文学意象与和歌文学意象在物候观上的一致性。

二、汉语"雁"与和语"かり"的季节统一中所见物候观的一致性

良经文学思想中反映中国文学意象与和歌文学意象物候观一致性的例子,除了前文分析的咏"ひぐらし"和歌之外,还存在于他

对汉语"雁"以及和歌语"かり"物候观的统一上。例如：

四百八十六番

左　季能卿

風わたるならのはかぜのあらましにながむる空の初雁のこゑ

（风拂橡叶梢，眺空初雁声。）

右勝　丹後

まちもせずをしみもあへぬ夏の夜は山のはうとき月をこそみれ

（无寒夏夜无须待，山端正观生疏月。）

夏天新雁乖时令　纵观未来声岂闻（《千五百番歌合》夏三）

第486番歌合的左歌中，藤原季能在咏夏末的和歌中使用了传统的秋天意象"初雁"[1]，很明显是为了暗示夏末已到，秋季即将到来。然而，这种大胆的创新却被九条良经批评为"夏天新雁乖时令"，换言之，对于良经来说，将"初雁"或者"新雁"用于夏末的和歌是违背时令的行为。

正如日本学者村尾诚一在《歌语歌枕大辞典》中所指出的，在和歌中，"初雁は、秋の到来を告げるのではなく、秋の深まりを告げる景物である"（初雁并非象征秋来的事物，而是标志着秋深的景物）。因此，将象征秋深的意象"初雁"用于夏末六月，的确存在着"乖时令"的嫌疑。

1　久保田淳，馬場あき子編.歌ことば歌枕大辞典[M].東京：角川書店，1999.蜩条.初雁条.村尾誠一负责部分.

此外,中国文学以及日本汉文学中亦可窥见类似倾向,汉语"新雁"以及"初雁"除了用于表示深秋,还可以作为春天大雁北归时的意象,而在夏天吟咏"新雁"或者"初雁"的例子并不存在:

暮天新雁起汀洲,红蓼花疏水国秋。(《杜荀鹤文集》卷三《题新雁》)[1]

芝田初雁去,绮树未莺来。(《初学记》卷三 岁时部上所引唐太宗《首春》诗)

晚燕吟风还、新雁拂露惊。(《怀风藻》正五位下肥后守道公首名《五言秋宴》四九)

观落叶、断人肠、淮南木叶新雁翔。(《文华秀丽集》卷下《神泉苑九日落叶篇》一三六)

从上面列举诗中可以说明,在汉诗中,"新雁"以及"初雁"是春秋两季的意象,并不能用于夏季的文学。良经判词的立场应该就是基于这种约定俗成的规矩。从这一段判词,我们亦可窥见良经所坚持的中日两国不同文学体裁在物候观上的一致性。

然而,在《千五百番歌合》中,有一首出自良经的和歌,其中初冬时节吟咏大雁的现象值得关注:

霜うづむかりたのこのはふみしだきむれゐる雁も秋をこふらし(《千五百番歌合》冬一 八七二番 左/《秋篠月清集》院第二度百首 冬十五首)

(霜埋已刈田,踏叶雁恋秋。)

---

1 杜荀鹤. 杜荀鹤文集[M]. 上海:上海古籍出版社,1980.

和歌学者谷知子曾经指出,该和歌以《后拾遗集》中的名歌"夏刈りの玉江の蘆を踏みしだき群れゐる鳥の立つ空ぞなき"(《後拾遺集》卷三　夏　二一九/《古今和歌六帖》第六　つる　四三三四)为典,形成"本歌取"(即用前代和歌中的原句为典)技法。[1] 而从《古今和歌六帖》的部类可知,《后拾遗集》歌中出现的"鸟"指的是鹤。而良经所作和歌的季节由典故歌的夏季变为冬季,这是《新古今集》时代"本歌取"技法的基本要求,而典故歌中鸟类栖息的芦苇在良经所作和歌中则替换为"霜うづむかりたのこのは"(霜埋已刈田中叶),典故歌中的鸟则替换为大雁。"霜"与"刈田"(收割过的田野)都是和歌传统的冬季意象,不足为奇,但是,在冬季和歌中吟咏大雁并非常见现象,至少在平安时代的敕撰和歌集中仅有"たまづさに涙のかかる心ちしてしぐるる空に雁のなくなる"(《千載集》卷六　冬歌　四一五)一首,因此引人注目。

　　这两首冬季咏雁歌的作者分别为藤原俊成与九条良经。在政治上,摄关家九条家出身的良经是俊成的庇护者,而在和歌学问方面,俊成则是良经的老师。虽然不能否认师父的作品或许对徒弟的作品产生了影响,但纵观两首和歌,我们不难发现,二者唯一的相似处在于冬季咏雁,在词句上无法找到任何的相似之处。正因如此,我们并不能肯定俊成所作和歌就是良经所作和歌的根据所在,良经和歌中所见冬季咏雁的根据应该另存于他处。该歌的意境有类似于《万叶集》中"秋の田のわがかりばかのすぎぬれば雁金聞こゆ冬かたまけて"(卷十　秋雜歌　二一三三)一歌之处,但《万叶集》中该和歌的季节却并非初冬,因为歌中"冬かたまけて"

---

[1] 谷知子,平野多恵.秋篠月清集/明恵上人歌集(和歌文学大系六十)[M].東京:明治書院,2013.

一语并不指冬季,而是指"接近冬季的晚秋"。这与良经所咏和歌中所见大雁的物候亦存在些许出入,因此这首万叶歌似乎也不是良经初冬吟咏大雁的根据所在。在《千五百番歌合》中,藤原定家在本歌的判词中,对初冬咏雁的现象也避而不谈:

かりたのこのはふみしだきとおき秋をこふらしなど侍る、心詞たくみにおよびがたくきこえて、きらきらしくをかしきかたも侍るにや(後略)
（遍踏刈田中叶,恋远秋,于词于情皆巧难及,此词端正华美,意趣盎然。）

藤原定家的判词主要称赞了良经所作和歌的第 2、3 以及 5 句,对冬季咏雁的第 4 句则避而不谈。或许正是因为冬季咏雁不符合和歌的传统范式,才未受到定家肯定。

良经冬季咏雁,笔者认为亦是为了保持和语与汉语物候观统一的结果。因为在良经能接触到的中国文学以及日本汉文学中,冬季咏雁是一件稀松平常的事情:

南窗背灯坐,风霰暗纷纷。寂寞深村夜,残雁雪中闻。(《白氏文集》卷六 《村雪夜坐》)
九江十年冬大雪,江水生冰树枝析。百鸟无食东西飞,中有旅雁声最饥。雪中啄草冰上宿,翅冷腾空飞动迟。(《白氏文集》卷十二 《放旅雁》)

旅雁一行江雾透,寒猿三叫峡云深。(《本朝无题诗》卷七·河辺 《初冬游泛西河》 藤原明衡)

第六章 中国古代文学思想的日本化　　191

萧条秋后心尤苦,旅雁惊梦猿断肠。(《本朝无题诗》卷十·山寺下 《冬日云林院即事》 中原广俊)[1]

如上面四例所示,在中国文学以及日本汉文学中,大雁除了用于春秋,往往也被当作冬季的意象来使用,这一点与和歌中将和语"かり(雁)"仅仅作为春秋两季的意象来吟咏的事实有所不同。据此推测,良经在和歌中不尊重历来的和歌范式,而是在初冬吟咏大雁,其根据的应该是大雁在中国文学中的物候。从他初冬咏雁的和歌中,亦可以窥见他对汉语与和语的物候观统一的追求。值得注意的是,夏季的"初雁"与冬季的"かり(雁)"都是明显违背和歌传统季节范式的,然而,良经对前者进行了猛烈批判,自身的和歌作品中却又出现了后者。从中可知,九条良经执着于文学意象物候观的根本原因并不在于遵守和歌的范式传统,而在于维护汉语与和语意象在物候观上的统一,进而保证自身"诗歌同类"思想的成立。在中国文学的熏陶下,良经形成了汉诗与和歌并重的"诗歌同类"思想,这一现象本身是中国文学日本化在日本文学批评中产生的影响,而和歌中许多意象的物候观也直接或间接地受到中国文学物候观的影响,发生了种种流变。在《新古今集》时代中,中国文学中的物候观甚至被拿来当作评价和歌文学的标准,这一文学现象不能不说耐人寻味。

1　本間洋一.本朝無題詩全注釈[M].東京:新典社,1992—1994.

本章结语

　　九条良经幼年受的是传统的摄关家教养教育，他先学习汉诗，其后才开始学习和歌[1]，所以既能创作汉诗，又会吟咏和歌。良经的和歌中受到的中国文学影响已为学界屡次指出[2]。值得注意的是，《新古今集》时代最重要的歌人藤原定家对中国文学的吸收有文治、建久年间的高潮期，和其后正治、建仁年间的低潮期[3]，良经对中国文学的吸收则看不到这样前后不一致的现象，直到《千五百番歌合》成书的建仁年间，良经依旧十分显著地吸收着中国文学[4]。不仅如此，在正治、建仁年间，良经对"诗歌合"这种文学活

1　久保田淳.新古今歌人の研究[M].東京:東京大学出版会，1973:494—505.
2　大野順子.藤原良経の『花月百首』について―初学期における本歌取りの状況を中心として[J].古代文化，2005，57(7):369—378.
　　小山順子.藤原良経の漢詩文摂取―初学期から『二夜百首』へ[J].国語国文，2005，74(9):24—44。
　　藤原良経六百番歌合.恋歌における漢詩文摂取[J].和歌文学研究，2004(89):25—36.
　　藤原良経『西洞隠士百首』考―四季歌の漢詩文摂取を中心に[J].人文知の新たな総合に向けて，2004.(第二回報告書Ⅳ[文学篇1論文]).
　　藤原良経『正治初度百首』考:漢詩文摂取の方法をめぐって[J].山邊道:国文学研究誌，2009(51):1—23.
3　長谷完治.漢詩文と定家の和歌[J].語文(大阪大学)，1966(26):27—37.
　　富樫よう子.藤原定家における漢詩文摂取―文治建久期を中心に[J].国文目白1983(22).
4　小山順子.藤原良経『正治初度百首』考:漢詩文摂取の方法をめぐって[J].山邊道:国文学研究誌，2009(51):1—23.
　　谷知子，平野多恵.秋篠月清集/明恵上人歌集(和歌文学大系六十)[M].東京:明治書院，2013.八〇一・八〇七・八四七・八五三・八九二号歌注釈(谷知子负责部分).

第六章　中国古代文学思想的日本化　　　　193

动倾注的热情显著增加了[1]。"诗歌合"脱胎于日本传统文艺活动"歌合",但左右两方比较的不是两首和歌,而是将一首和歌与一联日本汉诗并列,并从内容技巧上评定优劣。从良经对"诗歌合"的执着以及他在《千五百番歌合》中留下汉诗判词的事实中,我们不难窥见他将汉诗与和歌两种中日不同文学体裁相互结合、并列的意图,而这一意图正好暗合日本学者寺田纯子所指出的"一般的には宮中御会のものとみなされていた漢詩を和歌と同列の場に持ち込み、詩と歌と常にコンビのものとして扱うことによって、後鳥羽院仙洞御所の歌合行事に対抗し得る摂関家の文化事業としての詩歌合わせの存在を強く打ち出していこうとしたのである"(将一般宫中宴会上才吟咏的汉诗与和歌并列,将汉诗与和歌当作一种搭配组合,从而以摄关家的文艺活动的形式与后鸟羽院的歌合事业进行对抗)。尽管我们现在不能证明摄关家的良经是否真的有意对抗后鸟羽院的院政,但无论如何,在上述文献中我们可以清晰地窥见良经的"诗歌同类"文学思想。

九条良经的"诗歌同类"思想还体现在自身和歌作品的功能上。正如日本学者小山顺子所指出的[2],在《千五百番歌合》成书五年前,因为建久政变而蛰居在家的良经以中国文学中的"渔父"以及"浮云"等意象为主题,创作了《西洞隐士百首》。用"渔父"意象是为了将自身类比忠臣屈原,而"浮云"在中国文学中常常暗喻奸佞,因此本定数歌的主旨不言而喻,正是抒发自身政治失意,而这样的政治批判性在和歌文学发展史上很难见到,可以说是良经将中国文学中"诗言志"思想运用于和歌文学的典范。因此,九条

---

1 寺田純子. 正治・建仁期の藤原良経[J]. 国文学研究,1972(48):26—35.
2 小山順子. 藤原良経『西洞隠士百首』考—四季歌の漢詩文摂取を中心に[J]. 人文知の新たな総合に向けて,2004.(第二回報告書Ⅳ[文学篇1論文])

良经追求的"诗歌同类"绝不仅仅是意象的物候观上的统一，还有诗歌两种文学形式在文学功能上的统一。将和歌的文学功能扩展到"言志"，很明显是将中国文学中"诗言志"的思想进行日本化，附会到日本传统的和歌文学之上的结果。

此外，正如前文所提及的，九条良经将中国文学意象的物候观运用到和歌的文学批评事业上，这一行为亦是将中国文学物候观进行日本化并加以运用，他所追求的二者统一，很明显是中国文学物候观日本化后体现在《新古今集》时代歌人身上的新特征。九条良经作为"和汉兼作"文人，自建久元年（1190）的《二夜百首》开始便积极投身和歌对中国文学的吸收活动，此后的政治蛰伏期又将中国文学"诗言志"的思想传统融入日本和歌文学，而后的正治、建仁年间，则开始在《千五百番歌合》这种直接由上皇举办的朝廷文学活动上，利用汉诗判词及其序言，公开宣扬"诗歌同类"的文学思想。可以看出，良经对中日两国文学关系的探索是环环相扣，互相递进的。"和汉兼作"文人自《万叶集》时代就已经存在，例如本书前文所举的山上忆良便是一例，而第一次将汉诗与和歌并列而且大胆宣称"诗歌同类"的，则是山上忆良殁后四百余年才出生的九条良经，其于文学史上的意义举足轻重。

最后，我们将视角回归到中国古代文学的日本化这一主题上。从本章内容中不难发现，院政期向镰仓时代过渡的《新古今集》时代是和歌文学批评——"歌论"的大发展时期，在这个涌现出诸多和歌文学批评思想的时代，九条良经作为藤原氏北家九条流九条家的高级贵族，不仅在政治上拥有极大的权力，还试图将自身主张的"诗歌同类"文学思想扩散至日本国家的意识形态统治领域中。而在摄关家之所以会产生"诗歌同类"的文学思想，直接原因是摄关家长期以来推行中国古代文学与和歌结合的文学素养教育，根本原因则是源于日本和歌文学自《万叶集》时代以来对中国古代文学的接受。另一方面,"诗歌同类"思想又与中国文学中的物候观等思想相结合,从而孕育出九条良经以及其后九条家文人的中日文学观,这样的文学观集中体现于镰仓时代成书的《和汉兼作集》,从而对后世产生了巨大的影响。从中可以发现,中国古代文学通过"诗歌同类"的思想,在日本文学中又焕发出新的生命力,对"国风文化"时代以后的和歌文学继续产生革命性的影响。

第七章　歌合活动与中国文学日本化

本书在前文已经针对"国风文化"时代和歌文学中出现的多种中国文学日本化现象进行了阐述，本章将以歌合为关键词，继续探讨这一时期歌合文献中表现出的中国文学日本化现象。

延喜十三年(913)九月九日，退位29年的阳成院（阳成上皇）举办了一次以"惜秋"为主题的歌合，本书为行文方便，以下将称之为《阳成院歌合》。

关于本歌合的传本，目前已知的主要有三种，分别是水户彰考馆藏本、日本宫内厅书陵部藏本以及江户时代日本国学者所编丛书——《群书类从》中所收刻本（即群书类从本）。根据日本学者萩谷朴的研究，这三种传本均传抄自原应存在于二十卷本《类聚歌合》但现已散佚的某一原始文献，因此现存文献都拥有一个可追溯的祖本。根据萩谷朴的对比考证，群书类从本与宫内厅本原文基本一致，而彰考馆藏本虽然略有异同，但并没有影响文献解读的重要文本差异，这些异同均可以视为在后世传抄时发生的讹误[1]。

该歌合的方人、歌人以及判者等参与人员信息于文本中已不

1　萩谷朴.平安朝歌合大成(1)[M].東京：萩谷朴，1957：190.

得而知,但萩谷朴推测这应该是阳成院周围的近臣所参与的一项文学沙龙式的社交活动[1]。此外他还认为,该歌合由已经退位的阳成院举办,而当时阳成院已远离日本朝廷权力中心多年,因此该歌合与当时掌握实权的宇多院以及醍醐天皇所举办的歌合性质不同,属于阳成院的私人文学活动,而非具有政治意义的公开文学活动,因此在举办时的影响力也就十分有限。不仅如此,后世诸如《袋草纸》以及《八云御抄》的和歌研究文献中也几乎没有出现针对该歌合的论述[2]。进入现代,除了萩谷朴所著《平安朝歌合大成》以及角川书店的《新编国歌大观》中该歌合的解题,并无其他针对此歌合的研究出现。可以说,本歌合属于当前和歌研究中重视度极为不足的文献。

本章将聚焦前人研究中的盲区,以本歌合为研究对象,通过分析其中所见的惜秋文学表达,寻找它与中国古代文学,特别是吟咏惜春之情的唐诗之间的关联性,进而论证本歌合对中国文学的吸收,以及其中所见中国文学要素的日本化现象,最终对本歌合于文学史上的地位进行再评价。

第一节
《阳成院歌合》的背景

根据《阳成院歌合》开头的记录,该歌合举办于延喜十三年九月九日,即重阳节这一天。而根据《日本三代实录》的记载,阳成天

1　萩谷朴.平安朝歌合大成(1)[M].東京:萩谷朴,1957:191.
2　萩谷朴.平安朝歌合大成(1)[M].東京:萩谷朴,1957:192.

皇在位时，宫中正式举办的重阳宴一共有四次，分别是元庆二年、四年、六年以及七年[1]。而在重阳宴上有文人作诗的传统，阳成天皇在位期间的重阳宴上所作之诗今已不存。此外，根据藤原忠平日记《贞信公记》中的记录，延喜十三年宫中原本应当例行举办的重阳宴因为自然灾害导致的农业歉收而不得不终止。而阳成天皇退位后至延喜十三年，由阳成院所举办的私人重阳宴之详情由于没有文献资料，也不得而知。

依照日本重阳宴之惯例，天皇会将菊花或菊花酒赐予群臣，而后文臣将以菊或菊酒为题创作汉诗。但在《阳成院歌合》中，宴会的文学主题却变成了"惜秋意"。在后世所传的歌合文献中，"惜秋"往往是九月末的歌题，而在该歌合中却成为九月上旬重阳节时的歌题，这一现象于日本古典文学史中极为罕见。在彰考馆藏本中，记录日期的"九"字上方有小字补入的"廿"字，萩谷朴认为此处补入是后人为了弥合九月九日与惜秋之题之间时间上的矛盾所做的篡改，而考虑到宫内厅本与群书类从本中并未见补入的"廿"字，因此可以推测原本二十卷本《类聚歌合》中应该并无"廿"字，笔者也认为该文献的原始样态应是"九月九日"，而"廿"字为后人擅作主张的篡改。

中世以后的和歌范式中，"惜秋"之题在时间上一般属于九月末，然而，在更早的平安时代，偶尔也可以发现九月十三日夜或者十五日的和歌题中出现诸如"惜秋"或者"秋の果て"（秋天的终结）之类的表达。例如，与该歌合一样与阳成院相关的《阳成院一亲王姬君达歌合》成书于天历二年（948），而其中就可见"秋の果て"（秋

---

[1] 黒板勝美.日本三代実録（新訂増補国史大系四）新装版[M].東京：吉川弘文館，2000：643，481，437，527，541.

天的终结)的和歌题,该歌合所举办的时间按照原文记录,应是"九月十五日かのえさる"(九月十五日庚申)。尽管如此,该歌合的题目依旧被定为表达惜秋之意的"秋の果て"(秋天的终结)。此外,此后成书的《在良集》(菅原道真七世孙菅原在良([1041—1121]的和歌集)中,亦出现了"九月十三夜对月惜秋"的和歌题。因此,虽然不能完全排除《阳成院歌合》开头处的日期九月九日为讹误的可能性,但至少此处于九月九日重阳节而非九月末咏惜秋歌的记录,并不违背现存其他文献反映的平安人的习俗。现阶段,在没有找到《类聚歌合》中所存的《阳成院歌合》祖本的状况下,应该认为,该歌合就是在九月九日重阳节这一天举办的,这与《平安朝歌学大成》以及《新编国歌大观》的观点相一致[1]。既然如此,那么该歌合的主旨就与此前提及的重阳宴上吟咏菊与菊酒的主题有了相当大的出入,此外,以创作和歌代替创作汉诗,一方面表明该歌合并非正式的朝廷活动,而是属于阳成院本人的私人聚会,另一方面则体现出自宇多天皇时代以来的和歌文学复兴大趋势。

值得注意的是,在该歌合中代替重阳节传统文学题材菊花而登场的"惜秋意"这样一个题目看似中国文学色彩十分浓厚,很容易使人误以为该题目产生自歌人对中国文学的接受。然而,事实上惜秋是日本古典文学中自古便存在的本土文学传统,并非源于中国文学的影响,这一事实已由日本学者太田郁子以及大谷雅夫所证明[2]。关于日本惜秋文学的起源,大谷雅夫认为《万叶集》歌

---

1 藤岡忠美.『陽成院歌合』解題.新編国歌大観第五卷[M].東京:角川書店,1987:1497,1460.
2 太田郁子.『和漢朗詠集』の「三月尽」・「九月尽」[J].言語と文芸,1981(91):25—49.
大谷雅夫.惜秋と悲秋—萬葉より古今へ—.萬葉集研究第三七集[M].東京:塙書房,2017:417,375—412.

"一年に二度行かぬ秋山を心に飽かず過ぐしつるかき"(2218)中就已经可见上代人的惜秋意识,而这样的惜秋意识根植于上代人对日本列岛秋季景物特别是红叶的热爱之中,而惜秋意识正是在这种热爱的基础上产生的。太田郁子则对唐代及唐以前的文学进行了考察,她指出,中国古代文学中,秋季引起往往并非积极的感情,而是引人感伤。诚然,即便对于我们现代中国人来说,悲秋也的确是秋季文学给人最强烈而直观的印象。据笔者所查,中国古典诗词中,最早出现惜秋意识的作品,应是五代南唐后主李煜所作的词《谢新恩》:

冉冉秋光留不住,满阶红叶暮。又是过重阳,台榭登临处,茱萸香坠。紫菊气,飘庭户,晚烟笼细雨。雕雕新雁咽寒声,愁恨年年长相似。(《全唐五代词》正编卷三《五代词》 李煜《谢新恩》)[1]

这首词的诞生不仅晚于《万叶集》第 2218 号歌,同样也晚于《阳成院歌合》,因此我们无法认为日本和歌文学中的惜秋意识是受到了中国文学的影响。综上所述,尽管"惜秋意"的歌题本身由汉语书写,形态上也十分类似中国诗题,乍看之下仿佛受到了中国文学的影响,然而,其本质则是建立在日本本土特有的惜秋意识上。从与《阳成院歌合》几乎同时代的文人源顺所作的一首诗序中亦可窥见这一事实:

主客纳言相谈曰:"今日非九月尽乎。虽诚《玉烛宝典》

---

[1] 曾昭岷,曹济平,王兆鹏,刘尊明编.全唐五代词[M].北京:中华书局,1999.

<u>《金谷园记》,不载其文,不传其美</u>。然犹清风朗月之兴,潘子宋生之词,尽于今宵矣。何不相惜哉。"(中略)即命满座献惜秋词。(《本朝文粹》卷八　时节　《九月尽日,于佛性院惜秋》源顺)

正如画线部分所述,平安时代的日本人已经注意到,九月末惜秋的习俗并不存在于《玉烛宝典》与《金谷园记》这一类记录中国风俗的文献中。这一记录也可以从侧面证明,日本古典文学中存在的惜秋风俗并不来源于中国文学,否则10世纪的文人也不会专门记述这一习俗不存于中国文学带来的遗憾之感了。

尽管日本古典文学中的惜秋意识并不起源于中国古代文学,但从日本惜秋文学的表达中,经常可见受到中国古代文学的意象及文学表达影响的地方。该现象在《阳成院歌合》诞生以前就已经存在。在"国风文化"前夜,《古今集》诞生以前的日本惜秋汉诗中,就已经可以窥见中国古代文学的影响。北山圆正与小野泰央指出,菅原道真所作的"九月尽诗"中存在着白居易惜春诗歌的影响[1],北山圆正、高兵兵以及中村佳文等学者也分别证明,菅原道真在"九月尽"惜秋诗中惯用菊花意象,实际上源于中国文学的影响[2]。和歌文学中亦可窥见类似现象。田中干子指出,《古今集》时代的

1　北山円正. 菅原氏と年中行事[J]. 神女大国文,2002(13):1—14.
　　小野泰央.『朗詠』「三月尽」所収「留春不用関城固」について―橘在列小論[J]. 中央大学国文,1996(39):4—11.
2　北山円正. 菅原道真と九月尽日の宴. 菅原道真論集[M]. 東京:勉誠出版,2003:132—152.
　　高兵兵. 菅原道真詩文における「残菊」をめぐって―日中比較の視角から[J]. 日本研究:国際日本文化研究センター紀要,2006(32):83—98.
　　中村佳文. 古今集成立期詩歌の表現方法とその享受:季節観念創出と享受としての国語教育[D]. 東京:早稲田大学,2009.

九月晦日歌中描写秋去时强调秋天"戛然而止"之感，这样的表达明显是模仿白居易惜春诗中的文学表达[1]。

通过梳理前人研究可知，《阳成院歌合》以前的日本惜秋文学中已经存在中国古代文学惜春诗的影响，本书将以此为基础，继续探讨成书较晚的《阳成院歌合》中存在的中国文学要素。

第二节
白居易诗对《阳成院歌合》的影响

如下列和歌所示，《阳成院歌合》中频繁出现一类相同的文学表达：

<u>惜しめども秋はとまらぬ</u>竜田山紅葉を幣と空にたむけん（一〇）

<u>惜しめどもとまらぬ秋</u>と知りながら惑ふ心はいかにせよとぞ（二一）

<u>惜しめども秋はとまらず</u>女郎花野べにおくれて枯れぬばかりを（三四）

<u>惜しめどもとまらぬ秋</u>は常盤山もみぢ果てぬと見てもゆるさじ（四三）

<u>惜しむにもとまらぬ秋</u>の立ちゐては恨みをのみや思ひでにせん（四六）

---

1 田中幹子.『古今集』における季の到来と辞去について—三月尽意識の展開[J]. 中古文学，1997(10)：71—85.

上面五首和歌均是由"惜しめどもとまらぬ"或者与之类似的表达复合一句其他内容而构成的。画线部分的文学表达"惜しめどもとまらぬ"直接见于稍早一些的在原元方所作和歌"をしめどもとどまらなくに春霞かへる道にしたちぬとおもへば"(《古今集》春下　一三〇)，以及几乎同时代的凡河内躬恒所作和歌"をしめども留まらなくに桜花雪とのみこそふりてやみぬれ"(《躬恒集》九〇)。金子彦二郎以及小野泰央已经指出，此二首和歌受到了"留春春不住"(《白氏文集》卷二一《落花》)、"惆怅春归留不得"(《白氏文集》卷一三《三月三十日题二慈恩寺》)、"留春不住登城望"(《白氏文集》卷二四《城上夜宴》)等白居易诗中惜春文学表达的影响。因此，类推之下，《阳成院歌合》中所见的五首和歌理应与白居易诗之间也存在某种联系。

事实上，正如前文引述北山圆正与小野泰央的结论，菅原道真的惜秋诗中同样存在受到白居易惜春诗影响的部分，例如"惜秋秋不驻"(《菅家文草》卷五　三八一《暮秋赋秋尽玩菊应令并序》)中就不难看出上述白居易诗的影子，菅原道真之孙菅原文时的诗作亦可窥见类似表达，如"秋耀难驻"(《本朝文粹》卷一二　三三〇《老闲行》)，亦是受到了白居易惜春诗的影响[1]。观察菅原道真的惜秋诗，不难发现其与上述《阳成院歌合》中五首和歌的相似之处。特别是第 10 以及第 34 号歌中所见的"惜しめども秋はとまらぬ"以及"惜しめども秋はとまらず"两处文学表达，几乎可以视作菅原道真诗"惜秋秋不驻"一句的汉文训读。

《阳成院歌合》中所见的一连串表达方式，有可能是直接学习

---

[1] 北山円正．菅原道真と九月尽日の宴．菅原道真論集[M]．東京：勉誠出版，2003：132—152．

白居易的惜春诗,亦有可能是通过《古今集》中所收的在原元方歌习得。此处依然存在讨论余地的是,《阳成院歌合》是否可能受到了菅原道真惜秋诗的影响。前文所引的菅原道真惜秋诗作于宽平六年(894)九月二十七日[1],而收录该诗的《菅家文草》卷五则在昌泰年间(898—901)进献给醍醐天皇。而到了《阳成院歌合》成立的延喜十三年,距离菅原道真被贬谪太宰府客死他乡过去了十年,当时菅原道真之罪尚未被朝廷所赦免,因此他的诗作究竟能否为当时的文人所读,是一件存有疑问的事情。但需要注意的是,考虑到成书于《阳成院歌合》之前的《古今集》已经收录了菅原道真所作和歌,似乎他的作品并未遭到日本朝廷以及醍醐天皇的彻底封禁,当时的文人应该是有可能阅读到他的文学作品的。如果事实果真如此,那么上文所引五首《阳成院歌合》和歌不仅有可能受到白居易或者在原元方和歌的影响,也有可能是直接受到菅原道真诗的影响而生。无论如何,《阳成院歌合》中五首和歌所见文学表达技巧的最终源头都可以追溯到白居易的惜春诗,毋庸置疑是白居易诗影响日本文学的明证。

此外,第10号歌还体现出对《阳成院歌合》以前和歌文学的继承性,此歌的作者将白居易诗的妙思与和歌文学的固有表达有机结合在了一起,如"竜田山紅葉を幣と空にたむけん"这一表达,酷似《古今集》中的两首咏红叶歌,分别是菅原道真所作"このたびはぬさもとりあへずたむけ山紅葉の錦神のまにまに"(《古今集》羁旅歌　四二〇),以及兼览王所作的"竜田ひめたむくる神のあればこそ秋のこのはのぬさとちるらめ"(《古今集》秋歌下　二九

1　川口久雄校注.菅家文草・菅家後集(日本古典文学大系72)[M].東京:岩波書店,1966:739.

八)。"阳成院歌合"的举办时间晚于上述两首和歌出现的时间,因此有可能受到它们的影响。

　　本节所举的出自《阳成院歌合》的五首和歌都带有明显的类似汉文训读的语言特征,其创作活动很可能是在阅读了白居易或菅原道真诗之后进行的,因而其中的文学表达酷似白居易的惜春诗。然而,值得注意的是,此五首和歌既有可能是直接受到白居易诗的影响,亦有可能是通过《古今集》时代的惜春和歌,甚至菅原道真所作的惜秋汉诗,间接受到中国文学的影响。进一步说,第10号歌将源于白居易诗的中国式文学表达与《古今集》时代既存的和歌传统表达结合起来,这样的文学创作行为在原有的中国文学特色的基础上加入了鲜明的日本民族文学特色,因而呈现出明显的中国文学日本化特征。

第三节
汉语"虚度""空度"对《阳成院歌合》的影响

　　本节主要探讨《阳成院歌合》中所见文学表达与唐诗中汉语词汇的关联。首先举下面一例:

　　　　はかなくてすぐる秋とは知りながらをしむ心のなほあかぬかな(《阳成院歌合》 一六)

　　这首和歌的意思简明易懂:尽管已知秋天无情而过,但惜秋之心仍然不知满足。这首和歌中所见的"はかなくすぐる"这一表达,使人联想到《古今集》时代最重要的歌人纪贯之所作和歌"長月

の有明の月はありながらはかなく秋は過ぎぬべら也"(《後撰集》秋下　四四一)。此外,如果不拘泥于惜秋的题材,那么下面大江千里所作的两首惜春和歌在文学表达上也与此歌类似:

可怜虚度好春朝
哀れとも我身のみこそ思ひけれはかなく春を過ぐしきぬれば(《千里集》春部　一九)
ほととぎすさ月またずてなきにけりはかなく春をすぐしきぬれば(《千里集》詠懐　一二六)

此外,同时代歌人藤原兴风所作和歌中亦可窥见类似表达:

いたづらにすぐす月日はおもほえで花見てくらす春ぞすくなき(《古今集》賀　三五一)

藤原兴风歌中所见的"いたづらにすぐす月日"一段表达,与《阳成院歌合》中的第 16 号歌以及大江千里所作两首和歌中的表达十分相似。然而它们之间的不同也是显而易见的,《阳成院歌合》第 16 号歌与纪贯之所作和歌之主题是惜秋,而大江千里与藤原兴风所作的则是惜春和歌。尽管季节不尽相同,但歌中吟咏的均是对春秋两季的珍惜与不舍之感。此为上述和歌在情感上的共通之处。

《千里集》第 19 号歌的句题摘自《元氏长庆集》中的《酬乐天三月三日见寄》一诗,而歌意是在句题之意的基础上翻译改写而成的。歌中画线的"はかなく春を過ぐしきぬれば"一句是对句题"虚度好春朝"的翻译,由此可知,大江千里将句题当中的汉语"虚度"翻译改写为当时日本人更容易理解的日语表达"はかなく……過ぐしきぬれば"。

"虚度"一词用于诗歌,最早见于南朝梁时的文人江淹的《江文通集》,而现存的唐诗中包括了《千里集》中句题的原诗仅有四例,这四例中有三例都是元稹的诗作。由此可知,"虚度"应是元稹的惯用诗歌用语。

> 独倚破帘闲怅望,可怜虚度好春朝。(《元稹集》卷二一《酬乐天三月三日见寄》)
> 也应自有寻春日,虚度而今正少年。(《元稹集》卷一六《羡醉》)
> 虚度东川好时节,酒楼元被蜀儿眠。(《元稹集》卷一七《使东川·好时节》)

此外,与"虚度"意思相近的"空度"一词,屡见于六朝至唐代的文献之中,此处仅举见于《日本国见在书目录》即《古今集》时代确实存于日域的文献中的两例作代表:

> 徒有名录,空度岁时。(《隋书》卷二《高祖下》)
> 痛饮狂歌空度日,飞扬跋扈为谁雄。(《杜工部集》卷九《赠李白》)

此处需要注意的是,六朝至唐代的中国文学中"虚度"一词后面往往紧跟"春朝""少年""好时节"等表示美好时光的词语,而"空度"则往往接续"岁时""日"等表达时间概念的词。因此,"虚度"与"空度"在该时代的中国文学中原本就含有浪费时光产生的惋惜之情。而这样的情感特征,与前文所引和歌中呈现出的对春秋的惋惜之情如出一辙。

前文列举的和歌中有关惜春惜秋的表达,可以归纳为"はかなく/いたづらに……過ぐ"这样一种表达定式,而这样的表达方式均不见于《古今集》以前的日本文学作品,是"国风文化"时代前夜才出现的新特征。姑且不论积极尝试将中国诗句翻译改写为和歌的大江千里,纪贯之在当时也倾心于中国文学,多次尝试将中国文学融入和歌表达[1]。而藤原兴风对中国文学的态度从他所作和歌的下半句中亦可略知一二:"春ぞすくなき"这一表达,很明显受到了白居易诗句"岁时春日少"(《白氏文集》卷一六《晚春登大云寺南楼赠常禅師》)一句的影响[2]。由此可见,这三位歌人对中国文学的态度均是积极的,致力于将中国文学中对于平安中期文人来说新奇的表达融入本土的和歌文学。综合以上信息,我们不难得出结论:包括《阳成院歌合》第16号歌在内的这一类文学表达,很可能受到中国文学中"虚度"与"空度"的影响。

由于《阳成院歌合》的时间迟于《千里集》与《古今集》,因此第16号歌的作者有可能是在阅读了大江千里与藤原兴风和歌后才学到这一表达,当然,也不能排除其拥有较高的汉学素养,可以直接阅读中国古代文学原文,从而习得这一表达的可能性。

值得注意的是,上述数首形成于"国风文化"前夕或初期的惜秋和歌,虽然继承了中国文学中的表达方式,但其主旨却来源于日本本土文学自古便存在的惜秋意识,因此可以视为将中国文学中

1　小島憲之,新井榮蔵校注.古今和歌集(新日本古典文学大系5)[M].東京:岩波書店,1989.第26号歌注释、第39、42号歌、第89号歌注释。
2　金子彦二郎.平安時代文学と白氏文集.[第1卷](句題和歌・千載佳句研究篇)増補版[M].東京:培風館,1955:360.

第七章　歌合活动与中国文学日本化　　209

的表达嫁接至日本本土的文学思想,以中国文学之形写日本文学之意,这样的特征体现出该时代中国文学日本化的又一显著特色,即文学作品中中日两国文学要素的杂糅性。

第四节
惜春诗表达的流变

在《阳成院歌合》中,还有以下三首和歌:

目に見えで別るる秋を惜しまめや大空のみぞ眺めらるらん(一二)
散らすなる心のうちまでおのがじし別るる秋を惜しみつるかな(三六)
大空の心ぞ惑ふ目に見えで別るる秋を惜しむ我が身は(三七)

在这三首和歌中均出现了"別るる秋"(別秋)与"惜しむ"(惜)的措辞(画线部分)。由于本歌合的主题为"惜秋意",故此处"別るる秋"自然是取与秋天道别之意。根据笔者考察,《阳成院歌合》中的该三首和歌,是现存和歌文献中最早运用"別るる秋"的实例,该表达在稍后的女性歌人中务的和歌作品中亦可看到:

九月つごもりの夜、風の吹くに
うちすてて別るる秋のつらき夜にいとど吹きそふ木枯らしの風(《中務集》二五二)

根据歌前"词书"(即歌序)中所见"九月つごもり"(九月晦日),可知中务的和歌应是秋末所作,因此,本歌中所出现的"别るる秋"这一表达也应理解为与秋天道别之意,这一点与《阳成院歌合》中的情况一致。在讨论这两部文献的关系之前,我们不妨追溯一下"别秋"的源流,对此以下和歌中的内容具有不可忽视的参考意义:

　　くれのはる
　　としごとにわかるるはるとおもへどもなほなぐさまずをしまるるかな(《重之集》六九)
　　くるなつとわかるるはるの中にゐてしづ心なきものをこそおもへ(《重之集》七〇)

　　此处所引两首歌人源重之的作品均以"くれのはる"(暮春)为题,吟咏因春末春去而生的惜春之情,虽并非惜秋和歌,却与此前列举的惜秋和歌一样,季节前冠有"别るる"一词,此种将季节拟人化、与之道别的文学巧思,与《阳成院歌合》中三首以及中务所咏和歌若合一契。中务与源重之均是《阳成院歌合》以后的歌人,虽然"别るる秋/春"的表达初见于《阳成院歌合》,但这三部文献中的表达均可追溯到"国风文化"时代前夕的和歌文献《宽平御时后宫歌合》之中的一首和歌作品:

　　まててふにとまらぬ物としりながらしひてぞをしき春の别れを(《寛平御時后宮歌合》春歌　三二)

　　画直线的"春の别れ"这一表达,关于其解释,目前学界有"春

季与人别离"以及"与春季道别"两种说法,尚未形成定论。本歌之中,波浪线部分"まててふにとまらぬ物としりながら"(虽知留春春不待)点明了本歌的主旨为春末惜春,由此看来,显然此处"春の別れ"取"与春季道别"的解释更加合理。非但如此,日本学者山本登朗在论及《伊势物语》第77段中所出现的和歌"山のみなうつりてけふにあふことは春のわかれをとふとなるべし"时,也对其中出现的"春のわかれ"进行了探讨[1],根据他的调查,"国风文化"时代前期日本文学中所出现的"春の別れ"这一表达,按照前后文的意思,均非"春季与人别离"之意,而是"与春季道别"之意。笔者认为,山本登朗的考察十分重要,间接证明了《宽平御时后宫歌合》中所见的"春の別れ"与前文中出现的"別るる春"一样,同为与春季告别之意。

　　日本古典文学中的惜春意识来源于中国文学,特别是白居易诗歌,这一点已为先学所指出(具体可以参考本书讨论《千里集》时所引述的前人研究),目前已成为中日两国学界的共识。不仅在惜春意识的思想层面如此,这一时代的惜秋文学中所见的文学表达方式也受到了中国文学的巨大影响。这些迹象表明,此处所见的将季节拟人化的修辞手法,很有可能亦来源于某一类中国文学。事实上,将季节拟人化的表达技法并不存在于《宽平御时后宫歌合》之前的和歌文学中,其应为"国风文化"时代前夜和歌中新出现的文学技法。这也从侧面提醒我们,该技法很有可能是该时代的歌人学习中国古代文学的最新成果。

　　在前文引述的山本登朗的研究中,他已经尝试为"春の別れ"

1　山本登朗.「春別」と「春の別れ」:伊勢物語第七十七段の問題点[J]. 國文學,2007(91):65—78.

这一表达在汉语中溯源,他将"春の別れ"的汉语原型拟定为汉语词汇"春别",并对比了日语"春の別れ"与汉语"春别"之间的关系。然而,根据他的调查,汉语"春别"一词,在中国古代文学,特别是唐代文学中均为"春季与人离别"之意,这一事实与和歌中所见的日语表达"春の別れ"并不吻合,故而他得出"春の別れ"一语未受到中国文学影响的结论。而笔者认为,产生此番令人意外的结论是因为日本学者不了解汉语语序。本书下文将针对此问题重新进行探讨,寻找日语"春の別れ"真正的汉语原型。

实际上,白居易诗歌已经为我们提供了答案,以下白居易诗作中就存在日语"春の別れ"以及"別るる春"的汉语原型:

> 醉心忘老易,醒眼别春难(《白氏文集》卷三三 《晚春酒醒寻梦得》)
>
> 今日送春心,心如别亲故。(《白氏文集》卷一〇 《送春》)
>
> 一为池中物,永别江南春。(《白氏文集》卷二九 《感白莲花》)
>
> 三月尽时头白日,与春老别更依依。(《白氏文集》卷二三 《柳絮》)
>
> 葵枯犹向日,蓬断即辞春。(《白氏文集》卷一七 《江南谪居十韵》)
>
> 一辞渭北故园春,再把江南新岁酒。(《白氏文集》卷二三 《苏州李中丞以〈元日郡斋感怀诗〉寄微之及予,辄依来篇七言八韵,走笔奉答,兼呈微之》)
>
> 城西三月三十日,别友辞春两恨多。(《全唐诗》卷八八三 《城西别元九》)

第七章 歌合活动与中国文学日本化

此外，与白居易交往甚密的元稹诗中亦存在类似用语：

曾携酒伴无端宿，自入朝行便别春。（《元氏长庆集》卷二二 《再酬复言和前篇》）

在白居易以及元稹的诗作中，二位诗人将春季的结束书写为"别春"或者"辞春"。在《感白莲花》一诗中，与春别离的主体是莲花，在《江南谪居十韵》中，与春天别离的主体是蓬草。而在其他的例子中，与春别离的主体均为诗人自身。这样的文学构思与前文所列举的日语表达"別るる春"以及"春の別れ"显然如出一辙，而考虑到白居易诗歌在《古今集》时代乃至整个日本文学史上的巨大影响力，"別るる春"以及"春の別れ"这样的日语表达极有可能就是模仿自上述白居易诗作。

整理前文思路，我们可知源重之所作和歌中的"別るる春"源于白居易诗歌，既然如此，先于其诞生的《阳成院歌合》中所见"別るる秋"就很有可能是歌人将借鉴于白居易诗的拟人手法又嫁接到日本惜秋文学上的产物。正如前文已经论证的，这个时代的惜秋和歌中，存在着受到中国惜春文学影响的表达，而此处亦然。特别值得注意的是，从现存文献来看，将中国文学"别春"以及"辞春"表达技巧嫁接到日本惜秋文学而生的日语"別るる秋"，甚至早于直接借鉴中国惜春文学而生的"別るる春"，这一时间上的倒置现象值得关注。那么，《阳成院歌合》中三首和歌的作者不是通过和歌中的惜春文学，而是直接阅读白居易诗歌并受到其影响的可能性陡增。真若如此，参与人员尚不明确的《阳成院歌合》举办当日，座中应有汉学素养较高，可以直接阅读汉语原文的文人。

此后，"わかるる秋"这一表达被平安后期的日本汉诗人再度

汉语化,形成了中国文学中原本不存在的汉语"别秋"。

  欲雪自催堆雪思,别秋犹忆惜秋题。(《本朝无题诗》卷五 冬 三二〇 《初冬述怀》 大江佐国)[1]

  我们已知,惜秋题材几乎不存在于唐代以前的中国文学,暂时也找不到10世纪南唐后主李煜所作的惜秋词于大江佐国生活的11世纪就已经传入日本的文献证据,并且李煜词中也不见"别秋"一词。因此,对日本汉诗中"别秋"一词最为合理的解释是,日本汉诗人将和歌中已经存在的日语表达"わかるる秋"又反向汉语化为"别秋"一词。

  与此同时,在中国文学"别春""辞春"的影响下,和歌中不仅出现了"别るる春""别るる秋"这样的日语表达,在《新古今集》时代甚至还出现了六月末别夏的表达方式:

  わかるればこれも名残のをしきかな夏の限りのひぐらしの声(《千五百番歌合》夏三 九九九 丹後)
  暮れはつる夏の別れのけふごとになどみそぎする習なるらん(《宝治百首》夏十首 六月祓 一一七五 頼氏)

  以上两首均是吟咏六月末与夏季别离的和歌,追溯其根源,都应该解释为中国惜春文学表达在日本文学中的日本化现象。

---

[1] 本間洋一.本朝無題詩全注釈[M].東京:新典社,1992—1994.

本章结语

通过上述各节的考察，我们知晓《阳成院歌合》中的和歌存在受到中国文学特别是唐诗影响的部分，这是先行研究中并没有注意到的特征。本章最后将基于这一新发现的事实，对该歌合于文学史上的意义进行再探讨。

萩谷朴曾在《平安朝歌合大成》中对该歌合做出如下评价：

その歌人も、A 頗る知名有能の人達ではなかったものか、惜秋意一題に構造が集約されているので、甚だしく類似した構想や詞句を有する歌が多い。B 例えば「とまらぬ秋」を主軸として初二句を構成した歌一・一〇・二一・三一・三四・三八・四三・四四・四六のグループの如きはその著しいものである。(其中的歌人，A 或因并非相当知名、有能力之人，或因被惜秋意一题所拘泥，多作出构想与此句甚为相似之歌。B 例如，以"とまらぬ秋"为主线构成前两句的第 1、10、21、31、34、38、43、44、46 号一组歌尤为显著。)

（中略）

C 本歌合の歌には、秀歌と目されるものは殆ど見当たらないのではあるが、しかも、後世、本歌合の歌を本歌として、その詞句を踏襲したと目されるものが一二存することは頗る奇とすべきである。即ち、歌一に対する源重之集のD「年毎にとまらぬ春と知りながら心尽しに惜しまるるかな」……がそれである。(后略)(本歌合的和歌中,尽管几乎找不到优秀之作,但后世却能够看到一二首以本歌合的和歌为本歌,沿袭其中词句的,此事颇为奇特。例如,关于第 1 号歌,源重之集中有 D"<u>年毎にとまらぬ春と知りながら心尽しに惜しまるるかな</u>"。)[1]

画线部分 B,萩谷朴指出的类似措辞反复出现的现象,根据前文的考察可知,是《阳成院歌合》的歌人尝试将当时流行的白居易诗歌表达积极融入和歌的结果。此外,画线部分 D 出现的源重之和歌中诸如"とまらぬ春/秋"一类的文学表达并不一定是沿袭了《阳成院歌合》第 1 号歌"年ごとに<u>留まらぬ秋</u>と知りながら惜しむ心の懲りずもあるかな"中语句的结果,而是正如前文所述,与源重之和歌中所见"別るる春"一语源自白居易诗歌的现象性质相同,应该是歌人源重之直接或者间接通过《古今集》时代的其他惜秋和歌学习模仿白居易诗作的结果。

《阳成院歌合》中诸如"惜しめどもとまらぬ秋"之类模仿自中国文学的表达里还明显留有汉文训读的痕迹,而这无疑会使后世歌人产生强烈的异样感。或许正是因为如此,该歌合才几乎未被后世的歌学书籍所提及,并被萩谷朴给予了如画线部分 C 所示的恶评。然而,不可忽略的是,《阳成院歌合》中出现的惜秋歌大胆使用了《古今集》等较早文献中所见惜春歌中模仿自中国文学的新奇表达。从这一视角来看,《阳成院歌合》的歌人们更应被视为大胆将中国文学表达融入和歌文学的先驱者。画线部分 A,萩谷朴认为该歌合的歌人才能低下,但正如前文所述,该歌合的歌人们不仅

---

1 萩谷朴.平安朝歌合大成(1)[M].東京:萩谷朴,1957:191—192.

深谙《古今集》中既存的和歌表达，也有不俗的和歌素养。不仅如此，出席该歌合的歌人们还能够将习自白居易诗作的中国文学知识与日本文学传统相结合，这一点至少说明《阳成院歌合》的歌人们并非能力低下的文人。

事实上，延喜年间的阳成院虽然已是远离政治中心、失去实权的上皇，但其于歌坛的号召力却并不似我们之前想象的那么薄弱，至少与阳成院相关的歌合，除了本章论述的《阳成院歌合》以外，还有《延喜十二年夏阳成院歌合》《阳成院一亲王姬君达歌合》以及《阳成院亲王二人歌合》现存。正如萩谷朴所指出的，可以认为当时以阳成院为中心已经形成了一个文学沙龙。而笔者认为，阳成院周边汇聚的歌人并非等闲之辈，这一以与宇多一醍醐皇统不同的上皇为核心产生的文学沙龙，很明显在性质上有别于此前的宇多天皇歌坛与醍醐天皇歌坛。而阳成院歌坛此前并未受到学界的关注，因此上述数部和歌文献目前也处于研究界视野的盲区，几乎无人问津。这些和歌文献对今后重新评价阳成院歌坛于文学史中的地位意义重大，今后的研究进展值得期待。

第八章 "逆国风化"刍议

　　本书在前几章中,从中国古代文学的体裁、意象、思想等方面,对其在"国风文化"时代的和歌文学中呈现出的日本化现象进行了系统的论述。本章则另辟蹊径,从"国风文化"时代的惜秋文学,特别是其中的惜秋和歌出发,探索和歌文学中的"逆国风化"现象。"逆国风化",顾名思义就是指日本本土的文学要素呈现出中国文学特色的现象,而这一现象出现在"国风文化"时代以和歌为主的惜秋文学中,是值得深思的。根据学界的传统认识,"国风文化"时代是注重本土文化复兴的时代,按照这种观点,该时代的文学理应表现出"去中国化"的特征。然而,笔者发现,事实并非如此。至少在"国风文化"时代的和歌文学中,歌人经常喜欢将原本不存在于中国古代文学的习俗与文学现象强行附会为起源于中国的文化习俗,这一点恰好证明:"国风文化"的和歌文学不仅积极从中国古代文学中吸收诸如体裁、意象以及思想等方面的内容,还试图将和歌中的一部分原本并不来源于中国古代文学的题材也包装为外来的文学。这一现象的根本原因在于,"国风文化"时代的文人依旧没有摆脱对中华文明的憧憬,中国文学依然是"国风文化"时代和歌文学模仿学习的对象。

　　然而,在日本的古典文学研究领域,提挈文学现象的理论相较于其他学科更少,更新迭代速率缓慢,平安时代文学以及"国风文化"时代的相关文学研究亦然。正如本书序论与第一章中所述,日本学界解释平安时代文学的基本理论,依旧是"唐风文化—国风文化"论。该论以战前极具日本民族主义与军国主义色彩的"国风文化"论为基础,结合战后小岛宪之对"弘仁贞观"文化时代的文学作品的理论——"国风暗黑时代"学说而形成。从此"唐风文化—国风文化"论以9世纪末至10世纪初的数十年为分水岭,将平安时代文化划分为前后两个阶段,即崇尚中华文化的"唐风文化"时代与注重日本本土文化的"国风文化"时代。该论断的弊病在近年日本史以及美术史的研究中逐渐凸显出来[1],在批判这一论断的声音中,最具代表性的当属榎本淳一的研究。他指出,"国风文化"时代在注重日本本土文化的同时,实际上并未抛弃对中华文化的青睐,而是将中华文化要素有机改造为更利于日本普通民众接受的样式,事实上促进了中华文化在日本的广泛传播[2]。以该研究为基础,日本文化史语境下的"新国风文化"论得以形成。然而,上述研究都依存于"唐风文化—国风文化"论的时代划分与理论框架下,仅是对现有体系的改良,虽在微观层面有所突破,但宏观上都以尊重"唐风文化—国风文化"的断代以及承认"国风文化"时代的客观存在为先决条件,因此依然没有超越"唐风文化—国风文化"论的范畴。笔者在"国风文化"时代的文学中发现的"逆国风化"现象,则依旧无法以"新国风文化"论所主张的"中国文化之影响于社会阶层上的扩展"这一理论模型来解释。事实上,"国风文化"时代的歌人似乎更像是在致力于将本土文化包装、粉饰为与中国文化

---

1 千野香织.10—13世纪の美術:王朝美の世界[M].東京:岩波書店,1993.
 木村茂光.「国風文化」の時代[M].東京:青木書店,1997.
2 榎本淳一.唐王朝と古代日本[M].東京:吉川弘文館,2008.

同类同质的文化,这从第六章所述九条良经的"诗歌同类"思想中可窥见一斑。或许这与大和朝廷统一日本列岛后一直致力于构建"东夷小帝国",从而企图在政治地位上与中国王朝平起平坐的思想有关。

因为"逆国风化"现象在平安时代的惜秋文学中体现得尤为突出,所以本书将以"国风文化"时代的惜秋文学为例,以文本分析厘清"逆国风化"概念的内涵,并解释其产生的根本原因。提出"逆国风化"这一概念的根本目的在于抛砖引玉,为未来超越"唐风文化—国风文化"论提供一个具有参考意义的新视角。

第一节
日本惜秋文学之源流与传统

日本古典文学中有农历九月末送秋惜秋的习俗。关于日本惜秋文学的起源,日本学者太田郁子与大谷雅夫都有过考证[1],认为其源于日本本土的传统文学题材,而非源于中国文学影响。其原因有二:首先,日本惜秋文学起源的时代大致相当于中国的隋唐时期,而隋唐及以前的中国文学中秋季文学的主流是悲秋,鲜有惜秋;其次,早期日本惜秋文学惯用的意象为日本本土固有自然事物,惜秋的情感本质是惋惜绚丽秋景,这根植于大和民族自古以来对秋景的审美倾向。该观点基本为学界所认可,笔者亦同意这一

---

[1] 太田郁子.『和漢朗詠集』の「三月尽」・「九月尽」[J].言語と文芸,1981(91):25—49.
大谷雅夫.惜秋と悲秋―萬葉より古今へ.萬葉集研究(37)[M].東京:塙書房,2017:375—412.

学界共识,不再赘述。

我们不妨对日本惜秋文学的审美传统做简单梳理。日本惜秋文学最早见于《万叶集》。《万叶集》成书于奈良时代,主要收录了"唐风文化—国风文化"时代之前的和歌。此后的"唐风文化"时期,汉诗成为当时日本文学的主流,其中只见悲秋而鲜见惜秋,这也从侧面印证了惜秋文学并不是模仿中国文学的产物。其后,《古今集》及其前后的和歌文献中则出现了大量创作于"国风文化"时代前夕的惜秋和歌。从《万叶集》《古今集》及其前后的和歌文献中可知日本惜秋文学的审美传统:

めづらしききみがいへなるはなすすきほにいづるあきのすぐらくをしも(《万葉集》 卷八 一六〇一)

(倾心君家宅,芒花出穗今已开,惜秋盛过衰。)

たつたがはあきはみづなくあせななむあかぬもみぢのながるればをし(《是貞親王家歌合》一三)

(秋水尽欲浅,红叶流川满龙田,惜哉赏不厌。)

ちらねどもかねてぞをしきもみぢばは今は限の色と見つれば(《古今集》秋歌下 二六四)

(红叶虽未凋,先惜秋色欲尽了,堪赏只今朝。)

もみぢばは袖にこきいれてもていでなむ秋は限と見む人のため(《古今集》秋歌下 三〇九)

(红叶折入袖,有人思秋尽将休,持去为之留。)

　　　　寬平御時ふるきうたたてまつれとおほせられければ、たつた河もみぢばながるといふ歌をかきて、そのおなじ心をよめりける

　　　　み山よりおちくる水の色見てぞ秋は限と思ひしりぬる
（《古今集》秋歌下　三一〇）

　　　（寬平御时敕令奉上古歌，故书"龙田川里流红叶"之歌，以古歌之意并咏此歌，

　　　深山落流湍，因见水色已为染，知秋将阑珊。）

　　《万叶集》第1602号歌是现存文献中最早的惜秋和歌。其中以秋天出穗的芒草作为惜秋意象，芒草"出穗（ほにいづ）"一词与秋意"渐显渐盛"同音，形成"挂词"（即双关语）的修辞手法。《是贞亲王家歌合》成书于《古今集》之前，其中的第13号歌吟咏红叶胜地龙田川地区，借红叶铺满河道的绚丽景致抒发歌人惜秋之情；《古今集》第264与第309号歌同样以秋天行将结束之际的红叶作为惜秋意象；第310号歌则是以落入河道的红叶来暗示秋末的到来。值得注意的是，"国风文化"时代初期及以前的惜秋文学中，歌人惜秋的感情是与秋季植物紧密联系在一起的。这样的审美情趣具体而直观，是日本惜秋文学的原始特征。前文中所引大谷雅夫论文指出，《古今集》和歌对于红叶的偏爱，继承了"唐风文化—国风文化"时代开始之前《万叶集》时代的审美。此应为不刊之论，故不再赘述。

　　综上所述，日本惜秋文学是起源于日本本土的传统文学题材，根植于日本民族对秋景，特别是对秋季植物的喜爱，这与中国古代文学中悲秋的特征形成鲜明对比。

第二节
惜秋文学的"逆国风化"与中国典故

"国风文化"时代前夕是和歌文学复兴的时代,然而,此时汉文学势力依旧强大,这与当时宇多天皇对汉诗的青睐不无关系。其在世时经常举行诗宴,其中便有九月尽日的惜秋宴。宴上有群臣应制吟咏惜秋诗。宇多朝核心文臣菅原道真与纪长谷雄都留有大量惜秋诗。先举菅原道真诗作如下:

菊为花芳衰又爱,人因道贵去犹留。(《菅家文草》 三三六 《闰九月尽,灯下即事》)[1]

惜秋秋不驻,思菊菊才残,物与时相去,谁厌彻夜看。(《菅家文草》 三八一 《暮秋,赋秋尽玩菊》)

芦帘砌下水边栏,秋只一朝菊早寒。(《菅家文草》 四六一 《九月尽日,题残菊》)

九月尽,同诸弟子,白菊丛边命饮。(《菅家文草》 五三六 《九月尽白菊丛边命饮序》)

思量何事中庭立,黄菊残花白发头。(《菅家后集》 三七 《九月尽》)

菅原道真是宇多天皇统治集团核心之一,也是日本平安时代

---

[1] 本书中的日本汉文学原文引用出自:塙保己一编. 群書類従[M]. 東京:続群書類従完成会,1959—1960.

最重要的诗人。既然隋唐及以前的中国文学中鲜见惜秋题材,宇多天皇令群臣吟咏惜秋诗,也应非模仿中国文学之结果,而是将日本惜秋传统融入外来文学体裁汉诗的产物。然而,如画线部分所示,菅原道真吟咏菊花并没有沿袭之前惜秋和歌中芒草与红叶等传统意象,原因之一想必是惜秋宴上玩赏的植物是菊花而非红叶。日本的菊花原产自中国,甚至没有对应的和语训读[1],对于平安贵族来说,菊花乃"唐味十足"的新潮事物无疑[2]。惜秋宴上以残菊替代红叶的直接原因固然是宇多天皇乃至整个统治阶层对中国文化的追捧,然而,菅原道真在《暮秋》诗序中对以菊惜秋的缘由做了如下解释:

古七言诗曰,A 大底四时心惣苦,就中肠断是秋天。又曰,不是花中偏爱菊,此花开尽更无花。诗人之兴,诚哉此言。B 夫秋者惨懔之时,寒来暑往。菊者芬芳之草,花盛叶衰。C 于时九月廿七日,孰不谓之尽秋。孤丛两三茎,孰不谓之残菊。(《菅家文草》三八一 《暮秋,赋秋尽玩菊序》)

A、B、C 三个部分的结构相同,皆是先言秋季,再言菊花,目的是阐述惜秋与赏菊之间的逻辑关系。然而,自 A、B 到 C,菅原道真的叙述明显偷换了概念:A 部分先引白居易《暮立》诗中一句论悲秋之情,再引元稹《菊花》诗中一句谈惜菊之心;B 部分先言秋日阴寒悲凉,再言菊花茂盛芬芳;而 C 部分则是先言秋日将尽,再言菊花将残。由此可知,菅原道真将菊花与秋日相对,菊残则秋尽,

---

[1] 汉字菊的读音「きく」为模仿唐代长安方言音的汉音音读。
[2] 参见拙文:和歌中汉风意象的起源与变化:以"菊"的意象为中心[J].日语学习与研究,2016(1):101—110.

进而将 A、B 部分中中国文学的悲秋之情,转换为 C 中所见惜秋之情。此种写作手法,很明显是菅原道真无法从原本多表达悲秋的中国文学中找到真正的惜秋依据,从而无奈做出的变通之举。这使得整篇诗序虽言日本惜秋风俗,却呈现出明显的中国文学色彩。这一现象正是典型的"逆国风化"。

同样的变通也存在于同为宇多朝文臣的纪长谷雄的诗序中:

　　D <u>秋之云暮,余辉易斜。菊之孤芳,残色可惜</u>。嗟呼! E <u>潘郎寓直,虽缓愁恼之心。陶令闲居,难堪凋落之思</u>。况复明王用心,自然合理。不出户而知一天下之思,不下席而明四海内之心。F <u>故人皆送秋,所以赐送秋之宴。人皆惜菊,所以降惜菊之恩</u>。岂只天意乎,抑亦人望也。(《本朝文粹》 卷一一《九月尽日,惜残菊,纪纳言》)

纪长谷雄的诗序中,D、E、F 三个部分结构与菅原道真诗序如出一辙,D 部分先言秋光已尽,再言菊残可惜;F 部分则先言惜秋之宴,再言赏菊之行,阐述二者关系,为宇多天皇惜秋宴的合理性与必要性背书。而 E 部分则与菅原道真的诗序若合一契,存在明显的偷换概念迹象。"潘郎寓直"一句以潘岳《秋兴赋》为典。《秋兴赋》是中国文学悲秋题材的代表作,整部作品以叹老与悲秋为基调,即便如此,纪长谷雄却以"虽缓愁恼之心"一句将其解释为缓和愁恼之作,曲解了《秋兴赋》之本意。"陶令闲居"一句则以陶渊明为典,而与陶渊明爱菊相关的典故中,亦不存在惜秋之情。此诗序与菅原道真诗序一样,虽言日本惜秋习俗,却充斥着中国文学典故,呈现出典型的"逆国风化"特征。究其原因,纪长谷雄作为宇多朝御用文人,其诗序通篇充斥着对宇多天皇露骨的歌颂奉承,此番创作意图,无疑意在迎合宇多天皇个人对汉文学的喜好。

从上述材料中,我们可以窥见"逆国风化"现象产生的根本原因:宇多天皇统治集团的文人将源自中国的菊花——而不是本土既有的芒草与红叶——用作惜秋的意象,使用中国文学典故是为了弥合日本惜秋习俗与中国悲秋传统之间的矛盾。此前中国文学中虽不见惜秋文学,却不乏爱菊典故及悲秋传统。以菊花替代红叶,以悲秋佯装惜秋,从现象上来说,是积极利用中国文学要素来弥合中日文学传统差异;但从本质来说,则是试图从当时先进的中国文化中寻找日本惜秋风俗之依据,通过垄断对先进文化的解释权,来控制意识形态,进而起到笼络贵族阶层,巩固政治统治的根本目的。显而易见,菅原道真与纪长谷雄以文学为手段,为宇多天皇惜秋宴的合理性与必要性背书,正是源于政治的需要。因此,宇多朝惜秋文学的"逆国风化"与政治息息相关。

公元897年,宇多天皇退位,其子醍醐天皇即位。公元901年,醍醐天皇为排除父亲的政治势力,与重臣藤原时平合谋将父亲的宠臣菅原道真流放出京,之后又敕令编纂假名文学《古今集》。这一连串举动释放出重要的政治信号:醍醐天皇统治集团的文化政策将有别于前朝注重中国文化的倾向,而转为弘扬本土文化。此后,直到10世纪中叶,惜秋文学中的"逆国风化"却并未停滞。该时期的惜秋文学中,依旧可见以中国典故为惜秋文学服务之例。其中,以源顺与高阶积善的两篇惜秋诗序最为典型。

主客纳言相谈曰:"今日非<u>九月尽</u>乎?虽诚A<u>《玉烛宝典》《金谷园记》</u>不载其文,不传其美。<u>然犹清风朗月之兴,潘子宋生之词,尽于今宵矣</u>。何不相惜哉。"武卫尚书两源相公,然诺其言,吟咏其意。即命满座献惜秋词。仆窃以:"秋者天时也,惜者人事也。B 纵以殽函为固,难留萧瑟于云衢,纵令孟贲而追,何遮爽籁于风境。C 岂如惜半日之残晖,期千秋之后会。"云尔。(《本朝文粹》卷八 《九月尽日,于佛性院惜秋诗序》源顺)

源顺是当时颇有才学的文人,虽出身嵯峨源氏,但自父辈起,家门不得朝廷重用,可谓一生不遇。上文是某年九月末,源顺于佛性院所作的一篇惜秋诗序,其创作时间虽已不可考,但大体应是 10 世纪中叶的作品。该诗序中 A 部分说明,当时的日本贵族已经意识到"九月尽"惜秋的风俗并不存于《玉烛宝典》与《金谷园记》等中国岁时文献中,故以潘岳的《秋兴赋》与宋玉的《九辨》这两部悲秋文学为典,强行解释中国悲秋传统与日本的惜秋习俗之间的龃龉。这与菅原道真与纪长谷雄当年的尝试如出一辙。而在 B 部分中,源顺描写对秋季逝去的无奈:纵有崤山与函谷那样的险关也无法挽留秋天逝去,即便以孟贲那样的猛士也无法阻挡秋天离开。这里值得注意的是,以有形具体事物来阻挡无形抽象事物的巧思,是日本民族文学自《万叶集》以来的传统[1]。然而,源顺却在大和民族文学传统中融入了"崤函"与"孟贲"这样的中国元素,使这段文字充满了中国特色。C 部分则化用改写自白居易《三月晦日晚闻鸟声》中"一岁唯残半日春"一句,此现象已在前文详述。最后,关于诗序题目中"九月尽"一词,太田郁子[2]认为,"九月尽"一词是日本文人模仿白居易常用的诗歌语言"三月尽"而成的日式汉语。然而,事实上元稹诗中就存在诸如《赋得九月尽》这样的诗题。因

---

1 参见:小野泰央.『朗詠』「三月尽」所収「留春不用関城固」について—橘在列小論[J].中央大学国文,1996(39):4—11.
2 参见前文所引太田郁子论文。

此"九月尽"一词并非日式汉语。

> 霜降三旬后,莫馀一叶秋。玄阴迎落日,凉魄尽残钩。
> 半夜灰移琯,明朝帝御裘。潘安过今夕,休咏赋中愁。
> (《元稹集》 卷一四 《赋得九月尽》)

必须注意的是,收录元稹诗作的《元氏长庆集》出现在《日本国见在书目录》中,因此元稹的该首诗作很可能在"国风文化"时代之前就通过《元氏长庆集》传入了日本,日本文人使用的"九月尽"一词来源于该诗的可能性很大。然而,不能否认的是,元稹所用的"九月尽"一词,其背后并未体现出惜秋的文学思想,只是客观描述了该诗吟咏九月末这样一个时间节点的事实。将日本文学固有的惜秋习俗附会到"九月尽"这样一个汉语词汇上,其背后蕴含着日本文人意图将惜秋文学构建为与中国惜春文学对等的文学题材,这样的行为本身也是惜秋文学"逆国风化"的表现。

稍晚的文人高阶积善所作惜秋诗序中也存在类似现象:

> 相公顾曰:"<u>景物之盛穷于秋,古人以为一岁终,爱赏之思迫此日,风俗以名九月尽。</u>前辈之深于诗者,触其万绪之时也。"(《本朝丽藻》卷下 《九月尽日侍北野庙诗序》高阶积善)

高阶积善是生于10世纪后半叶的中层贵族文人,文中出现的"相公"则是菅原道真曾孙菅原辅正。画线部分是菅原辅正对"九月尽"惜秋习俗来源的解释。"景物之盛穷于秋"以及"爱赏之思迫此日"是基于对秋景的喜爱而产生的不舍之情,然而"古人以为一岁终"这样的表述,则与当时文人所掌握的汉学素养紧密相关。平安时代所行历法以农历一月为岁首，而此处描述古人以"九月尽"为"一岁终"，应是参考以十月为岁首的秦历。菅原辅正与高阶积善皆为纪传道出身，熟悉中国正史，对秦历的了解很可能源于《史记》所录"秦汉之际月表"。日本文学中的惜秋习俗并不源于秦朝历法，菅原辅正却强行借中国王朝的旧历法来解释惜秋习俗，试图从中国正史中寻找惜秋风俗的依据，这与菅原道真、纪长谷雄以及源顺的文学中出现的现象类似，即试图从中国文献中寻求日本固有惜秋风俗的根据，使得该段叙述呈现出明显的中国文化特征，属于典型的"逆国风化"现象。

源顺、高阶积善以及菅原辅正，按照"唐风文化—国风文化"的时代划分，属于典型的"国风文化"时代文人，然而，他们笔下的惜秋，依然呈现出明显的"逆国风化"特征，这一事实与现有"唐风文化—国风文化"论强调的该时代"国风文化"复兴的大结论不可调和。事实上，醍醐天皇即位后，虽采取诸多措施尝试改变自嵯峨朝以来偏重中国文化的政策，然而效果有限。此后，至少在 10 世纪的中上层贵族文人中，视中国文化为先进文化的习惯仍然根深蒂固。这直接导致当时的文人依旧致力于在惜秋文学中大量使用中国典故，进而产生了"逆国风化"现象。这一事实有力地反驳了"国风文化"论之主张。

第三节
惜秋文学的"逆国风化"与中国文学物候观

本书此前以物候观线索进行过一系列考察，而"逆国风化"现象不仅体现在文人对中国典故的使用上，也体现在对中国文学物候观的尊重上。这在宇多朝文人大江千里的《大江千里集》中体现得尤为突出。其以中国诗句为题，将诗句翻译改写为和歌，兼有汉文学与和歌文学的性质。大江千里是宇多朝的儒学者，生于日本汉学世家大江家，官位晋升却十分缓慢。《大江千里集》以向天皇献歌为名，实际则具有向上哭诉自身不遇，进而求官受爵的目的。该文献前半部以季节为纲，各收四季之歌，其中秋部的末尾是一组吟咏秋尽时节的和歌。该组和歌使用大雁意象，与前文所示同时代《古今集》中所收惜秋和歌吟咏红叶的习惯大相径庭。

秋雁过尽无书至
秋の夜の雁はなきつつすぎゆけどまつことのははくるとしもなし(《大江千里集》秋　五二)
(秋夜鸣连绵，鸿雁过虽可传言，空待无来年。)

寒鸿飞急觉秋深
ゆく雁のとぶことはやくみえしよりあきの限とおもひしりにき(《大江千里集》秋　五三)
(一去是鸿雁，因见疾速将飞还，知秋之阑珊。)

寒鸣声静客愁重
鳴くかりの声だに絶えてきこえねば旅なる人はおもひまさりぬ(《大江千里集》秋　五四)
(鸿雁鸣嗈嗈，如今竟绝不闻声，旅人愁绪增。)

此组和歌时间背景为暮秋时节，所选句题系吟咏"雁"的诗句。笔者在前文详细考证此处选取咏雁诗句之意图与中国文学中物候观的关系[1]，这里对论述过程不再赘述，只引述结论：大江千里此处设置一组暮秋和歌，是基于日本文学中的惜秋传统，之所以选取咏"雁"的诗句为题，是因为受到了《礼记》与白居易诗等中国文献中"雁"的物候观之影响。然而，唐诗中描写红叶景致的暮秋诗句已为平安文人所熟知，例如，成书于10世纪中叶的唐诗秀句选集《千载佳句》暮秋部所收的唐诗中不乏引用红叶的诗句。大江千里舍弃红叶等传统意象而以雁咏秋，将带有强烈中国物候色彩的雁运用于惜秋这一传统日本文学题材中，从而使惜秋文学具有了浓重的中国文学色彩。因此，大江千里的咏雁句题和歌中亦可见惜秋文学的"逆国风化"现象。而大江千里身为精通汉学的中层贵族，以中国诗句为题，积极吸收中国文学物候观的目的，无疑在于迎合宇多天皇统治集团对中国文化特别是白居易诗的喜爱。大江千里出身的大江家，与菅原家一道是当时主宰汉学教育中心（大学寮纪传道文章院）的门第，两家子弟的晋升往往也与汉学息息相关。故不难理解大江千里积极将中国文学元素融入日本惜秋文学的初衷仍旧是出于晋升官位。

大江千里生于"国风文化"时代前夕，卒于"国风文化"时代早期，其惜秋文学中所见中国文学物候观尚可解释为"前朝遗老"的旧俗。然而，在进入所谓"国风文化"时代后，惜秋文学尊重中国文学物候观的现象并未消失，反而出现在藤原公任以及大江匡衡等一条天皇时代上层贵族文人的作品中。

藤原公任在编纂《和汉朗咏集》时，创造性地加入了"九月尽"部，搜集了当时平安贵族耳熟能详的日本汉诗文名句及和歌。关

---

1 另参见拙文：『千里集』に見られる中国文学の要素[J].京都大学国文学論叢，2020(43)：1—15.

于"九月尽"一词,本书前文已有详述,而在同时代的假名文学中,作者们往往将九月末称为"九月晦(ながづきのつごもり)"[1]。据笔者调查,藤原公任之前的和歌文学中不存在使用汉语词汇"九月尽"的先例。《和汉朗咏集》"九月尽"部收录惜秋和歌这一细节看似无足轻重,却对后世和歌文学开始频繁使用汉语"九月尽"起了决定性影响。

九月尽
(中略)
山寥徒寂寞,松叶处处朝霜落,报秋今已过。八束
渐暮去将移,秋去何物更相遗,白霜落我鬓。兼盛(《和汉朗咏集》 九月尽)

《和汉朗咏集》对后世日本文学影响巨大,其后的敕撰和歌集以之为范式,开始使用汉语造语"九月尽"而不是和语"ながづきのつごもり"(九月晦)来统括惜秋和歌,和歌文学将九月末称为"九月晦"的现象从11世纪初《和汉朗咏集》诞生后开始逐渐消失,这一现象本身就是"逆国风化"的表现。

回归到中国文学物候观的视角,《和汉朗咏集》所收的"九月尽"的两首惜秋和歌从内容上也值得关注。自《古今集》以来,惜秋和歌的主流意象是红叶,而编纂和歌选集时,人们亦往往以《古今集》为范式。《和汉朗咏集》结构上与《古今集》有千丝万缕的联

---

[1] "晦(つごもり)"一词虽用汉字"晦"表记,但其语源是由"月(つき)"与动词"隐藏(こもる)"的连体形名词化组合而成,是日本族语言词汇。

系[1],类推之下,《和汉朗咏集》"九月尽"部理应模仿《古今集》,继承和歌传统收录吟咏红叶的和歌,但《和汉朗咏集》却在"九月尽"部中收录两首咏霜歌,令人费解。

八束歌主要以霜为惜秋的意象,描写霜落在松针上的景象。这与和歌中将霜与红叶结合吟咏的传统技法大相径庭。此前的和歌主要将霜理解为红叶变色的原因,往往将之与落叶树木进行组合吟咏。而八束歌则将霜与常绿的松树组合,一反和歌传统。霜与松的组合虽鲜见于惜秋和歌,却常见于中国文学。此处仅举见于《日本国见在书目录》,确凿无误为平安文人所知的文献:

天寒既至,霜雪既降,吾是以知松柏之茂也。(《庄子·让王》)

夫大寒至,霜雪降,然后知松柏之茂也。(《淮南子》卷二《俶真训》)

果欲结金兰,但看松柏林,经霜不堕地,岁寒无异心。(《玉台新咏》卷十 《冬歌四首》)

在火辨玉性,经霜识松贞。(《白氏文集》卷二 《和答诗十首·和〈思归乐〉》)

由此可见,八束歌与中国文学传统关联紧密。而藤原公任舍弃和歌传统,将带有如此显著中国文学特征的和歌选入"九月尽"部,不言而喻,显露出对中国文化的推崇。

第二首兼盛歌则以霜比喻白首,借九月尽抒发叹老之情。此

---

1 三木雅博.『和漢朗詠集』の部立の構成に関する考察:主として『古今集』の構造との関連において[J].文学史研究,1992(33):24—34.

歌之意亦不见于此前的惜秋和歌中,却能在菅原道真或同时代大江匡衡的日本汉文学中寻见类似词句:

  非啻惜花兼惜老,吞声莫道岁华阑。(《菅家文草》 四六一 《九月尽日,题残菊。应太上皇制》)

  今日二年九月尽,此身五十八回秋,思量何事中庭立,黄菊残花白发头。(《菅家后集》 五一二 《九月尽》)

  身老五花风月席,家经十叶帝王师,红颜如昨西颓早,白发为霜子达迟。(《江吏部集》 九月尽 二二 《九月尽日,惜秋言志》)

  惜秋本自无容暇,不觉蹉跎两鬓斑。(《江吏部集》 月 七 《月露夜方长,以闲为韵》)

  大江匡衡与菅原道真的惜秋诗中所见的叹老之情,受到了白居易惜春诗与岁末诗中叹老之情的影响。北山圆正对此问题有过详实的论证[1],此处不再赘述。由此可见,兼盛所咏惜秋歌中的叹老之情,其本质依然是中国文学以及日本汉文学在和歌文学中的延伸与扩展。

  除以上列举的内容,藤原公任在"九月尽"中收录霜歌的意识也与中国文学中霜的物候观吻合。中国古代对关于霜的物候观可从《礼记》与《淮南子》中窥见一斑,例如《淮南子》天文训中有关秋

---

1 北山円正.菅原氏と年中行事[J].神女大国文,2002(13):1—14.

季最后一个节气"霜降"的记载：

> 加十五日指戌则霜降,(中略)加十五日指蹄通之维则秋分尽,(后略)。(《淮南子》卷三《天文训》)
>
> 季秋之月,(中略)是月也,霜始降,则百工休。(《礼记·月令》)

《淮南子·天文训》与《礼记·月令》直接记载了季秋与霜降的关系,从以上材料可知,在中国古代的物候观中,霜是季秋时节的物候。这样的物候观,对平安时代包括藤原公任在内的贵族产生了影响[1]。这在菅原道真与大江匡衡的汉文学作品中也有着明确体现：

> 霜鞭近警衣寒冒,漏箭频飞老暗投。(《菅家文草》 三三六 《闰九月尽,灯下即事,应制》)
> 烂柯不识残阳景,后叶空逢七帙霜。(《江吏部集》 二三 《九月尽日,于秘芸阁,同赋秋唯残一日诗一首》)
> 霜花饯席文章锦,风叶离歌朗咏音。(《江吏部集》 二四 《七言,九月尽日,同赋送秋笔砚中,应制一首》)

可见,日本的惜秋汉文学率先吸收了中国文学中霜的物候观,而在藤原公任的时代,霜的物候观又进入了和歌文学。藤原公任摒弃惜秋和歌使用红叶意象的传统,以中国文学的物候观为基准,选取

---

[1] 《礼记》作为五经之一,是平安贵族出世必须学习的经典,而《淮南子》在日本平安时代的传播亦可从《秋萩帖》等现存文献中窥见一斑。

咏霜和歌作为"九月尽"的代表,正是尊重中国文学传统的体现。

藤原公任出身摄关家小野宫流,从藤原公任一代开始,小野宫流在政治上被九条流彻底压制,从此与摄关之位无缘。大江匡衡虽为一条朝知名文人,一生却没有位列公卿,亦可谓不遇。他们笔下的惜秋文学之"逆国风化"虽然不似宇多朝文人般充满了政治目的,最终却直接对日本古典文学产生了深入灵魂的影响,进而彻底改变了日本惜秋文学的面貌。以至于日本古典文学的代表作——《源氏物语》中,亦出现了如下描写:

时值九月之秒,A 红叶深浅交映,B 冻霜的草丛一望无垠。[1]

紫式部在描写秋末景致时,于 A 部分描写了红叶,又于 B 部分描写了落霜之草。使用落霜之草描写秋末景致的技法,不见于《源氏物语》之前的叙事文学,很明显是受到了本章所述惜秋文学里中国文学物候观的影响。

日本惜秋文学对中国文学物候观的吸收,不仅发生于"国风文化"时代前夕的宇多朝,在摄关文化黄金时期的一条朝依旧展现出强大的生命力。其原因在于,此时的日本贵族阶层依旧认为中华文化是先进文化,而掌握先进的中华文化,则是贵族阶层掌握文化话语权的根本途径。此现象与"国风文化"论强调摄关文化重视日本本土文化的观点相抵触,暴露出其理论上的缺陷。

---

[1] 译文引自紫式部.源氏物语[M].林文月译.南京:译林出版社,2011:39.

第四节
惜秋文学的"逆国风化"与中国惜春文学

依照"唐风文化—国风文化"论之观点,《古今集》是"国风文化"时代到来的最重要标志。然而,如上两节所述,《古今集》成书之后,惜秋文学中的"逆国风化"现象非但没有消失,反而呈现出更加丰富的内涵。本节将继续以"国风文化"时代的其他和歌文学为例,阐述该时代惜秋文学的"逆国风化"之其他内涵。

惜秋文学的"逆国风化"虽然在醍醐朝的敕撰文学中消失了踪影,却在政坛外的一隅继续发展出新的内涵。时间回溯到公元884年,适时阳成天皇成为政治斗争的牺牲品,被迫让位于祖父辈的光孝天皇,成为太上天皇,自此皇统发生更迭。历经光孝、宇多两朝,到醍醐朝时,晚年的阳成上皇已远离政治中心多年,热心于举办歌合(即歌会),形成了有别于醍醐天皇歌坛的另一文学沙龙。其中延喜十三年《阳成院歌合》以"惜秋意"为题,现存四十余首惜秋和歌。本书一章中已对此有所分析,该歌合虽吟咏惜秋,却大量化用白居易与元稹等唐代诗人惜春诗中的表达。例如:

をしめども秋はとまらぬ竜田山もみぢを幣とそらにたむけん(《陽成院歌合》 一〇)

(惜秋留不住,红叶龙田山里布,向空别旅途。)

をしめども秋はとまらず女郎花野べにおくれてかれぬばかりを(《陽成院歌合》 三四)

（惜秋留不住,野里女郎花迟暮,只今仍未枯。）

　　をしめどもとまらぬ秋は常盤山もみぢはてぬとみても
ゆるさじ(《陽成院歌合》　四三)
　　（惜仍不驻秋,常盘山里红叶收,观罢意难休。）

上述几首画线部分直接化用了白居易《落花》中"留春春不住"与《三月三十日题慈恩寺》诗中"惆怅春归留不得"的表达。

　　はかなくてすぐる秋とは知りながらをしむ心のなほあ
かぬかな(《陽成院歌合》　一六)
　　（秋过已虚度,虽知如此有惜心,其意犹未尽。）

上述和歌的画线部分则是直接化用了元稹《酬乐天三月三日见寄》"可怜虚度好春朝"一句中汉语词汇"虚度"。

　　めにみえてわかるる秋ををしまめやおほぞらのみぞな
がめらるらん(《陽成院歌合》　一二)
　　（目中虽不见,如今欲惜别秋天,只眺苍穹间。）

　　ちらすなる心のうちまでおのがじしわかるるあきをを
しみつるかな(《陽成院歌合》　三六)
　　（别秋各自悲,至于心中伤欲摧,已惜更何为。）

　　おほぞらの心ぞまどふめにみえてわかるる秋ををしむ
わがみは(《陽成院歌合》　三七)

第八章　"逆国风化"刍议　　　　　　　　　　　　　　　239

(心感苍穹悠,我身别秋又惜秋,目中不见留。)

　　上述三首中的画线部分则是对白居易《晚春酒醒寻梦得》中"醒眼别春难"以及《城西别元久》"别友辞春两恨多"等诗句中"别春""辞春"的改写化用。以上实例的详细论证在前文中已经涉及,此处不再赘述。

　　阳成院门下的歌人另辟蹊径,并没有生硬照搬中国秋季文学中的意象与表达,而是注意到中国惜春文学传统,积极吸收其中的词汇与表达,不拘泥于文学季节性的表面统一,而是追求"惜"这一文学情感的内在逻辑一致性。这一尝试,使得《阳成院歌合》中的惜秋歌与《古今集》中的红叶惜秋歌形成鲜明对比。事实上,《阳成院歌合》开创了日本惜秋文学借鉴中国惜春文学表达的先河,自此,后世的日本惜秋文学或多或少显现出中国惜春文学特别是白居易惜春诗的表达特征。

　　九月尽日、眺望惜秋光
　　をしめどもとまらぬ秋にならひぬる心にさへもわかれぬるかな(《道济集》　二二四)
　　(虽惜仍不住,心中虽已知将暮,难惯别秋路。)

　　人ならばやよしばしともとめなましいかがはすべき秋のわかれを(《堀河百首》　九月尽　八七四　顕仲)
　　秋若通人情,如今唤回应可停,别秋秋仍行。

　　九月尽日伊勢大輔がもとに遣しける
　　としつもる人こそいとどをしまるれけふばかりなるあ

240　　　　　　　　　和歌浦浪起唐风:中国文学在日本和歌中的接受研究

きのゆふぐれ(《後拾遺集》秋下　三七五　大弐資通)

(九月尽日致伊势大辅处

年岁今又积，秋光冉冉愈可惜，只是在今夕。)

上述第一首是源道济的作品，该歌在化用白居易诗"留春春不住"的基础上，还吸收了唐诗中"别春"的表达技法，整首作品与前文所述《阳成院歌合》中所见技法十分类似。第二首《堀河百首》歌则直接套用唐诗中"别春"的拟人手法，显现出明显的惜春诗特征。而最后一首《后拾遗集》歌则化用《句题和歌》所收"春光只是在明朝"[1]一句，整首和歌的气氛与中国惜春诗如出一辙。除上述三首外，"国风文化"时代的和歌中还有许多类似例子，此处不再赘述。自此，"国风文化"时代的惜秋和歌呈现出越来越强烈的中国惜春文学特征，毋庸置疑，该现象亦是惜秋文学的"逆国风化"现象。

平安时代的歌人积极从唐代惜春文学中汲取营养，丰富了惜秋和歌的表达方式，是进入"国风文化"时期后，惜秋文学中"逆国风化"的新动向。阳成院歌坛对惜秋题材的青睐显然是当时惜秋风俗的自然结果，其门下歌人积极化用唐人诗句的文学现象与9世纪以来崇尚中国文化的风潮一脉相承，却与当时醍醐天皇的文化政策背道而驰。身为不同皇统的前朝旧帝，游离于醍醐朝政权核心之外的阳成上皇，其门下歌人拒绝向当朝天皇的文化政策妥协，反其道而行之，继续延续9世纪以来崇尚中国文学的旧习，不足为奇。阳成院歌坛的惜秋文学中所见"逆国风化"现象，虽然在当时与《古今集》提倡的文学潮流格格不入，却为后世的敕撰和歌集以及《堀河百首》等其他和歌文献所继承，呈现出强大的生命力。

---

[1] 此句在现存的中国文献中不见出处，应是现已散佚的唐人诗作。

阳成院歌坛推崇中国文化，考虑其核心阳成院的身份经历，其初衷尚可勉强解释为"旧朝遗老"对前朝文化传统的留恋，然而此后"逆国风化"潮流在"国风文化"时代逐渐扩散至其他歌人作品的现象则难以用现有的"唐风文化—国风文化"论加以合理解释，其原因在于，中国文学在所谓"国风文化"时代依旧拥有强大的生命力。该现象亦体现出"唐风文化—国风文化"论的片面性。

本章结语

至此，本书系统讨论了日本"国风文化"时代中的惜秋文学，特别是惜秋和歌，从中发现了诸多运用中国古代文学要素来书写惜秋文学的现象。惜秋文学原本为大和民族特有的文学审美倾向，进入所谓"国风文化"时代后，却反而呈现出极其强烈的中国文学色彩，以现有的"唐风文化—国风文化"论所主张的观点难以解释这一现象。笔者进而尝试引入"逆国风化"这一概念，对"国风文化"时代的日本文学中所见的将日本本土文学包装为中国古代文学的现象加以解释。

自上代以来，日本的文化发展一直与中华文明密切相关，"白村江之战"后虽然出现数十年的中断，但在历史的长河中，短短数十年的中断并不能左右中日两国文化上保持交流的大趋势。即便是在废止遣唐使的"国风文化"时代，日本与五代十国地方政权吴越国以及此后北宋之间的贸易往来依旧络绎不绝。发达的中日贸易为日本列岛带去了更多的中国物质文明与精神文明成果。遣唐使的废止与假名文学的诞生并没有真正意义上扭转平安贵族对中华文明的憧憬，这一事实可以有力地批判以往日本"国粹主义"者认为自"国风文化"时代起日本走上了一条与中国文化无关的独立道路的错误认识。然而，这一事实虽已被日本历史学界大多数学者所承认，日本古典文学领域却迟迟找不到对应的理论。近年的中日比较文学研究，特别是日本学界，抑或拘泥于源流学等过于微观的视角，强调某一部具体的日本文学作品对中国文献的接纳；抑或只顾分析日本文学中与中国古代文学的不同，而忽略了"国风时代"文学中所见的中国古代文学影响的日本化以及日本本土文学的"逆国风化"这两大现象。因此，在日本古典文学研究领域，"唐风文化—国风文化"论依旧占据着主流学说的地位，迟迟得不到系统的批判与扬弃。

  本章以惜秋文学为例，以小见大，系统阐述了所谓"国风文化"时代中所见惜秋文学的"逆国风化"。该现象可谓"唐风文化—国风文化"论于文学史上松动的墙角，笔者作为一名新时代的中国学者，希望能以本章的研究为契机，为今后批判日本"国粹主义"，解构并超越"唐风文化—国风文化"论作出微薄的贡献。

本书结语

　　至此，笔者分序论以及此后的八章，共九章的内容阐述了中国文学在和歌中的接受情况，序论归纳总结了关于和歌的现有中日比较文学研究的发展概况，并提出了本书视角的依据。第一至二章从宏观层面围绕和歌文学的黄金时代——"国风文化"时代展开论述，在扬弃了既有日本文化论中关于"国风文化"时代文学注重日本民族文化轻视中国文化的片面论断的同时，梳理了"国风文化"时代以前和歌文学与中国文学的关系。第三至七章围绕中国文学在和歌中的主要接受方式——中国文学要素的"日本化"概念，从不同方面展开论述，详细诠释了中国文学要素"日本化"在和歌文学中的具体内涵。第八章尝试构建"逆国风化"概念，诠释"国风文化"时代文学对中国文学要素的接受的另一类特征，即将日本的文学传统反向包装为一种看似源于中国文学的传统。

　　从以上考察中我们不难看出，和歌文学中的中国文学要素与日本本土文学要素在"国风文化"时代形成了一种相互渗透的趋势。一方面，进入和歌文学的中国文学要素不断呈现出日本化的特征，另一方面，日本本土文学要素呈现出"逆国风化"的趋势，在形式上向中国文学靠拢。这一相互靠近的趋势值得深思，耐人寻味。

笔者在入学京都大学文学部之际曾向恩师大谷雅夫请教,在中国文学对日本文学的影响过程中是否存在某些规律性的机制。他的答案是否定,他认为影响的发生往往充满着偶然,不能用某些规律性的准则加以概括。笔者的母校京都大学历来标榜自由的学风,对自己恩师学术观点的否定在母校非但不是大逆不道之举,甚至可能是博士毕业的必要条件。母校的另一位恩师金光桂子曾对笔者说:"你若不提出一些批判大谷雅夫研究的观点,我想我们是无法让你博士毕业的。"于是,笔者便开始摸索中国文学要素在"国风时代"和歌文学中的影响机制与接受过程,最后尝试性地提出了"日本化"概念,然而这个概念当初在博士论文答辩时最受诟病之处在于,如何区分该概念与比较文学中"变异"概念。笔者认为,"日本化"概念强调中国文学要素在日本文学中有原因的变异,而不包括一些偶然发生的变异,但上述回答或许也不是该问题的最终答案。此后,在博士期间的研究基础上,笔者又尝试归纳"国风文化"时代和歌文学中一些本土文学要素的中国文学化过程,并将之归纳为"逆国风化",希望借这两个概念的提出,为学界研究该时代的日本文学提供一个新视角。事实上,恩师大谷雅夫在论述《新古今和歌集》时代的和歌与日本汉诗时,曾经指出,该时代的和歌呈现出明显的汉诗特点,而该时代的汉诗亦呈现出很强的和歌特点[1]。就这一点而言,笔者认为中国文学要素的"日本化"与日本本土文学要素的"逆国风化"现象从宏观上很好地阐释了恩师指出的上述现象。

总体来说,本书围绕和歌文学与中国文学的关系做出了一定

---

[1] 大谷雅夫. 新古今集「すずしさは秋やかへりて初瀬川」小考:詩歌合の歌[J]. 和漢比較文学,2018(60):53—72.

程度的论述,但现存和歌文学数量众多,中国典籍浩如烟海,这一册小小的著述毕竟只是对该领域研究的冰山一角,更多的内容还期待未来的学者进行深入发掘。

后　记

　　本书是笔者基于博士学位论文『「古今集」から「新古今集」の時代における和歌文学と中国文学要素の日本化』(《〈古今集〉至〈新古今集〉时代和歌文学与中国文学要素的日本化》)(京都大学文博)翻译后经过大幅修改而成,该博士论文亦是日本学术振兴会特别研究员奖励费项目"和漢兼作の作品集の構造に関する研究18J12738"(兼收和歌汉诗选集的结构研究)的成果之一。

　　值此出版之际,笔者想向在本书研究过程中提供极大帮助的师长同窗们致以诚挚的谢意。

　　首先,感谢南京大学外国语学院院长何宁教授和日语系主任王奕红教授在本书出版事项敲定过程中的各种帮助与支持。如果没有南京大学外国语学院与日语系的大力支持,本书的出版计划也就无从谈起。同时,感谢南京大学出版社的诸位编辑老师,他们在本书的出版过程中给予非常重要的修改意见,极大地提高了本书的质量。

　　其次,感谢在笔者论文撰写过程中给予辛勤指导的京都大学文学部名誉教授大谷雅夫、文学部教授大槻信、文学部教授金光桂子等母校的老师,以及在各类学会上慷慨给予各种指导的各位老师,特别是和汉比较文学会以及《大江千里集》读书会的诸位老师。

再次，向对笔者的论述提供过宝贵建议的同窗表示由衷的感谢。特别是从祖国漂洋过海渡日求学的留学生同窗。他们在讨论课中对笔者的论文提出了很多犀利且宝贵的意见，促进了论文的修改。还要感谢南京大学文学部博士生王雪等各位同学在本书初稿撰写完毕后对语言与体例进行的修改与编辑。

最后，向对外经济贸易大学外语学院日语系以及母校《日语学习与研究》杂志社的诸位老师表示感谢。特别是将笔者引入学术殿堂的马骏老师与赵力伟老师，以及在笔者的学术发展中给予宝贵指导的李广悦老师。同时，还想借此机会感谢笔者的和歌文学启蒙老师广岛大学图书馆前馆长名誉教授位藤邦生老师。没有他们，笔者将没有机会从事学术研究工作。

总之，没有这些师长、同窗以及同学的帮助，此书便不会有机会出版。

本书是笔者的第一本学术专著，其内容尚有许多有待提高之处，但作为笔者学术生涯的阶段性成果，本书还是具有一定的学术价值，故觍颜将之出版，恳请广大读者以包容的态度对本书提出富有建设性的批判。

黄一丁
2024 年 5 月吉日于江海